La fausse héritière

J'AI LU

JUDE DEVERAUX

La princesse de feu	
La princesse de glace	
Les yeux de velours	*J'ai lu* 2927/**5**
Un teint de velours	*J'ai lu* 3003/**5**
Une mélodie de velours	*J'ai lu* 3049/**4**
Un ange de velours	*J'ai lu* 3127/**4**
Les dames de Virginie-1	*J'ai lu* 3180/**5**
Les dames de Virginie-2	*J'ai lu* 3181/**4**
Les dames de Virginie-3	*J'ai lu* 3182/**5**
Le pays enchanté	*J'ai lu* 3372/**5**
Duel de femmes	*J'ai lu* 3447/**4**
L'homme au masque	*J'ai lu* 3523/**4**
Entre ses mains	*J'ai lu* 3544/**6**
Les entraves de l'amour	*J'ai lu* 3643/**5**
La duchesse infidèle	*J'ai lu* 3683/**6**
Un mari par procuration	*J'ai lu* 3794/**4**
La patience récompensée	*J'ai lu* 3843/**2**
La tentatrice	*J'ai lu* 3889/**5**
Accords parfaits	*J'ai lu* 3942/**3**
L'éveil d'Amanda	*J'ai lu* 4045/**4**
Princesse sans trône	*J'ai lu* 4105/**5**
La brute apprivoisée	*J'ai lu* 4274/**4**
Troublante écuyère	*J'ai lu* 4450/**4**
La fausse héritière	*J'ai lu* 4635/**4**

Jude Deveraux

La fausse héritière

Traduit de l'américain
par Anne Benjamin

Éditions J'ai lu

Titre original :

THE HEIRESS
Published by arrangement with Pocket Books,
a division of Simon & Schuster, New York

1

Angleterre, 1572

— L'héritière Maidenhall !

Joby, maîtrisant son excitation à grand-peine regarda Jamie et Bérangère, ses deux aînés, assis côte à côte au haut bout de la table. Leur beauté ne l'éblouissait plus autant qu'autrefois, à l'époque bénie où son père l'installait à califourchon sur ses épaules et lui promettait qu'elle serait un jour aussi jolie que Bérangère.

Hélas, la prédiction ne s'était pas avérée, pas plus que d'autres promesses paternelles... Lcur famille ne coulait pas des jours heureux dans l'abondance — la demeure était mal chauffée et les assiettes bien souvent vides. Quant à leur mère, elle continuait à habiter dans un autre monde et à converser avec les esprits. Et, surtout, son père avait menti en assurant qu'il vivrait toujours.

Joby leva sur son frère des yeux pétillants et secoua sa tignasse brune. Une bande de petits voyous, furieux de s'être fait battre à l'épée, lui avaient, en guise de représailles, enduit la tête d'un mélange de miel et d'aiguilles de pin et elle avait dû sacrifier sa chevelure. Des boucles courtes et souples encadraient son visage, ce qu'elle trouvait au fond fort seyant.

— L'héritière Maidenhall, répéta-t-elle. Oh, Jamie, imagine ce monceau d'argent ! Tu crois qu'elle se baigne dans un cuveau en or ? Qu'elle dort avec ses émeraudes ?

— Avec qui d'autre dormirait-elle, sinon ? railla Rhys, l'un des deux hommes qui composaient toute la suite de Jamie. Son père la couve aussi jalousement que son or.

Il poussa un grognement étouffé : Thomas, l'autre homme lige de Jamie, venait de lui donner un coup de pied sous la table. Pour le réduire au silence, conclut Joby. Ils étaient persuadés qu'à douze ans elle ignorait tout de la vie, et elle se gardait bien de les détromper. Sa liberté était déjà bien trop réduite à son goût. Si jamais les adultes de son entourage devinaient tout ce qu'elle savait, ils n'auraient de cesse qu'ils ne découvrent comment elle avait pu apprendre ce qu'elle était censée ignorer.

— Peut-être ne dort-elle pas avec des émeraudes mais avec une chemise de nuit en soie, suggéra Jamie.

— De la soie ? répéta rêveusement Joby, la tête appuyée sur sa main. Italienne ou française ?

Tout le monde s'esclaffa, et Joby comprit qu'elle tenait son auditoire. Elle pouvait bien avoir un physique quelconque, au moins avait-elle un don pour déchaîner les rires. Si leur branche des Montgomery n'avait plus les moyens de s'offrir les services de bouffons ou autres amuseurs pour le dîner — ni même le dîner, d'ailleurs —, Joby, en tout cas, ne reculait devant rien pour égayer leur morne existence.

Elle bondit sur la table, puis sauta sur le sol dallé de pierres du vieux château. Jamie, le front soucieux, leva les yeux vers sa mère qui grappillait à son habitude comme un oiseau, si absorbée dans son monde intérieur qu'elle n'avait rien remarqué. Au reste, avait-elle seulement vu ou même reconnu sa fille ? Parfois, elle appelait Joby aussi bien Edward ou Bérangère que par son vrai nom, Margaret.

Il reporta son attention sur la cadette, affublée comme toujours d'un justaucorps et de chausses, et songea pour la énième fois qu'il devrait la forcer à mettre des vêtements féminins. Mais il n'avait pas le cœur à le faire. Elle serait bien assez tôt confrontée aux dures réalités de la vie. Qu'elle profite, tant qu'elle le pouvait, des derniers feux de l'enfance.

— Et comment croyez-vous qu'elle s'habille chaque jour ? demandait Joby à la cantonade.

L'auditoire se composait de cinq convives et de serviteurs — ultimes vestiges du passé —, mais Joby se plaisait à imaginer qu'elle jouait devant une salle comble pour la reine en personne.

Elle s'étira et bâilla comme une femme qui se réveille.

— Apportez-moi mon pot de chambre en or ! ordonna-t-elle d'un ton impérieux.

Le rire de sa sœur ponctua la saillie.

Tant mieux ! Si Bérangère riait, Jamie la laisserait continuer. Elle mima aussitôt avec une vulgarité consommée la station assise sur cet objet de première nécessité.

— Mon Dieu, mais c'est épouvantable comme ces émeraudes me chatouillent ! déclara-t-elle en se trémoussant et en pouffant.

Jamie, qui chuchotait à l'oreille de Bérangère, haussa un sourcil réprobateur et Joby se redressa.

— Apportez-moi ma robe ! Non, pas celle-là, voyons ! Ni celle-ci, celle-ci non plus et encore moins celle-là. Non, espèce d'idiote ! Combien de fois faut-il vous répéter que j'ai déjà porté cette toilette ? Je veux des habits *neufs*. Comment ? Cette robe *est* neuve ? Mais voyons, c'est ridicule, vous imaginez l'héritière Maidenhall là-dedans ! Enfin, regardez cette soie ! Elle est déraisonnablement fine. Elle risque... elle risque de *plier* si je la porte.

Rhys s'esclaffa, et Thomas, qui riait rarement, esquissa l'ombre d'un sourire. A la cour, la mode était aux robes si rigides qu'une armure paraissait légère en comparaison !

— Ah ! annonça Joby, se reculant pour examiner une nouvelle robe. En voilà une qui me convient mieux. Holà, messieurs les valets, qu'attendez-vous pour me soulever ! Je ne vois aucun autre moyen de l'enfiler si vous ne me faites glisser à l'intérieur...

Le sourire de Thomas s'élargit jusqu'à découvrir ses dents et Jamie laissa même échapper un rire.

Joby fit un bond pour simuler l'enfilage de la robe, puis attendit qu'on la lui attache.

— Maintenant, passons aux bijoux ! s'écria-t-elle en feignant de contempler différents écrins. Ah ! Voici mes émeraudes, et mes chers rubis, et mes précieux diamants ! Et là, mes perles. *Que vais-je choisir ?* déclama-t-elle comme si elle répondait à une question. Comment peut-on choisir entre les bijoux ? Je vais les porter *tous*, bien entendu !

Écartant les jambes comme pour résister à une tempête sur le pont d'un bateau, Joby leva les bras.

— Très bien, messieurs les valets, mettez vos mains sous mes bras et soutenez-moi. Et vous, là, passez-moi mes bijoux.

Les rires fusaient tandis que Joby soulevait d'abord un pied, puis l'autre, ensuite un bras, et tendait le cou.

Elle feignit d'avoir la tête entraînée par de lourdes boucles d'oreilles. Et quand on lui posa un diadème, elle chancela sous le poids.

Serviteurs, hommes liges, famille, tous riaient à gorge déployée, excepté la mère de Joby.

— Lâchez-moi, maintenant, intima Joby aux valets.

Pendant un moment, elle vacilla dangereusement d'un côté puis de l'autre comme une ivrogne. Elle retrouva l'équilibre de justesse et se redressa avec beaucoup de dignité.

L'assistance se calma peu à peu et attendit la suite avec impatience.

— A présent, je vais rencontrer le preux chevalier qui doit m'escorter, moi, la femme la plus riche d'Angleterre, à travers le pays. Je dois juger s'il est digne de me conduire auprès de l'homme que mon père me destine pour époux. Mais une minute, parlons d'abord de lui.

Tous jetèrent des regards furtifs vers Jamie tandis que celui-ci baissait la tête en serrant la main de Bérangère dans la sienne. Il n'était rentré que depuis quelques jours et ne pouvait supporter l'idée d'être de nouveau séparé des siens.

— James Montgomery ! s'exclama Joby. Mais oui, j'ai entendu parler de cette famille. Peu de fortune. Bah ! Même Crésus fait figure de pauvre à côté de moi !

Pendant un moment, elle resta perdue dans la contemplation de son bras gauche.

— Où en étais-je ? Ah, oui... Cet homme qui a le privilège et l'honneur de m'accompagner. C'est un Montgomery. Que dites-vous ? Il appartient à la branche *pauvre* des Montgomery ? Il vit dans une demeure qui tombe en ruine et il n'y a pas toujours de viande à sa table ?

Jamie prit une mine sévère. Même si c'était pour cette raison qu'il avait accepté une mission aussi peu reluisante, il n'aimait pas l'entendre crier sur les toits. Joby ignora la mimique de son frère et poursuivit.

— S'il n'a rien à manger, il doit être plutôt...

petit, remarqua-t-elle avec surprise, et Jamie rit, oubliant ses réticences car vraiment il était tout sauf petit ! Devrai-je le transporter dans une boîte ? insista Joby en levant les mains avec difficulté à cause de ses bras chargés de bijoux, doigts écartés à cause de ses bagues. Une boîte à bijoux, bien entendu, ajouta-t-elle. Excellente idée ! Comment ! Cette boîte n'est pas encore faite ? Vous êtes congédié ! Et vous aussi ! Et... Oh, je vois, il n'est pas petit. Il ne mange rien, mais il n'est pas petit. Quel est ce mystère ? Allez le quérir sur-le-champ !

Et Joby mima alors l'héritière Maidenhall paralysée par le poids de ses bijoux et attendant dans la plus parfaite immobilité l'arrivée de James Montgomery.

Puis elle réussit à reproduire le craquement d'une porte qui refuse de tourner sur ses gonds rouillés.

— Je le sais de source sûre, soliloqua-t-elle, ces gonds en or grincent affreusement. Aussi refusons-nous d'en mettre ici.

Soudain la stupéfaction se peignit sur le visage de Joby. Sa bouche s'ouvrit et elle porta le bras devant les yeux comme pour les protéger d'un éclat insoutenable.

— Vous êtes Apollon en personne ! murmura-t-elle.

Jamie rougit et ses deux chevaliers, excédés que toutes les femmes tombent en pâmoison à sa vue, se tordirent de rire.

— Aucun bijou au monde, cria Joby pour dominer le tumulte, n'est digne de rivaliser avec votre beauté ! Oh, il faut que vous soyez à moi ! Venez ici ! commanda-t-elle, en faisant glisser les bracelets de ses bras et les colliers par-dessus sa tête par poignées, avant de les jeter vers lui. Vous devez m'épouser ! Je ne peux pas vivre sans vous. Vous êtes celui que je cherche depuis toujours. A côté de vos yeux, les émeraudes paraissent ternes et, comparées à votre peau, les perles perdent tout éclat. Les diamants...

Jamie lui lança à la tête le coussin usé de son siège. Elle l'attrapa au vol et le serra contre elle.

— Cela vient de mon superbe bien-aimé. Il... Ô mon Dieu, mais il s'est assis dessus ! La partie la plus délicate de son anatomie l'a touché...

Cette fois, Jamie enjamba la table d'un bond et plaqua la main sur la bouche de Joby. Elle lui mordit aussitôt le petit doigt. Surpris, il la lâcha.

— Son bras autour de mes épaules... poursuivit-elle. Mais je vais mourir de plaisir...

— Ou d'autre chose si tu ne te tais pas ! s'écria Jamie. Où as-tu appris les sornettes que tu viens de nous débiter ? Non, ne me le dis pas ! Mais si tu n'as aucun égard pour ma sensibilité, imagine combien tu as dû choquer ta sœur !

Joby risqua un œil derrière son colosse de frère et aperçut le ravissant visage de Bérangère tout animé par l'amusement.

— Dehors ! ordonna Jamie en incluant d'un grand geste de la main toute l'assemblée. Tu m'as assez tourné en ridicule ! Dis-moi, petite sœur, comment te distrayais-tu avant que je n'arrive ?

Jamais à court de reparties, Joby murmura :

— Je m'ennuyais à périr. Avec seulement père et Edward...

Elle s'interrompit et porta la main à sa bouche.

Le silence s'abattit sur la salle défraîchie où tout le monde semblait avoir oublié qu'à peine deux jours plus tôt un double enterrement avait eu lieu. Les Montgomery étaient en grand deuil après le décès de leur père et de leur frère aîné. Mais en fait, Edward n'avait jamais partagé les joies simples de la vie familiale, et leur père passait sa vie enfermé dans sa bibliothèque.

— Oui, intervint Jamie, il est temps de nous ressaisir !

Il fit le tour de la table et offrit son bras à Bérangère pour la reconduire à sa chambre.

— Pourquoi ne m'a-t-on rien dit ? demanda-t-il quelques instants plus tard face à la petite fenêtre délabrée.

Quand il en effleura le chambranle, un morceau de pierre se détacha. Plusieurs années auparavant, on avait vendu les gouttières en plomb et l'eau s'infiltrait.

Bérangère s'assit sur un siège qui aurait été plus à sa place dans une masure que dans le donjon d'une famille noble.

— Pourquoi ne m'a-t-on rien dit ? répéta-t-il.

Bérangère hésita.

— L'orgueil, avoua-t-elle à contrecœur. Ce fichu orgueil des Montgomery. (Elle sourit.)

Mais dis-moi, est-ce bien le poignard que père t'a donné ?

Il ne comprit pas tout de suite de quoi elle parlait, puis il s'aperçut qu'il tenait effectivement la dague naguère offerte par son père. Les pierres enchâssées dans la poignée avaient été remplacées par de la verroterie, mais la fine couche d'or qui recouvrait le manche en acier brillait encore au soleil.

— J'avais oublié que tu me connaissais si bien ! fit-il en riant et, d'un mouvement souple il s'installa à ses pieds et appuya sa tête contre ses genoux. Aucune femme ne peut rivaliser de beauté avec toi !

— Le compliment ne te paraît-il pas un peu stérile puisque nous sommes jumeaux ?

— Je suis vieux et couturé de partout, murmura-t-il en embrassant sa main, alors que le temps t'a laissée intacte.

— C'est le mot, en effet.

Mais Jamie ne rit pas et leva la main devant le visage de Bérangère.

— A quoi bon ? remarqua-t-elle avec un sourire en lui attrapant la main. Je suis incapable de discerner la lueur des bougies. Qui voudrait d'une épouse aveugle ? Il aurait mieux valu que je meure à la naissance.

Jamie se leva brutalement.

— Oh, Jamie, je suis désolée ! se récria Bérangère, surprise par la violence de sa réaction. Je n'avais pas l'intention... C'était stupide de ma part. De grâce, rassieds-toi !

Il reprit sa place à ses pieds, mais la culpabilité l'étouffait. Il avait pris tout son temps pour naître et quand cela avait enfin été le tour de Bérangère, le cordon ombilical était enroulé autour de son cou et elle était née aveugle. Pas un jour ne s'était écoulé sans qu'il s'en fasse reproche.

Jamais il ne perdait patience avec elle et il ne se lassait pas non plus de sa compagnie. Il l'encourageait à grimper aux arbres, à se promener parmi les collines, à monter à cheval.

Si quelqu'un remarquait combien il était gentil de l'aider à cueillir des baies au lieu de s'amuser avec les garçons de son âge, il répondait invariablement que c'était bien naturel puisqu'il lui avait volé la vue. Seul Edward faisait mine d'ignorer son infinie patience.

Jamie prit une profonde inspiration.

— Alors c'est par orgueil que personne ne m'a averti des exactions d'Edward ? s'enquit-il en revenant au présent mais se sentant coupable cette fois-ci d'avoir abandonné sa sœur alors qu'elle avait tant besoin de lui.

— Cesse de te torturer ainsi ! murmura Bérangère en tirant sur son épaisse crinière brune pour le forcer à la regarder. Si tu oses m'accabler de ta pitié, je t'arrache les cheveux !

— Aïe ! (Il lui prit la main et la porta à ses lèvres.) Je ne peux pas m'empêcher de me sentir coupable. Je connaissais bien père et Edward.

— C'est vrai, acquiesça Bérangère avec une grimace. Père ne levait pas les yeux de ses livres bien-aimés et Edward était un porc. Aucune villageoise au-dessus de dix ans n'était à l'abri de sa convoitise. Le diable l'aimait tellement qu'il l'a rappelé à lui tout jeune.

Jamie ne put retenir un rire.

— Comme tu m'as manqué pendant tous ces mois !

— Ces années, mon cher frère. Ces années !

— Pourquoi les femmes se souviennent-elles toujours des détails les plus anodins ?

Elle lui tira l'oreille jusqu'à ce qu'il crie.

— Et si tu me parlais de ta mission ?

— A t'entendre, on croirait qu'escorter une héritière à travers le pays est une noble tâche.

— Bien sûr, c'en est une ! Et c'est pour cela qu'on a choisi un preux comme toi. C'est stupéfiant que vous soyez frères, Edward et toi !

— Il est né cinq mois après le mariage de nos parents et j'avoue que je me demande parfois qui était son père, remarqua Jamie avec cynisme.

— J'ai interrogé mère une fois à ce sujet.

— Et qu'a-t-elle répondu ?

— Elle a agité la main et murmuré : « Il y avait tant de beaux garçons cet été-là que j'ai du mal à me souvenir qui était qui. »

Jamie réprima un mouvement de colère. Il connaissait trop bien sa mère pour se sentir blessé.

— Si sa famille a découvert qu'elle était enceinte, qui pouvait mieux faire l'affaire que père ? Je l'entends d'ici lui dire : « Posez ce livre, mon chéri, il est temps de nous marier. »

— Crois-tu qu'il ait continué à lire pendant sa nuit de noces ? Oh, Jamie, crois-tu que *nous* soyons... ?

— Il arrive aussi aux érudits de poser leurs livres. Et puis, nous ressemblons à nos cousins. Quant à Joby, c'est le portrait craché de père!

— C'est vrai. Alors, cela t'a traversé l'esprit, à toi aussi?

— A l'occasion.

— Chaque fois qu'Edward te poussait dans du crottin de cheval ou qu'il te ligotait à un arbre?

— Ou quand il t'injuriait, rappela Jamie, puis une lueur de malice s'alluma dans ses yeux. Ou quand il a essayé de te marier à Henry Oliver.

— Henry continue à bombarder mère de demandes.

— A-t-il toujours autant de cervelle qu'un pois chiche?

— Il est toujours égal à lui-même. S'il te plaît, cessons de parler d'Edward et de la manière dont il a dilapidé le peu de fortune que nous avions. Et surtout, cessons de parler de... de cet homme! Si nous discutions plutôt de ton héritière?

Jamie voulut protester mais il se tut. « Son » héritière avait au contraire tout à voir avec les frasques et la dépravation de son « frère ». D'ailleurs, dans l'esprit de Jamie, un être aussi pervers qu'Edward ne pouvait mériter le nom de frère. Alors que Jamie était au loin, exposant sa vie pour la reine, Edward avait bradé tous les biens de la famille.

Pendant ce temps, leur père restait enfermé dans sa bibliothèque à écrire une histoire du monde. Quand Bérangère et Joby lui avaient démontré, preuve à l'appui, la malhonnêteté d'Edward, il s'était contenté de répondre : « Qu'y puis-je ? Tout lui appartiendra un jour, alors qu'il agisse comme il veut. Je dois finir ce livre avant de mourir. »

Mais la fièvre avait emporté père et fils en deux jours. Quand Jamie était rentré pour les funérailles, le domaine qui, naguère, rapportait un mince bénéfice ne permettait plus de faire vivre la famille. En dehors d'un petit périmètre autour du vieux donjon, les terres, les fermes et même la demeure ancestrale avaient été vendues. Jamie n'avait pas décoléré de plusieurs jours.

— Sans rente ni récolte, comment Edward imaginait-il que vous pourriez subsister ? s'était-il écrié.

— Avec ses gains au jeu, sans doute. Il affirmait toujours que la chance allait lui sourire, avait répondu Joby. A quoi bon te lamenter sur ce qui est fait ? Réfléchis plutôt à ce qui peut encore être tenté, avait-elle ajouté avec un coup d'œil significatif en direction de Bérangère.

Joby sous-entendait qu'aucun homme ne prendrait jamais une aveugle pour femme, si belle soit-elle, et qu'elle serait toujours à la charge de Jamie.

— L'orgueil, répétait-il maintenant. C'est l'orgueil qui vous a empêchées, toi et Joby, de me rappeler à la maison.

— Moi, peut-être, mais pas Joby ! Je n'ose même pas te répéter ce qu'elle a dit.

— Sans doute m'a-t-elle traité de lâche, de

vous abandonner toutes deux aux mains d'un monstre comme Edward ?

— Tu es plus gentil à ton égard qu'elle ne l'a été ! Je me demande bien où elle apprend ces abominables expressions, poursuivit Bérangère en se remémorant les mots exacts de Joby.

— Joby est une vraie Montgomery. Père avait raison en affirmant que les tourments de Job n'étaient rien comparés aux affres que lui faisait vivre sa cadette.

— Père détestait tout ce qui l'arrachait à ses précieux livres, répliqua Bérangère avec une pointe d'amertume. Mais Joby pouvait lui faire la lecture, ce qui n'était pas mon cas.

Jamie pressa la main de sa jumelle entre les siennes alors que de pénibles souvenirs les assaillaient tous les deux.

— Trêve de morosité ! s'exclama Bérangère d'une voix dure. Parle-moi plutôt de ton héritière.

— *Mon* héritière ? Sûrement pas ! protesta Jamie. Elle doit épouser un fils Bolingbrooke.

— Imagine des richesses pareilles ! dit rêveusement Bérangère. Crois-tu qu'ils brûlent d'énormes quantités de bûches chaque jour pour chauffer leur demeure ?

Jamie rit.

— Joby rêve de bijoux et de soie et toi de chaleur.

— Il me faut davantage, rectifia doucement sa sœur. Moi, je rêve que tu épouses ton héritière.

Agacé, Jamie se leva et alla à la fenêtre. Sans

même s'en rendre compte, il sortit la vieille dague de son fourreau et se mit à jouer avec.

— Pourquoi les femmes mettent-elles du sentiment partout ?

— Du sentiment, ha ! protesta Bérangère avec passion. C'est de la nourriture que je veux mettre sur la table ! Sais-tu ce que c'est de n'avoir rien d'autre à manger que des lentilles moisies ?

Jamie posa les mains sur ses épaules, la forçant à se rasseoir.

— Je suis désolé. Je...

Quel motif pouvait-il bien invoquer ? Pendant que sa famille mourait de faim, il dînait à la table de la reine.

— Ce n'est pas ta faute, reprit-elle d'une voix apaisée. Mais les charançons dans le pain ne favorisent pas la sentimentalité. Nous devons regarder les faits en face. La première possibilité est de déménager chez nos cousins Montgomery et de vivre de leur charité.

Jamie la fixa un moment, les sourcils froncés.

— Si c'était une possibilité, pourquoi ne t'es-tu pas installée chez eux depuis longtemps avec notre cadette ? Cela aurait été bien égal à Edward, et père ne s'en serait même pas aperçu. Pourquoi es-tu restée ici à te nourrir d'aliments avariés ?

Un lent sourire monta aux lèvres de Bérangère, puis, comme cela leur arrivait souvent, ils murmurèrent ensemble :

— Par orgueil !

— Dommage que nous ne puissions monnayer notre orgueil... Nous serions plus riches que l'héritière Maidenhall !

Tous deux éclatèrent de rire, car « plus riche que l'héritière Maidenhall » était devenu un adage dans toute l'Angleterre, et Jamie l'avait même entendu en France.

— L'orgueil ne se vend pas, remarqua Bérangère, mais nous possédons autre chose de grande valeur.

— Et quoi donc, s'il te plaît ? Y a-t-il un marché pour les ruines ? Peut-être devrions-nous clamer que l'eau du puits est miraculeuse afin d'attirer les gens fortunés ou alors nous pourrions...

— Ta beauté.

— ... vendre le crottin, poursuivit-il. Ou bien... Ma quoi ?

— Ta beauté. C'est une idée de Joby. Réfléchis-y, Jamie ! Qu'est-ce qui n'est pas achetable ?

— Très peu de chose, sinon rien.

— La beauté n'est pas achetable.

— Je commence à comprendre. Dois-je vendre ma... beauté, comme tu l'appelles ? Mais si je suis à vendre, alors l'argent peut acheter la beauté — si effectivement je suis beau, murmura-t-il, les yeux brillants comme toujours quand il s'apprêtait à la taquiner. Comment sais-tu que je ne suis pas aussi horrible que... qu'un tas de tes lentilles moisies ?

— Jamie, je ne vois pas, mais je ne suis pas aveugle, annonça Bérangère comme si elle parlait à un simple d'esprit.

Jamie réprima un éclat de rire.

— Tu crois que je n'entends pas les soupirs des femmes sur ton passage et leurs remarques lestes ?

— Cela devient intéressant ! Il faut que tu m'en dises davantage !

— Jamie ! Je suis sérieuse.

Il la prit par les épaules et approcha son visage du sien.

— Chère petite sœur, tu ne m'as pas écouté. Je dois escorter cette riche héritière auprès de son fiancé. Tu vois, elle n'a pas besoin de mari, elle en a déjà un !

— Et qui est ce Bolingbrooke ?

— Comme tu le sais, il est très fortuné. Son père est presque aussi riche que Maidenhall en personne.

— Dans ce cas, quel besoin aurait-elle d'accroître encore sa richesse ?

Un sourire indulgent détendit les traits de Jamie. Sa sœur avait toujours vécu à la campagne et, pour elle, la richesse se résumait à des vêtements chauds et à une nourriture abondante. Mais lui qui avait voyagé savait qu'on n'avait jamais assez d'argent ni de pouvoir. Le mot « assez » n'existait pas pour bon nombre de gens.

— Ne prends pas un air protecteur ! siffla-t-elle.

— Je n'ai rien dit, fit-il en levant les mains en signe de protestation.

— J'entends tes pensées. Figure-toi que la reine a laissé entendre qu'elle donnerait volontiers un titre à Perkin Maidenhall s'il était prêt à y mettre le prix.

— Et il a refusé. Sa pingrerie est connue dans toute l'Angleterre. Et pour une fois, je m'en réjouis car sinon il n'aurait pas loué les services d'un homme aussi désargenté que moi pour escorter sa fille.

— Désargenté, peut-être, mais tu as maintenant hérité de tous les titres de père.

Jamie parut d'abord étonné.

— En effet, reconnut-il ensuite d'un air songeur. En effet, et je suis comte maintenant, n'est-ce pas ?

— Et aussi vicomte et baronnet.

— Crois-tu que je puisse forcer Joby à s'agenouiller devant moi et à embrasser mon anneau ?

— Avec un titre, Jamie, tu deviens une valeur sur le marché du mariage ! Que nous reste-t-il d'autre ? Aucun homme riche ne demandera jamais la main d'une aveugle sans dot ! Quant à Joby... Elle est sans dot, elle aussi, et ce ne sera jamais une beauté. Et ne parlons pas de son caractère...

— Excuse-moi ! s'écria Jamie avec une pointe de colère. Quand je me regarde dans un miroir, je ne vois pas l'Apollon que mes sœurs imaginent. Enfin, chère sœurette, reprit-il après avoir respiré à fond pour se calmer, tu ne crois pas que moi aussi j'ai réfléchi à tout cela ? Pas tout à fait de la même façon que toi, mais je sais pertinemment qu'une riche alliance réglerait bien des problèmes.

Un sourire qu'il connaissait trop bien effleura les lèvres de Bérangère.

— Qu'as-tu donc manigancé avec notre fripouille de sœur? Je t'avertis, Bérangère! Ne comptez pas sur moi pour jouer un rôle dans vos machinations. C'est un travail honnête. Si je remets cette jeune fille entre les mains de son fiancé, on me donnera une somme rondelette. Point final. Et je te défends bien de...

Il se tut et poussa un grognement. Il était capable de repousser des assaillants, de livrer bataille, de mener des négociations entre divers pays, mais que Dieu le préserve si ses deux sœurs s'étaient liguées contre lui pour régler ses affaires!

2

— Si elle tombe amoureuse de toi, Jamie, son père consentira à t'accorder sa main. C'est sa fille unique et l'héritière de toute sa fortune. Comment lui refuserait-il quoi que ce soit?

Même aux oreilles de Jamie, Joby paraissait convaincante. Les épingles coincées entre ses lèvres l'empêchaient de faire le moindre commentaire. Il avait déjà passé la matinée et la moitié de l'après-midi en sous-vêtements tandis que Joby donnait ses directives au tailleur du village et à six couturières pour pourvoir son frère d'une garde-robe à même de gagner le cœur d'une héritière.

La veille au soir, il avait écouté Bérangère et Joby lui détailler le plan qu'elles avaient mis sur pied tout en buvant un pichet de mauvais vin. Il avait découvert d'autres aspects de la perfidie de son frère — ou, comme il aimait mieux le penser, de son *demi*-frère — qu'il aurait préféré ignorer. Non content de vendre le patrimoine des Montgomery, Edward l'avait bradé à des gens du même acabit que lui.

Gérer un domaine ne semblait pas le fort des nouveaux propriétaires. Ils préféraient semer la terreur en brûlant récoltes et chaumières, et en violant les filles.

Quand Joby lui avait dit avoir calmé les paysans en leur assurant qu'il remettrait de l'ordre dès son retour, Jamie avait failli s'étrangler.

— Ces terres ne m'appartiennent plus ! avait-il protesté.

Bérangère avait haussé les épaules.

— Les Montgomery les possèdent depuis des lustres. Comment deux malheureuses petites années pourraient-elles y changer quelque chose ?

— Parce qu'elles ont été échangées contre de l'or, voilà pourquoi !

— A propos d'or... avait dit Joby en faisant signe à un laquais d'emplir de nouveau le verre de son frère.

Les chefs de famille des trois villages qui faisaient autrefois partie du domaine avaient défilé un par un dans le grand hall pour apporter les richesses qu'ils avaient pu sauver ou — comme Jamie le soupçonnait — voler : des bouts de cuillères en argent, une anse d'aiguière, des pièces frappées à l'effigie de rois depuis longtemps défunts, des sacs bourrés de duvet d'oie, des porcelets, des peaux tannées, une boucle de ceinture, quelques boutons d'une riche toilette de femme... La liste semblait sans fin.

— Et dites-moi, s'il vous plaît, à quoi va servir tout ça ? avait demandé Jamie en contemplant la table encombrée d'objets et les piles qui jonchaient le sol.

Un porcelet curieux avait renversé tous les gobelets et lapé le vin dédaigné par les hommes.

— A te confectionner une garde-robe princière, avait répondu Bérangère. L'héritière Maidenhall va tomber amoureuse de toi au premier regard.

Rejetant la nuque en arrière, Jamie s'était mis à rire à gorge déployée. Le porcelet, levant le groin, avait fait bruyamment chorus.

Jetant un coup d'œil à la ronde, Jamie avait constaté qu'ils étaient bien les seuls.

— Jamie, tu es notre unique espoir, avait murmuré Bérangère. Tu n'as qu'à claquer des doigts pour avoir toutes les femmes à tes pieds.

— Non ! avait-il protesté avec la dernière véhémence. Il n'en est pas question ! D'ailleurs, cette femme est promise à un autre. Son père ne le permettra jamais.

Il aurait voulu ajouter qu'il désirait faire un mariage d'amour, mais c'était un luxe que ne pouvait s'offrir un comte ruiné et sans terre. Quand il se marierait, du moins le ferait-il d'une manière honnête. Il était pauvre mais titré. Peut-être que la fille d'un riche négociant...

Ce qui était précisément le cas de l'héritière Maidenhall.

— Non, non et non! avait-il conclu. Mille fois non!

Ça, c'était ce qu'il avait dit la veille, et voilà qu'aujourd'hui il jouait les mannequins. Et il n'allait même pas demander d'où venaient ces somptueux tissus.

— Mmm... mmm! fit-il.

— Qu'y a-t-il, mon cher frère? s'enquit Joby en enlevant les épingles de sa bouche.

— Retire ce damné porcelet d'entre mes jambes!

— Mais il t'adore, répliqua-t-elle tandis que tout le monde se retenait de rire.

Tous étaient persuadés que Jamie allait résoudre leurs problèmes. Comment une femme pourrait-elle ne pas succomber à son charme?

Un mètre quatre-vingt-cinq, quatre-vingt-cinq kilos, les épaules larges, les hanches minces, les cuisses musclées et un visage à faire damner une sainte : des yeux d'émeraude, des cheveux de jais, une peau dorée, des lèvres de statue grecque. A sa vue, les femmes tombaient comme des mouches.

— Le porcelet est une femelle, lança Bérangère, déclenchant l'hilarité générale.

— Silence! rugit Jamie.

Il voulut ôter le pourpoint de velours noir qui le moulait et poussa un cri de douleur. Deux épingles s'étaient fichées dans sa paume.

Il attendit avec impatience que Joby les lui retirât, attrapa ses vieux vêtements et se dirigea vers la porte sans même les enfiler. Le porcelet se précipita dans ses jambes, manquant de le faire tomber. Furieux, Jamie saisit l'infortuné animal, prêt à le jeter par la fenêtre du deuxième étage. Puis il croisa son regard.

— Enfer et damnation! s'exclama-t-il en le fourrant sous son bras. Ah, les femmes! marmonna-t-il en dévalant l'antique escalier de pierre.

3

Sa surprise fut totale quand l'homme lui plaqua la main sur la bouche. Le cœur battant à tout rompre, Inès s'exhorta au calme et, à cet instant, elle pardonna à son père de lui avoir fait mener une vie de recluse à l'abri de hauts murs : précisément pour lui éviter *cela*. Puis elle se demanda comment l'homme était entré dans le jardin. Les murs étaient surmontés de piques de fer, les chiens lâchés en permanence et les lieux grouillaient de serviteurs.

Il lui sembla que l'homme mettait une éternité à la traîner derrière une haie un peu à l'écart. Tout s'était passé si vite! Elle était en train de commencer le portrait de sa ravissante cousine Frances — le vingtième de l'année au moins — quand il s'était précipité sur elle. Comment savait-il qui elle était?

Il s'arrêta soudain, maintenant solidement Inès contre lui. Aucun homme ne l'avait jamais approchée d'aussi près. Les espions de son père étaient partout, et si un homme se risquait ne serait-ce qu'à lui sourire, il ne faisait pas long feu dans la maison.

— Si je retire ma main, promettez-vous de ne pas donner l'alarme ? s'enquit-il, et son souffle caressait son oreille. Peut-être n'allez-vous pas me croire, mais je ne vous veux aucun mal. Je désire juste quelques renseignements.

Inès se détendit aussitôt. Elle aurait dû s'en douter. Tous les hommes souhaitaient lui soutirer des informations sur la fortune de son père.

Elle acquiesça. Mais l'homme n'enleva pas sa main pour autant, elle eut conscience même qu'il la fixait. La tête d'Inès était renversée en arrière et il avait la joue pressée contre son front.

— Vous êtes un beau brin de fille, dit-il. Restez tranquille ! s'écria-t-il, alors qu'Inès, soudain effrayée, se débattait. Je n'ai pas le temps de badiner, j'ai du travail.

Devrait-elle s'excuser qu'il se soit mis en retard en l'enlevant ? songca Inès en essayant d'apercevoir son visage. Mais il s'était détourné et fixait Frances à travers un rideau de feuillage.

— Elle est belle, n'est-ce pas ?

Inès le mordit à la main et il libéra sa bouche.

— Aïe ! Qu'est-ce qui vous prend ?

— C'est juste un avant-goût de ce qui risque de vous arriver si vous...

Il la bâillonna derechef.

— Je vous le répète : je ne vous veux aucun mal. Je suis chargé d'escorter l'héritière Maidenhall à travers l'Angleterre.

Inès comprit la situation en un éclair. Il voulait juste savoir à quoi ressemblait l'héritière Maidenhall. Quoi d'étonnant qu'il eût cru que c'était Frances ? Bien qu'elle fût sans le sou, la jeune femme était toujours parée de magnifiques atours et vivait selon l'idée qu'elle se faisait de l'existence d'une personne riche. En d'autres termes, si elle faisait tomber une aiguille, elle appelait une servante pour la ramasser.

— Vous resterez tranquille si je retire ma main ?

Inès hocha vigoureusement le menton.

Il ôta la main et lui libéra la taille. Inès, comme toute personne sensée, fit un bond pour lui échapper. Il la poussa si violemment par terre qu'elle en eut le souffle coupé, puis il se jeta sur elle, l'écrasant sous le poids de son corps musclé.

Dès qu'elle fut revenue de sa stupéfaction, elle leva les yeux pour le regarder. Bonté divine ! Il était d'une beauté à couper le souffle ! Le Prince Charmant en personne !

Quant à Jamie, il se trouva face à une délicieuse jeune femme qui, sans être aussi belle que l'héritière, possédait un charme dévastateur. Elle avait un visage en forme de cœur, des cheveux châtains, d'immenses yeux noisette, de longs cils épais, un petit nez et la bouche la plus parfaite qu'il eût jamais vue. Elle le défiait du regard — aucune femme ne l'avait jamais regardé de cette manière-là. Et elle était faite à la perfection : des seins ronds et fermes, la taille fine, les hanches voluptueuses.

Pourquoi son père avait-il loué les services d'un tel adonis ? se demanda Inès. D'habitude, il en voulait pour son argent, et Inès avait découvert grâce à Frances que les gens beaux, persuadés que leur présence était tout ce qu'on exigeait d'eux, étaient des bons à rien. Que manigançait son père ?

— Voulez-vous bien m'écouter ? demanda-t-il.

Tout en parlant, il détaillait le délicieux petit corps plaqué sous le sien, et elle sentit sa main remonter vers ses seins.

— Si vous me touchez, je crie ! le menaça-t-elle, les yeux étincelants.

— Je n'ai jamais violé personne ! protesta-t-il d'un air mortifié.

— Alors, bas les pattes ! Et poussez-vous. Vous m'étouffez !

— Oh, pardon ! s'exclama-t-il avec un sourire ravageur.

Il obtempéra de mauvaise grâce. Quand Inès tenta de lui échapper, il l'attrapa par sa jupe et roula sur elle.

— Vous n'avez aucun sens de l'honneur !

— Détrompez-vous ! se récria-t-elle. Mais seulement quand j'ai affaire à des hommes d'honneur. Vous n'avez aucun droit d'être ici.

— Disons que j'ai un jour d'avance.

De nouveau, sa main se fit baladeuse.

— Si vous me lâchez, je vous dirai *tout*, promit-elle d'un ton qui sous-entendait que son contact était la chose la plus ignoble du monde.

Elle vit à son expression qu'elle avait fait mouche. Il n'avait pas l'habitude que les femmes se rebellent, c'était clair. Ayant vécu une grande partie de sa vie auprès de Frances, Inès connaissait le pouvoir de la beauté. Elle devait parlementer des heures avec un jardinier avant qu'il veuille bien élaguer les pommiers, mais il suffisait à Frances de battre des cils et de dire qu'à son avis les arbres devaient être taillés de telle ou telle façon pour que trois hommes manquent s'étriper en s'empressant d'exaucer ses désirs.

Au fond, Inès détestait les gens beaux. Oh, elle aimait bien faire leur portrait, mais elle préférait cent fois la compagnie d'hommes comme Tode ou l'intendant.

— D'accord, acquiesça-t-il en glissant de nouveau loin d'elle. Mais, de grâce, pas un geste, pas un mot ! Sinon je serai obligé de...

Inès s'assit.

— ... de reposer vos mains sur moi ? Merci bien ! Plutôt me mettre à table.

Il se leva et lui tendit la main. Elle dédaigna son aide.

— Que voulez-vous savoir ? reprit-elle. Combien pèse l'or de Maidenhall au gramme près ? Vous contenteriez-vous d'une estimation en tombereaux ?

— Vous voilà bien cynique, dites-moi... Non, c'est elle qui m'intéresse.

— Ah oui, bien sûr, la ravissante Frances !

s'exclama Inès en époussetant sa robe de linon toute simple.

— Frances ? C'est son nom ?

— Auriez-vous l'intention de composer des sonnets en son honneur ? Trop tard ! Et j'aime mieux vous prévenir : quel casse-tête pour trouver des rimes !

Riant, il jeta un coup d'œil à travers le feuillage, Frances était assise sur un banc au soleil, un livre ouvert devant elle.

— Pourquoi reste-t-elle aussi immobile ? Son livre la passionne-t-il à ce point ?

— Frances ne sait ni lire ni écrire. Elle dit que les activités donnent des rides.

L'homme rit encore.

— Dans ce cas, pourquoi une telle rigidité ?

— Elle pose pour son portrait, dit Inès comme s'il était stupide.

— Mais c'est *vous* le peintre et vous êtes ici. N'a-t-elle pas remarqué votre absence ?

— L'idée qu'on la regarde lui suffit. Mais... vous saignez ?

— Enfer et damnation ! Les cerises ! s'exclama-t-il en sortant quelques fruits écrasés de la poche de son pourpoint.

— Violation de propriété aggravée de vol ! Beau palmarès !

— Bah ! Elle est si riche qu'elle n'est pas à deux ou trois cerises près. Vous en voulez une ?

— Non, merci. Auriez-vous l'obligeance de me dire ce que vous désirez savoir afin que je puisse me remettre à l'ouvrage ?

— Vous la connaissez bien ?

— Qui donc ?

— L'héritière Maidenhall, parbleu!

— Comme tout le monde. Est-ce elle qui vous intéresse? Ou tout cet or?

— Oui, tout cet or, acquiesça-t-il d'un air sérieux en crachant un noyau. Mais je veux la connaître, elle. Qu'est-ce qui lui ferait plaisir, par exemple?

Inès l'observa un moment.

— Et pourquoi voudriez-vous lui faire plaisir?

Ses traits s'adoucirent et son visage en parut encore plus beau. S'il regardait une autre femme avec cet air-là, elle fondrait comme de la cire, songea Inès. Mais pas elle.

— Eh bien, murmura-t-il d'une voix chaude en se penchant vers elle, quel genre de cadeau lui plairait-il?

Inès lui adressa un regard suave.

— Un miroir à double face?

Ainsi tous deux pourraient s'y contempler en même temps.

Il pouffa, puis jeta ce qu'il restait de cerises.

— J'ai besoin d'un ami. Ou, du moins, d'un associé.

— Serait-ce une proposition? s'enquit-elle avec une feinte ingénuité. (Quand il acquiesça, elle ajouta :) Que me donnerez-vous en échange?

— Vous commencez à me plaire.

— Comme je n'en dirai pas autant de vous, j'aimerais que vous en veniez au fait afin que nous en terminions au plus vite.

— Je ne vous retiens pas, dit-il avec un geste

du bras. Je serai là demain. Peut-être vous verrai-je. Ou peut-être pas.

— Que m'offrez-vous pour ma peine? demanda Inès malgré elle.

— La richesse.

Ah, songea-t-elle, l'or des Maidenhall... et l'argent, et les terres, et les bateaux, et les entrepôts, et...

— Non, reprit-il, ne me regardez pas ainsi! Mes intentions sont honnêtes. Je veux juste...

— Vous voulez juste épouser l'héritière, c'est cela?

Un éclair de surprise traversa son regard et elle sut qu'elle avait deviné juste. Un de plus. De nouveau, elle se demanda pourquoi son père avait choisi cet homme persuadé que toutes les femmes étaient à ses pieds!

— Vous ne manquez pas d'ambition. N'est-elle pas déjà fiancée?

— Oui, enfin...

— Vous avez l'intention de la faire changer d'avis pendant le voyage?

— J'ai mes chances, vous croyez?

— Frances va vous adorer! rétorqua-t-elle en riant tout bas car sa cousine détestait tout ce qui pouvait lui faire de l'ombre. Alors vous êtes venu pour épouser l'héritière Maidenhall? Les temps sont durs, n'est-ce pas?

— Je savais que je pouvais vous faire confiance. Dès que je vous ai vue, le pinceau à la main, j'ai tout de suite compris le genre de femme que vous étiez. Nous pourrions devenir de grands amis, vous et moi. Voyagez-vous avec elle?

— Bien sûr. En fait, nous sommes cousines.

— Ah ! acquiesça-t-il en souriant. J'ai moi aussi de riches cousins.

— Dites-moi, euh... J'ignore votre nom.

— James Montgomery, comte de Dalkeith. Un titre, mais ni terre ni or pour aller avec. Et vous êtes miss... ?

— Maidenhall. Inès Maidenhall, tout court, hélas !

— Un nom peu commun pour une femme peu commune. Eh bien, Inès, conseillez-moi. Que dois-je faire pour l'impressionner ? Composer des vers en hommage à sa beauté ? Lui offrir des fruits exotiques ? Des roses jaunes ? Je me sens à même de décrocher la lune.

— Des pâquerettes, répliqua Inès sans hésiter.

— Des pâquerettes ? Ces banales fleurs des champs ?

— Oui. Frances a horreur de ce qui risque de rivaliser avec sa beauté, les roses, par exemple. Les pâquerettes rehausseront son éclat, comme une monture discrète met en valeur une pierre précieuse.

— Quelle ingéniosité !

— Dans ma position, c'est une question de survie.

— Je vois que nous nous entendons parfaitement !

— Un châle brodé de pâquerettes, dont on lui enveloppe les épaules tandis qu'elle contemple le clair de lune... N'est-ce pas romantique ?

— Oui, tout à fait. (Il lui jeta un regard suspicieux.) Ce n'est pas un mensonge, au moins ?

— Je jure sur mon salut éternel que l'héritière Maidenhall aime les pâquerettes !

— Et pourquoi accepteriez-vous de m'aider ?

Elle rentra timidement la tête dans les épaules.

— Vous promettez de me laisser faire le portrait de tous les membres de votre famille ?

Il sourit.

— Avec plaisir. Et je vous paierai largement. J'ai une sœur jumelle.

Inès garda les yeux baissés afin de ne pas lui montrer ses sentiments. Quelle fatuité de l'imaginer capable de trahir sa propre cousine pour peindre quelques visages sans caractère !

— Vous m'honorez, messire.

— Appelez-moi Jamie.

Il se pencha vers sa bouche. Elle tourna la tête, et il embrassa sa joue.

— Cela ne fait pas partie du marché ! Pas encore ! s'écria-t-elle avant de s'échapper pour regagner son chevalet.

Prenant un pinceau, elle voulut se remettre à peindre, mais en fut incapable tant elle riait. Quelle revanche elle aurait quand il s'apercevrait de sa méprise !

Mais son rire se figea soudain et la peur l'envahit. Si James Montgomery avait réussi à s'introduire si facilement chez elle, d'autres le pouvaient aussi. Et il ne manquait pas de candidats désireux de l'enlever pour une rançon...

Prise de vertige, elle s'évanouit.

Comme promis, Jamie écrivit la nuit même à Bérangère et à Joby. Que leur dire ? Il trempa sa plume dans l'encrier et sourit. Elles voulaient un conte de fées... Eh bien, il allait leur en donner un !

Mes très chères sœurs,

Je l'ai rencontrée. L'expérience autrefois acquise à fuir les tourments que m'infligeait Edward s'est finalement révélée utile : j'ai grimpé à un arbre pour franchir le mur et j'ai réduit les chiens au silence avec de vieux chiffons trouvés dans une remise à outils. Une aventure digne de Joby !

L'héritière Maidenhall posait pour son portrait dans le jardin, aussi immobile qu'une statue et plus belle encore que Vénus. Je comprends que son père la garde sous clé, sa beauté est plus précieuse que le plus précieux des trésors.

Je ne lui ai pas parlé. Je l'ai seulement observée, me chauffant à son rayonnement, ébloui par sa vénusté.

Jamie leva sa plume. Oui, cela devrait aller. Aventure et passion. Qu'ajouter pour qu'elles cessent de se faire du souci ? Ah oui, leur signaler qu'il avait une alliée dans la place.

J'ai interrogé la jeune fille qui immortalisait les traits de l'héritière. Elle ressemble à un joli moineau en cage, mais elle a l'esprit vif. Elle va m'aider à épouser l'héritière. Quand cette affaire sera menée à bonne fin, je vous la présenterai. Elle fera votre portrait.

Affectueusement,
James

— Peut-on être plus stupide! explosa Joby en lisant la lettre. Il compte se servir d'un laideron pour gagner le cœur d'une déesse?

— Notre frère est amoureux, dit Bérangère.

— Tu crois? Oui, peut-être. Il ne cesse de s'extasier sur sa beauté. Tant mieux! Jamie est affligé de scrupules et d'une conscience. Moi, à sa place, je ne...

— Mais non, voyons! Il est amoureux du petit moineau.

— Tu es folle!

Bérangère sourit.

— On parie?

4

Rhys observa Jamie par-dessus sa chope de bière.

— Eh bien, raconte! A quoi ressemble-t-elle?

Thomas, Rhys et Jamie étaient amis depuis des années. Ils avaient guerroyé ensemble, partageant en frères bonne et mauvaise fortune. Au fil du temps, Thomas et Rhys avaient découvert le talon d'Achille de Jamie : pour lui, toutes les femmes étaient des anges incarnés. Il fallait dire à sa décharge que la plus odieuse des viragos devenait tout sucre tout miel à sa vue.

— C'est un délicieux petit moineau, commença Jamie d'un air rêveur. De grands yeux noisette qui transpercent un homme, une poitrine ronde et ferme, la vivacité d'un moineau... et la langue aussi aiguisée qu'un coup de bec !

Thomas et Rhys le regardaient, bouche bée. Rhys retrouva le premier l'usage de la parole.

— Tu es tombé *amoureux* de l'héritière Maidenhall ?

Jamie dévisagea ses deux compagnons comme s'ils avaient perdu l'esprit.

— Inès ? (Il se mordit aussitôt la langue. Certaines choses devaient rester secrètes.) Amoureux ? L'amour n'a rien à voir dans l'affaire ! Je suis chargé de conduire une femme auprès de son...

— Un moineau aux seins fermes et ronds, hein ? railla Rhys en poussant Thomas du coude. Eh bien, on va faire du lard cet hiver s'il a jeté son dévolu sur l'héritière Maidenhall.

Thomas ne sourit pas.

— Qui est Inès ? demanda-t-il.

— Elle va m'aider à gagner les faveurs de l'héritière, répondit Jamie d'un air maussade.

— Mais j'avais cru comprendre que ce charmant moineau était l'héritière, s'exclama Rhys, perplexe.

Jamie fixa le fond de sa chope.

— Non. L'héritière s'appelle Frances et elle est belle comme un astre : des cheveux d'or fin, des cils immenses, un teint de porcelaine, une bouche adorable... Une déesse faite femme !

— Quelque chose me chiffonne dit Rhys. Tu nous décris la huitième merveille du monde mais, à t'entendre, on a l'impression que c'est la pire des harpies. Ton Aphrodite aurait-elle des défauts ?

— Elle ne sait ni lire ni écrire. Et elle adore qu'on fasse son portrait. Elle...

— Que rêver de mieux ? lança Rhys en riant. Peut-être vais-je tenter ma chance si tu te trouves trop bien pour elle.

Jamie lui décocha un regard glacial.

— Je dois faire mon devoir et penser à mes sœurs.

— Ce n'est quand même pas une corvée !

— Tu ne l'as pas vue, toi ! se récria Jamie. Il doit falloir la courtiser à longueur de temps !

— Contrairement à ton moineau à la gorge épanouie ? interrogea Thomas en étudiant Jamie.

A près de quarante ans, Thomas était l'aîné — Jamie et Rhys n'avaient pas encore franchi le cap de la trentaine. Il avait immédiatement deviné quel genre d'homme était James Montgomery : une fois qu'il avait reconnu quelqu'un pour sien, c'était pour la vie.

Jamie sourit.

— Ah, être libre ! dit-il. Être fils de fermier et épouser une fille selon mon cœur ! (Il leva sa chope.) A la liberté ! s'exclama-t-il avant de boire d'un trait.

Rhys et Thomas échangèrent un regard. Jamais ils ne comprendraient Jamie. C'était un des rares élus à avoir aperçu l'héritière Maidenhall et il se plaignait de sa beauté.

— A la liberté ! répondirent-ils à l'unisson.

5

— Tu l'as vu ? demanda Inès, le visage rouge de colère.

— Non, répondit Tode, cherchant à dissimuler sa consternation.

Quand un jardinier avait ramené Inès dans la maison, Tode avait senti son cœur cesser de battre. Il l'avait d'abord crue morte. Après l'avoir fait transporter dans sa chambre et avoir envoyé quérir le médecin du village, il s'était rendu compte qu'elle n'était qu'évanouie. Il avait alors interdit la porte à l'homme de l'art et donné un cordial à Inès. Puis il lui avait demandé de raconter par le menu ce qui s'était passé.

— Il ne marche pas, il se pavane, poursuivit Inès, tout à fait remise, arpentant la pièce pour calmer sa colère. Il plastronne. Il déambule les épaules rejetées en arrière comme si le monde lui appartenait. Et pourquoi cela ? Parce qu'il est comte ? Ha ! Mon père en avale deux comme lui chaque jour à son petit déjeuner !

— Pas étonnant qu'il soit irascible !

Inès ne sourit pas de sa plaisanterie.

— Si tu l'avais vu couver du regard cette chère cousine Frances ! Tu en aurais été malade.

Tode en doutait, mais il se garda bien de le dire, d'autant qu'il partageait plutôt l'avis d'Inès sur Frances.

— Vous avez eu une idée de génie de la faire passer pour l'héritière. Il aurait pu vous enlever.

— Oh, non, pas lui ! Pas James Montgomery. Il veut m'épouser. L'épouser. Enfin, épouser son or. (Inès se laissa tomber sur une chaise.) Pourquoi personne ne me voit-il jamais ? Mon père m'enferme comme si j'avais fait quelque chose de mal. Les criminels ont plus de liberté que moi.

— Les jeunes femmes de votre rang ne choisissent pas leur mari, dit Tode pour tenter de la calmer.

— Oui, mais aucun homme ne franchit un mur pour venir les regarder sous le nez. Ou plutôt pour voir comme elles rutilent ! Parfois, je suis reconnaissante à mon père. Tous les gens (elle indiqua d'un geste vague l'autre côté du mur), à quoi croient-ils que j'occupe mes journées ?

Comprenant la nécessité de justifier de temps à autre son titre de bouffon, Tode lança :

— A manger des langues de colibri à la sauce aux perles, à passer vos après-midi à compter vos bijoux, à examiner des mètres de soie chaque jour pour vous faire confectionner de nouvelles robes.

Inès lui jeta un regard noir.

— Et que fais-je d'autre, en vérité ?

— Je suis payé pour vous faire rire, et qu'y a-t-il de plus drôle que la vérité ?

Il s'écarta avec difficulté de la cloison. Ses jambes le faisaient terriblement souffrir ce jour-là.

Assieds-toi donc ! commanda Inès d'un ton bourru, sachant combien il détestait la voir prévenante à son égard. Tu me donnes le tournis !

— Mille pardons de vous incommoder ! dit-il en s'enfonçant dans un siège capitonné.

La pièce était petite et chichement meublée. Perkin Maidenhall avait acquis la propriété parce qu'elle faisait partie d'un terrain plus vaste qu'il convoitait. Quand sa fille était née, dix-neuf ans plus tôt, il l'avait enfermée derrière ses hauts murs. Elle n'y avait jamais eu que deux compagnons : Frances et Tode. Celui-ci avait douze ans lorsqu'il était arrivé. Il avait subi les pires sévices imaginables, et redoutait de connaître le même sort. Mais Inès, malgré ses huit ans, avait déjà une maturité d'adulte. Elle l'avait pris sous son aile. Auprès d'elle, il avait appris à rire et découvert ce qu'était la bonté et la sollicitude. Dire qu'il l'adorait était un euphémisme.

— Qui ce Montgomery doit-il escorter demain ? Vous ou Frances ? demanda Tode, taquin.

Ses yeux — le seul attrait de son visage — pétillaient de malice.

— Toi, moi, elle, qu'importe ! répliqua-t-elle avec colère. Seul l'intéresse l'or des Maidenhall. Si je t'affublais d'une perruque, il tomberait à tes genoux et te jurerait un amour éternel !

— Il ferait beau voir ! rétorqua Tode en suivant du pouce la cicatrice qui cerclait la base de son cou.

Soudain Inès ne chercha plus à donner le

change et toute la misère du monde se peignit sur son visage.

— Est-ce ainsi que va se passer le voyage? Chaque homme croisé va-t-il me courtiser et me mentir effrontément jusqu'au Lincolnshire dans l'espoir de s'approprier les richesses paternelles? S'ils savaient! Mon père ne donne jamais un liard de sa poche. C'est lui qu'on paie toujours. Seul le fils d'un homme riche comme Gregory Bolingbrooke a les moyens d'épouser l'or des Maidenhall. Oh, Tode! reprit-elle après quelques instants de silence, sais-tu ce qui m'attend?

Tode se félicita qu'elle regardât le plafond — dont le plâtre s'écaillait — plutôt que de lire la détresse dans ses yeux. Il connaissait mieux qu'elle le sort qui l'attendait.

— Je ne peux pas espérer d'amour. Oh, je ne suis pas naïve! Être cloîtrée entre quatre murs m'a fait mûrir. Qu'un père doive payer pour marier son fils, c'est louche. Je ne peux guère espérer trouver l'amour auprès d'un homme robuste et plein de santé. Aurai-je même des enfants?

Elle fixa brusquement Tode. Il détourna son regard.

— Ne me dis rien! s'écria-t-elle. Je préfère ne pas savoir! (Elle se leva d'un bond.) Je veux vivre! Je veux plonger les yeux dans ceux d'un homme et y lire qu'il m'aime ou qu'il me déteste pour ce que je suis, et non parce que je suis l'héritière Maidenhall! (Elle pivota, faisant virevolter ses jupes.) Et j'aimerais tant voyager, voir le monde! Et en peindre la beauté. Mais pour ça, il faut être quelqu'un de tout à fait ordinaire, comme... comme Frances. Oh, comme je l'envie!

Tode dut se mordre la langue pour ne pas faire de commentaires. Mieux valait taire ce qu'il pensait de Frances. A douze ans, Inès avait reçu une lettre de son père lui annonçant l'arrivée d'une cousine de treize ans. Elle en avait été si excitée que Tode n'avait pu s'empêcher de ressentir une pointe de jalousie. Inès avait chamboulé la maison de fond en comble et même déménagé pour laisser sa chambre à Frances. Quand Tode avait protesté, elle avait répliqué que si sa cousine ne se plaisait pas ici, elle s'en irait. A mesure que la date approchait, l'excitation d'Inès redoublait.

Pourtant le jour de l'arrivée de Frances, Inès demeurait introuvable. Tode avait fini par la dénicher au faîte d'un pommier.

— Et si elle ne m'aime pas? avait chuchoté Inès. Elle le dira à mon père, et elle repartira.

Tode n'avait pas épargné sa salive pour la persuader qu'il était impossible de ne pas l'aimer avant qu'elle consente à descendre accueillir sa cousine.

Mais Frances n'avait pas aimé Inès. Et Tode n'avait pas mis longtemps à la percer à jour. Tout en paraissant désireuse de plaire à Inès, elle s'emparait de tout ce qui passait à sa portée. Rien d'étonnant à ce que James Montgomery l'ait prise pour l'héritière. Elle tenait le rang qu'elle supposait être le sien : la parente d'une riche cousine. Et plus Inès lui donnait, plus la reine Frances estimait que tout lui revenait de droit. Depuis sept ans, Tode avait tenté de mettre Inès en garde, mais elle répondait invariablement : « Si cela lui fait plaisir, pourquoi le lui refuser ? Mon père a les moyens de le lui offrir. » Elle se vengeait parfois de l'ingratitude de Frances en peignant une femme affreuse sur un de ses miroirs ou en mettant des pâquerettes sous son oreiller pour la faire éternuer.

Tode fut brutalement ramené au présent quand Inès s'écria :

— Je vais me faire passer pour Frances !

— Riche idée ! Nous couvrirons les murs de votre chambre de miroirs et retirerons tous ces livres ennuyeux que vous aimez tant. Ainsi que vos toiles. Et... (Il s'interrompit.) Mais dites-moi... Que devient Frances dans l'affaire ? Oh non ! s'exclama-t-il. Votre père...

— ... s'en fichera royalement. Je lui dirai que c'est pour protéger sa précieuse marchandise. Si l'héritière Maidenhall est kidnappée, il vaut mieux que ce soit Frances plutôt que moi. Je suis sûre qu'elle s'empressera de donner sa véritable identité à ses ravisseurs. Mais cela n'arrivera pas, nous aurons une escorte. Il n'y aura aucun danger.

— C'est ce Montgomery qui vous a mis cette idée dans la tête, n'est-ce pas ?

— Qu'il aille au diable, cela m'est bien égal ! Cet homme n'a aucun sens de l'honneur ! Tu ne vois donc pas que c'est ma seule chance ? insista-t-elle. Ce sera moi la cousine pauvre.

— Pauvre... seulement si vous possédez

moins de biens que Frances ! dit-il, les yeux emplis d'amour.

Inès n'ignorait pas que Todė l'aimait et, au besoin, elle se servait de ses sentiments pour venir à bout de ses réticences — c'était l'espion en chef de son père.

— Tout dépend de toi, conclut-elle avec un sourire.

— Écartez-vous ! se récria-t-il, car il n'était pas dupe. Vous croyez pouvoir me plier à vos quatre volontés. C'est trop risqué ! Les colères de votre père sont...

— Imagine donc sa fureur si je suis enlevée par des brigands qui exigent une rançon ! Qu'éprouveras-tu quand ils me tueront parce que mon père refusera de payer ?

Elle le vit battre des cils et comprit qu'elle avait gagné. Frappant dans ses mains, elle se mit à danser autour de la pièce.

— Personne ne saura qui je suis ! Personne n'examinera mes toilettes et ma nourriture à la loupe, personne ne demandera si je porte des chemises de nuit en soie. Personne ne soupèsera la moindre de mes paroles, je n'aurai plus trois demandes en mariage par jour !

Tode sourit. Inès exagérait, bien entendu, mais les prétendants lançaient régulièrement des déclarations d'amour par-dessus les murs. Des jeunes gens lui chantaient aubades et sérénades. D'autres composaient des sonnets pour vanter sa beauté, affirmant l'avoir aperçue du haut d'un arbre. « C'est moi qu'ils ont dû voir ! » assurait chaque fois Frances.

— Frances sera-t-elle d'accord ? demanda

Tode, cherchant à gagner du temps pour réfléchir. Vous savez combien elle aime contrecarrer vos projets.

— D'accord? répéta Inès, médusée. Tu me demandes si elle sera d'accord pour avoir *tout*? L'argent et la beauté? Ne t'inquiète pas, j'en fais mon affaire!

— Que Dieu ait pitié d'elle! murmura Tode.

Frances écouta Inès sans mot dire. Elle occupait une chambre deux fois plus grande que celle de sa cousine; d'innombrables portraits d'elle, richement encadrés, en tapissaient les murs.

Enfin, elle redressa le menton.

— Tu veux que je me fasse passer pour toi? Tous les criminels du pays veulent faire main basse sur l'or de ton père et tu me demandes de risquer ma vie?

Inès soupira.

Tu sais bien que mon père ne me ferait pas voyager sans avoir assuré ma sécurité.

Frances ébaucha un petit sourire.

— Ta sécurité peut-être! Mais si c'est moi l'héritière, qu'en est-il de la mienne?

— A t'entendre, on croirait que des brigands armés jusqu'aux dents guettent déjà notre passage. Mon père envoie demain des hommes pour m'escorter. *Nous* escorter. Nul ne saura qui nous sommes et les rares personnes au courant se tairont. Tout le monde s'en soucie comme d'une guigne d'ailleurs. Et puis, ne t'attends pas à être traitée en reine. Tu sais combien mon père est ladre. Notre équipage sera si miteux que personne ne nous prendra pour des gens fortunés. On me... euh... on te prendra pour la fille d'un banal négociant. C'est ta seule chance...

— Assez ! (Frances alla à la fenêtre et jeta un coup d'œil au-dehors. Elle se retourna, le visage dur.) Tu parviens toujours à tes fins, n'est-ce pas, Inès ?

— Comment peux-tu dire une chose pareille ? Je vis en recluse.

— Tu parles ! On ne sait rien de la prison tant qu'on n'a pas été pauvre. Comme ma famille l'était et comme je le suis toujours. Toi, tu n'as qu'à demander à ton père pour avoir tout ce que tu veux. Et ici, c'est toi qui fais la loi.

Inès serra les poings en silence. Frances disait vrai : elle ignorait tout de la pauvreté. Des gens mouraient de faim alors qu'elle vivait dans l'opulence. Pourtant, au lieu de remercier le ciel, elle aurait tout abandonné en échange de la liberté ! Frances savait toujours quoi dire pour la culpabiliser.

— Très bien, je vais te laisser expérimenter ce qu'on éprouve quand on n'a aucun pouvoir.

— Parce que tu t'imagines que j'en ai ?

Frances éclata de rire.

— Tu es la reine ici, tu ne t'en étais pas aperçue ?

— C'est toi qui flirtes avec les jardiniers, taquines les valets, qui...

— C'est tout ce qui me reste ! Tu ne le vois pas ? Tu n'as même pas à demander qu'on t'ouvre la porte pour qu'elle s'ouvre devant toi.

Tu n'as pas remarqué que tout le monde sait qui tu es et se précipite pour gagner tes faveurs ?

— Je vis très modestement, alors qu'il paraît que...

— Oh, Inès, tu es assez naïve pour croire aux contes de fées ! D'accord, nous allons voir comment tu te débrouilles en personne ordinaire, mais je te préviens : une fois que nous aurons commencé, nous irons jusqu'au bout. Si tu viens me trouver demain ou dans une semaine pour reprendre ton identité, je feindrai de ne pas comprendre. Je n'accepterai qu'à cette condition.

Inès haussa un sourcil.

— Tu crois que c'est facile d'être un personnage quasi mythique, de ne jamais savoir qui est ton ami et qui ton ennemi ? Il y a trois ans j'ai failli être enlevée. Trouves-tu agréable de vivre continuellement dans la peur ?

— Et moi ? Tu crois que je ne vis pas dans la peur ? S'il te prend fantaisie de demander à ton père de me renvoyer, je serai de nouveau dans la misère ! Ton père envoie directement mes gages à ma famille. En demeurant à tes côtés, j'ai gâché toutes mes chances de faire un beau mariage. Comment aurais-je l'occasion de rencontrer quelqu'un, enfermée ainsi avec toi ? Mes sœurs, elles, épouseront peut-être un beau parti grâce à mon sacrifice.

— Tu sais très bien que je ne te renverrai jamais.

Frances parut sceptique.

— Peut-être pourrions-nous mettre au point

un arrangement financier ? Tu ne me crois pas stupide au point de risquer ma vie pour rien, n'est-ce pas ?

— Si ta question est : est-ce que j'imagine que tu ferais quoi que ce soit pour moi par simple amitié ? La réponse est non. Cette idée ne m'a jamais traversé l'esprit ! J'ai pris la liberté d'établir la liste d'éventuels paiements, annonça Inès en dépliant un parchemin.

Frances le parcourut, puis sourit.

— Tu es loin du compte ! Je ne risquerai pas ma vie pour si peu !

— Eh bien, discutons-en, proposa Inès qui s'attendait à sa réaction.

Quelques heures plus tard, l'or, les bijoux et même les revenus des terres lui venant de sa mère avaient changé de mains. Honnêtement, c'était moins qu'Inès ne l'avait craint. Elle se leva et roula le parchemin.

— Jouer mon rôle ne te plaira pas !

— Jouer le mien ne te plaira pas plus ! répondit Frances du tac au tac.

Elles échangèrent une brève poignée de main. Marché conclu.

6

Jamie était d'humeur morose.

Quand il en bavardait en plaisantant avec ses sœurs, briguer la main d'une jeune et riche héritière lui avait paru une idée excellente.

D'ailleurs, il était temps qu'il se marie. Il en avait assez de coucher à la dure ou dans des auberges infestées de poux, et la perspective de récupérer les biens que son frère avait vendus était plus qu'alléchante. Aussi persuader ladite héritière qu'elle l'aimait au point de supplier son père de changer de futur gendre lui avait paru la solution idéale à tous ses problèmes.

Et bien entendu, dans sa vanité, Jamie était persuadé d'être un bien meilleur parti que Bolingbrooke. Il appartenait à une famille de vieille noblesse. Le sang qui coulait dans ses veines et ses titres compensaient largement son manque de fortune.

Mais la veille, comme il donnait quelques sous à des enfants pour cueillir des pâquerettes, sa conscience s'était brusquement réveillée. Perkin Maidenhall lui avait fait confiance en l'engageant. Il devait protéger sa fille de ses ennemis, non prendre rang parmi ceux-ci.

Comment pouvait-il faire cela au père et à la fille ? se demandait-il sans douter un instant de son succès. Fausse modestie mise à part, il savait qu'il avait du succès auprès des femmes. Mais chaque fois qu'il songeait à courtiser la superbe Frances, il se rappelait la douceur du corps d'Inès sous le sien, la rondeur de ses seins et ses yeux noisette qui le regardaient avec un air de défi dédaigneux. Peut-être était-ce ce qui lui plaisait chez elle : elle ne défaillait pas à sa vue.

Penser à elle le fit sourire. Mais pas longtemps. Comment ferait-il pour voyager plusieurs semaines avec elle tout en essayant de séduire l'héritière Maidenhall, ce qui était parfaitement déloyal puisqu'il ne l'aimait pas et ne l'aimerait sans doute jamais, sans compter qu'elle était fiancée et que...

— Enfer et damnation ! s'exclama-t-il. Qu'est-ce que c'est que ça ?

Il se frotta les yeux. Le soleil matinal devait lui jouer des tours. Il s'était couché tard pour surveiller l'assemblage des pâquerettes et maintenant le manteau qu'elles formaient était soigneusement emballé dans son chariot.

— Combien y en a-t-il ? s'enquit Thomas dans son dos.

— J'en ai compté huit en tout, répondit Rhys qui se tenait de l'autre côté de Jamie. On dirait un cirque.

— Comment vais-je assurer sa protection ? bredouilla Jamie.

Huit chariots étaient alignés devant les hauts murs qui gardaient l'héritière. Et quels chariots ! Six d'entre eux, en chêne massif, étaient renforcés par d'épais rubans de fer et portaient le nom de Maidenhall en grosses lettres. Quant aux deux autres, ils étaient fraîchement repeints en rouge et doré, avec des chérubins et des draperies.

— Nous allons attirer tous les bandits du royaume, remarqua Thomas.

— Sans parler des soupirants, dit Rhys. Je ne parlais pas de toi, se hâta-t-il d'ajouter en voyant Jamie lui lancer un regard noir.

— Tu ferais bien de surveiller ta langue si tu

tiens à ta place, le rabroua Jamie en éperonnant son cheval.

— Il est mal luné, aujourd'hui, dit Thomas. Moins nous parlerons, mieux cela vaudra.

— C'est sans doute sa conscience qui le taraude. C'est son talon d'Achille ! marmonna Rhys avant de dévaler la colline à son tour.

Jamie avait effectivement du mal à garder son calme. Même important, Maidenhall n'était jamais qu'un marchand, après tout. On ne pouvait lui demander d'être un fin stratège, mais qu'il fît voyager sa fille unique dans pareil équipage frisait la folie pure et simple.

L'aube se levait et des silhouettes d'hommes — les cochers, manifestement — se profilaient dans la lumière blafarde. Où étaient les gardes ? Maidenhall n'espérait tout de même pas confier un tel cortège à la seule garde de trois hommes ?

Bâillant et s'étirant, ils sortirent bientôt de l'ombre des chariots, et déplurent aussitôt à Jamie. Maidenhall avait commis l'erreur de confondre carrure et force. Or on n'engageait pas des hommes sur les mêmes critères qu'on achetait un quartier de bœuf — au poids. Ces trois hommes étaient aussi grands que Jamie et pesaient deux fois plus lourd, mais, à la façon dont ils se déplaçaient, il décela immédiatement leur manque d'entraînement.

Je reprends mes billes, songea-t-il, mais il savait qu'il se mentait à lui-même. Maidenhall ne lui avait-il pas écrit qu'il l'engageait parce qu'il pouvait lui faire confiance ? N'était-ce pas déjà suffisamment déloyal d'essayer de gagner le cœur de sa fille ? L'abandonner avec son or entre les mains de n'importe qui dépassait ce que sa conscience pouvait supporter.

— James Montgomery, se présenta-t-il en sautant à bas de son cheval. (Comme il s'y attendait, les trois hommes lui adressèrent des regards insolents ; il faudrait qu'il leur montre sans tarder qui était le chef.) Vous n'êtes que trois ?

— Personne ne s'en est jamais plaint jusqu'à maintenant, déclara l'un d'eux en bombant le torse. D'habitude, un seul d'entre nous suffit amplement.

Trois gros bouffis, songea Jamie. Et la cervelle à l'avenant.

— Vous avez oublié quelqu'un, dit l'un des hommes d'un air hilare. Nous sommes quatre !

Ses compagnons saluèrent sa remarque de gros éclats de rire, pleurant presque devant ce trait d'esprit.

— Voilà le quatrième ! annonça l'un d'eux quand il se fut suffisamment ressaisi.

Un jeune garçon grand et maigre au visage dépourvu de toute beauté se tenait à l'écart. Une épée qui semblait remonter au temps de l'invasion romaine pendait à son côté. Il adressa un sourire hésitant à Jamie.

Jamie leva les mains au ciel et alla rejoindre Thomas et Rhys qui l'observaient, appuyés contre un arbre.

— Nous camouflerons les chariots du mieux que nous pourrons, déclara-t-il, sinon il me faudrait au bas mot une centaine de soldats pour les protéger en lieu et place de ces trois gros lards. Je me débarrasserai d'eux dès que possible. Mais pour le moment, il faut que je m'en accommode.

— Et le garçon? interrogea Thomas.

— Renvoie-le chez sa mère. Et maintenant, va voir les cochers. Et toi, Rhys, ne te laisse pas embarquer dans une rixe avec ces fanfarons. Garde ton sang-froid, s'il te plaît!

Rhys acquiesça à contrecœur. Rien n'aurait pu lui faire plus plaisir que de débiter ces trois-là en rondelles!

— Maudits marchands! marmonna Jamie.

La porte du jardin était cadenassée, et Jamie agita la cloche. Mais personne ne vint. Il recommença sans plus de succès.

Quand il se retourna, les trois gardes s'étaient approchés, menaçants; histoire d'établir d'emblée leur supériorité, comprit-il immédiatement.

— Autant vous prévenir, annonça l'un d'eux d'un air suffisant, au sujet de cette « chose ».

— Ouvrez les grilles! vociféra Jamie.

Il n'avait pas de temps à perdre. Comment allait-il protéger une femme seule au milieu de ces chariots bourrés d'or? Et s'il arrivait quelque chose à Inès — non, à Frances? se corrigea-t-il. Il était si absorbé dans ses pensées qu'il en avait oublié le trio.

— Vous l'avez vu? souffla l'un des gros lards à son oreille. Un homme, ça? Un monstre, oui!

Jamie se retint de faire volte-face. Il avait déjà entendu pareille abomination au sujet de Bérangère.

— S'il sort, je vais avoir du mal à ne pas

vomir mon petit déjeuner, poursuivit l'homme avec un gros rire.

— Pas question que cette horreur nous accompagne, renchérit un autre. Voir ça tous les jours, y a de quoi être malade.

— Faut le jeter aux chiens avec les mendiants et les aveugles !

Jamie se retourna et, d'un magistral coup de poing, envoya l'homme à terre. Le pied sur son torse, il appuya la lame de son épée sur la gorge du deuxième garde. Rhys et Thomas surgirent alors avec un bel ensemble et tandis que Rhys tenait en respect le dernier avec sa dague, Thomas s'occupa de l'homme à terre.

— Déguerpissez ! siffla Jamie. Fichez-moi le camp avant que je vous saigne comme des porcs !

Les trois gros lards ne tarderaient pas à vouloir prendre leur revanche. Il devrait surveiller ses arrières. Mais, pour l'heure, ils filèrent sans demander leur reste.

— Et maintenant, comment va-t-on assurer la garde des chariots ? demanda Thomas en rengainant son arme.

— Et pour le garçon, que décide-t-on ? intervint Rhys. Nous aurons assez à faire pour protéger les femmes sans nous encombrer d'enfants !

Rhys se retrouva brutalement sur le dos, tandis que le garçon en question posait la pointe de sa vieille épée rouillée sur sa gorge.

— Dois-je l'expédier en enfer, milord ? demanda-t-il.

Si Rhys ne trouvait aucun comique à la

situation, il était bien le seul. Même les cochers observaient la scène, hilares. Jamie, voyant Rhys s'apprêter à donner une leçon à son assaillant, l'en dissuada d'un geste.

— Quel est ton nom, mon garçon ?

— Smith, milord.

— As-tu déjà participé à des combats ? s'enquit Jamie, histoire de tester son honnêteté.

Le garçon parut réfléchir, comme s'il mettait au point une histoire mensongère, puis un sourire illumina son visage ingrat.

— Non, milord. Je n'ai jamais rien fait d'autre qu'aider mon père à la ferme.

— Eh bien, je t'embauche ! annonça Jamie en le gratifiant d'une bourrade amicale sur l'épaule avant de l'envoyer chercher la cape cousue de pâquerettes.

Puis il revint à la cloche. Soudain, l'huis tourna sur ses gonds et Jamie se retrouva nez à nez avec « la fameuse chose ». Un adolescent, au torse puissant, mais aux jambes courtes et difformes. D'horribles balafres zébraient sa joue gauche et son cou. Elles avaient bizarrement cicatrisé, transformant son visage en un masque grotesque. Certaines étaient restées à vif.

Jamie ne cilla pas.

— Comment vous appelez-vous ?

— Tode, annonça le jeune homme en regardant Jamie droit dans les yeux.

Il n'avait rien perdu de la scène qui venait de se dérouler.

— Quel est votre vrai nom ? insista Jamie, se

rappelant les nombreuses fois où il avait dû se servir de ses poings pour rappeler aux gens que Bérangère avait un autre nom que « l'Aveugle ».

Jamais personne n'avait questionné Tode là-dessus. Par amour-propre il avait seulement modifié l'orthographe, de son nom — Toad, le crapaud, ainsi que son père l'appelait.

— Je l'ignore, répondit-il avec franchise en se reculant pour les laisser entrer. Mais Tode fera très bien l'affaire !

Au passage, Jamie lui serra gentiment l'épaule, se gagnant à jamais sa fidélité. Seule Inès osait le toucher, et encore rarement. Jamais un homme ne l'avait touché par amitié.

Tode s'efforça de régler son pas sur les longues foulées de Jamie. A l'évidence, Jamie n'était pas à prendre avec des pincettes. Comment lui en vouloir ? Traverser le pays avec ces chariots blindés et marqués du nom des Maidenhall était une sacrée gageure. Inès serait perpétuellement en danger. Non, se corrigea-t-il. Frances ! Il réprima un grognement. Inès avait dû payer une fortune pour s'assurer que personne sur ses terres ne trahirait son secret.

Frances les attendait dans un boudoir, à côté du grand hall. Avant d'entrer, Jamie inspira à plusieurs reprises dans l'espoir de chasser sa mauvaise humeur. Debout devant un mur décoré d'une scène de la mythologie grecque, elle était si jolie qu'il ne put retenir un sourire — plus ironique qu'admiratif car l'héritière Maidenhall ressemblait trait pour trait à la parodie que Joby en avait faite. Sa robe de brocart vert devait peser un âne mort. Le corsage était rebrodé de fil d'or. Des émeraudes brillaient à son cou et, si les énormes perles baroques qui pendaient à ses oreilles étaient vraies, elles étaient de taille à financer une guerre. Même ses cheveux étaient enfermés dans une résille d'or.

— Lord Montgomery, le salua-t-elle en lui tendant une main aux doigts chargés de bagues. Ainsi, vous allez m'escorter auprès de mon fiancé.

— Si vous voulez bien me le permettre. (Sortant un parchemin de son vêtement, il le lui tendit, puis se ravisa en rougissant.) M'autorisez-vous à vous lire la lettre de votre père? « Montgomery, commença-t-il, j'aimerais retenir vos services pour... »

— Peut-être vaudrait-il mieux que je la lise moi-même, suggéra Frances en tendant la main.

Jamie roula des yeux stupéfaits.

— Vous savez lire?

Tout le monde se figea.

— Euh... Je ne voulais pas vous offenser... (Écarlate, il se racla la gorge.) On m'a dit...

— Il n'arrive pas à croire qu'une femme aussi ravissante sache lire. Ce serait comme recouvrir une perle de diamants. N'est-ce pas, milord? intervint Inès.

Elle s'avança, vêtue avec autant de simplicité que l'héritière déployait de luxe, charmant moineau à côté d'un oiseau exotique! Mais le brun chaud de sa robe prêtait davantage d'éclat à ses grands yeux que n'importe quel bijou de Frances.

Pourtant, Jamie la fusilla du regard. Menteuse ! Et il songea aussitôt que Frances devait aussi détester les pâquerettes ! Mais il n'avait pas de cadeau de rechange. Et puis, quelle femme n'aimait pas les fleurs ?

— Mistress Maidenhall, annonça-t-il avec un sourire suave en s'efforçant d'ignorer la mimique moqueuse d'Inès, j'ai un présent pour vous.

— Vraiment ? s'enquit Frances d'un air sincèrement ravi.

Soudain Jamie eut très envie d'effacer le sourire narquois d'Inès.

— Oh, une bagatelle ! Un rien tout simple pour la plus raffinée des belles.

— Vous m'intriguez, minauda Frances, d'autant plus enchantée qu'elle sentait la présence d'Inès derrière elle. Montrez-moi vite ce cadeau !

— Vous devez fermer les yeux !

Frances obtempéra, aux anges.

Jamie fit signe à Smith d'approcher avec la cape de velours rouge. Il la drapa sur les épaules de Frances, et des centaines de pâquerettes se déployèrent autour d'elle. Puis il la coiffa de la capuche, nimbant son visage d'une couronne de fleurs.

— Vous pouvez les ouvrir ! annonça Jamie en reculant pour permettre à tout le monde de l'admirer.

On aurait dit la fée du printemps.

Frances regarda autour d'elle sans comprendre pourquoi elle se sentait toute drôle. Puis elle les vit.

— Des pâquerettes ! hoqueta-t-elle, et sa réaction fut si violente que Jamie se réjouit de les lui avoir données.

Frances porta les mains à sa gorge et essaya vainement de dénouer les liens de la capuche. Battant des paupières, elle devint pâle comme une morte, puis s'évanouit.

Stupéfait, Jamie la rattrapa avant qu'elle ne touche le sol, puis la porta rapidement sur la banquette sous la fenêtre.

— Du vin ! ordonna-t-il.

Cette femme était-elle malade ? Était-ce pour cette raison qu'elle vivait en recluse ? Il détacha la capuche et la repoussa. Posant la tête de Frances sur ses genoux, il contempla sa longue et svelte silhouette étendue sur un lit de pâquerettes. Son teint était livide. Allait-elle mourir ?

— Du vin, sapristi ! Et allez chercher un médecin !

Tode apparut, un gobelet à la main.

— Retirez-lui cette cape ! s'écria-t-il.

— Quoi ? demanda Jamie, éberlué.

— Ce sont les fleurs. Elles la font éternuer et lui donnent des vertiges. Enlevez-les-lui !

Jamie obéit aussitôt et jeta la cape à Smith qui quitta la pièce en courant. Puis, devinant qu'elle manquait d'air, il essaya d'ouvrir la fenêtre et comme elle résistait il en vint à bout avec son pied et fit basculer Frances jusqu'à mi-corps dans le vide.

Au bout de quelques instants, Frances se remit à respirer normalement. Elle paraissait toujours à l'article de la mort, mais au moins elle respirait.

Quand son cœur reprit un rythme normal et qu'il put de nouveau réfléchir, Jamie comprit qui était responsable de l'incident : Inès. Et c'était la jalousie qui l'avait poussée à mettre en danger la vie de sa cousine.

Après avoir fait signe à Rhys de prendre la relève, il fouilla des yeux l'assemblée à la recherche de la jeune fille. Elle se tenait toute droite un peu à l'écart et ne semblait guère rongée de remords. Eût-elle été un homme, il aurait réglé l'affaire à l'épée.

Il l'attrapa par le poignet et l'entraîna à sa suite, attirant l'attention de tous.

— Pour qui vous prenez-vous... commença Inès.

— Espèce de sale petite menteuse !

Jamie s'assit sur un tabouret et jeta Inès en travers de ses genoux.

— Arrêtez ! hurla-t-elle. Comment osez-vous me traiter ainsi ? Je suis...

Une vigoureuse claque sur le postérieur la réduisit au silence.

— Vos facéties auraient pu lui coûter la vie, s'emporta-t-il en lui administrant une nouvelle fessée.

— Je vous le ferai payer cher ! s'époumona Inès. Mon père vous...

— ... devra une fière chandelle ! répliqua Jamie. Votre père aurait dû vous en donner quelques-unes il y a longtemps. Vous êtes une menteuse et une sale gamine égoïste.

Sur ces mots, il la laissa glisser au sol et, l'enjambant, il s'éloigna.

Inès se redressa, cramoisie sous les regards qui convergeaient vers elle. Personne ne lui tendit la main pour l'aider à se relever. Et, pour comble, Tode avait disparu !

Frances n'avait pas quitté la banquette sous la fenêtre, mais le spectacle de l'humiliation d'Inès lui avait redonné des couleurs. Elle savait très bien que sa cousine n'avait jamais eu l'intention de lui nuire — elle mettait des pâquerettes partout depuis qu'elle avait découvert que Frances y était allergique. Alors pourquoi ne pas dire à cet horrible individu qu'il s'agissait seulement d'une farce ?

— C'est à ton argent qu'il en veut ! glapit Inès. Il a manigancé de te séduire afin que tu persuades ton père de lui donner ta main !

Il ne l'avait pas volé ! Comment avait-il osé l'humilier ainsi ! Et cela lui faisait plaisir de montrer à Frances ce que l'on éprouvait à être courtisée pour son argent et non pour sa beauté.

Jamie se pétrifia. La veille, cette fille lui avait plu, et même beaucoup. Comment s'était-il ainsi trompé sur son compte ?

— Eh bien, j'espère qu'il réussira ! jeta Frances aussi fort qu'elle le put.

Tout le monde se mit à rire. Jamie quitta la pièce, le sourire aux lèvres. Il fit halte à la première taverne venue et, tout sourire envolé, entreprit de s'enivrer.

7

Inès serra les poings et frappa son lit à coups redoublés. Elle n'avait jamais voulu tuer Frances, comme tout le monde semblait le penser, seulement déclencher une crise d'éternuements. Comment aurait-elle pu deviner que cette mauviette manquerait rendre l'âme à cause d'une poignée de pâquerettes ? Même Tode lui avait lancé un regard accusateur !

Et ce Montgomery ! Inès retomba sur son lit, les bras en croix. Elle lui avait tapé dans l'œil à leur première rencontre, elle en était sûre. Pas l'argent de son père, *elle* ! Et maintenant, il ne voyait plus que Frances et ses chariots d'or !

Après la scène du matin, Inès s'était retirée dans sa chambre pour emballer ses pigments, ses pinceaux, ses fusains, ses pastels, et elle n'en avait plus bougé de la journée.

Elle réprima les larmes qui lui montaient aux yeux. Personne au monde ne comprenait ce qu'elle ressentait. Au reste, qui donc pourrait éprouver de la compassion pour la femme la plus riche d'Angleterre ?

Jamais personne ne l'avait traitée comme un être humain ; on ne voyait en elle que l'héritière de la fortune paternelle. Enfant, elle avait un précepteur dont l'expression favorite était : « L'argent de votre père ne vous donne pas le droit de... »

— L'argent de mon père ne me donne pas le droit d'être libre ! s'écria-t-elle. Libre d'aller à la fête du village assister à un spectacle de marionnettes, libre d'être aimée pour moi-même, de me marier comme tout le monde !

Elle ravala de nouvelles larmes.

Elle ignorait ce qui clochait chez Gregory Bolingbrooke mais elle était sûre qu'on lui cachait quelque chose. Chaque fois qu'elle demandait aux émissaires de son père à quoi ressemblait son fiancé, ils détournaient les yeux d'un air gêné. Inès en avait déduit qu'il était fou. Ou méchant. Ou malade. Ou peut-être les trois à la fois. Quoi qu'il en soit, son père était prêt à verser une fortune à Perkin Maidenhall pour ce mariage à condition, bien entendu, que sa fille hérite de tous ses biens.

Et voilà que le lendemain elle allait s'embarquer dans la plus grande aventure de sa vie. Elle ne se faisait aucune illusion — elle n'aurait guère plus de liberté une fois mariée. Pourvu que son mari — ou son beau-père, qui semblait tout régenter — ne lui interdise pas de peindre sous prétexte qu'une femme devait se cantonner aux travaux d'aiguille et aux œuvres pieuses...

— Et zut ! cria-t-elle en bourrant son lit de coups de poing. (Après tout, jusqu'à présent elle ne s'était pas si mal débrouillée, songea-t-elle. Elle serait une personne ordinaire jusqu'à la fin du voyage.) Ordinaire ! s'exclama-t-elle. Ordinaire, mais pas libre !

Et que ferait une personne ordinaire en pareille occurrence ? réfléchit-elle. Elle présenterait des excuses à James Montgomery pour se mettre dans ses petits papiers. Plutôt subir la question ! conclut-elle. Elle enfonça ses ongles dans sa paume en se rappelant comment il couvait la ravissante Frances du regard. Quant à l'épisode qui avait suivi, elle préférait l'oublier, même si son postérieur lui en cuisait encore.

— Maudit soit-il !

Ses yeux s'embuèrent. Elle se força à s'asseoir et sécha ses larmes, fixant l'inscription brodée sur le mur : *Carpe diem.* « Jouis de l'instant qui passe. » C'était sa devise. Prendre tout ce que la journée lui offrait. Lézarder au soleil, voler un baiser, veiller toute la nuit sans se soucier du lendemain... Quand Tode avait affirmé qu'une telle devise ne pouvait qu'être source d'ennuis, elle avait répondu en riant : « Je l'espère bien ! Ma vie est si terne ! »

Des ennuis... Voilà ce qu'elle voulait !

— Je devrais me présenter chez Gregory enceinte, dit-elle. Cela romprait le contrat. Ou, du moins, ajouta-t-elle avec une grimace, cela m'éviterait de porter l'enfant d'un dément.

Soudain, elle s'aperçut que la nuit tombait et que personne n'était venu allumer les bougies. S'apitoyant sur elle-même, elle se leva, se coiffa, rajusta sa toilette et prit impulsivement une petite coiffe posée sur une table à côté de la fenêtre. C'était l'unique souvenir qu'elle possédait de sa mère. Un assemblage de bandes de soie bleu roi brodées de bêtes fantastiques : dragons, licornes, griffons. Enfant, elle passait des heures à le contempler. A présent, c'était son bien le plus précieux. Elle le portait rarement, seulement quand elle avait du chagrin.

Dehors, les arbres en bourgeons embaumaient l'air. Nouant sa coiffe, elle s'élança dans la fraîcheur du soir. Tout le monde dînait, le jardin lui appartenait.

Comme elle longeait le mur nord, le plus éloigné de la maison, elle s'aperçut que le faîte en était abîmé et avait perdu ses pointes de fer. Elle remarqua également des entailles toutes fraîches sur la branche d'un chêne.

— Voilà comment il est entré! s'exclama-t-elle.

Elle pivota, craignant qu'on ne l'ait entendue. Il n'y avait pas un chat aux alentours.

Montgomery avait dû lancer une corde sur la branche et s'en servir pour escalader le mur. Rien de plus simple quand on connaissait la technique.

Sans hésiter, Inès souleva ses jupes et partit en courant vers la cabane à outils la plus proche pour prendre une corde. Un quart d'heure plus tard, elle avait franchi le mur sans trop de difficultés.

Elle resta un moment appuyée contre les briques encore chaudes du soleil de la journée et regarda autour d'elle. Dans la lumière du crépuscule, elle apercevait, au-delà des champs, des maisons et des gens qui allaient et venaient. Son cœur battait la chamade, et elle fut à deux doigts d'empoigner la corde pour regagner la sécurité du parc.

Soudain, elle perçut des voix sur sa gauche, et sa peur céda le pas à la curiosité. Elle avança à pas de loup jusqu'à l'angle du mur et distingua trois tentes. Un étendard brodé de trois léopards d'or flottait au-dessus de l'une d'elles.

— Et si je lui faisais ingurgiter de force un tonneau de miel ? dit un homme. Peut-être que ça lui adoucirait l'humeur.

Inès s'aplatit contre le mur après avoir reconnu les deux chevaliers qui accompagnaient ce... cet homme... Cet homme qui... Non, elle devait oublier l'épisode !

— Avec ou sans le tonneau ? s'enquit son compagnon.

— Avec.

De qui parlaient-ils ? se demanda Inès.

— Quelque chose l'a fait sortir de ses gonds, remarqua le second homme.

Il avait une voix agréable et paraissait légèrement plus âgé que l'autre.

— Pas l'héritière, assurément ! Quelle beauté ! Douce, aimable, et timide avec cela. Pas étonnant que son père l'ait gardée sous clé !

Les doigts d'Inès creusaient la brique derrière elle.

— Je crois que c'est plutôt l'autre qui le tracasse.

— Le joli petit moineau ! C'est vrai qu'elle a des seins appétissants. Mais il faudrait être fou pour s'encombrer d'une furie pareille ! Chut ! Le voici !

Inès écarquilla les yeux. Des seins appétissants ? S'agissait-il bien des siens ? Était-elle « l'autre » ?

Il faisait presque nuit maintenant, mais son regard s'était accoutumé à la pénombre. Elle vit le jeune garçon maigre que son père avait embauché comme garde sortir de la tente surmontée de l'étendard aux léopards et se hâter vers la route qui menait au village. Un instant plus tard, Montgomery quitta la tente à son tour et se fondit dans les ténèbres.

Dévorée de curiosité, Inès courut silencieusement vers la tente et se faufila à l'intérieur.

Une seule chandelle brûlait découpant des ombres tremblantes sur les parois. A sa vive déception, elle ne vit qu'une table et un siège pliants et, au fond, un lit de camp. Ses vêtements étaient jetés sur une malle de cuir et elle ne put résister à l'envie de les examiner, d'en toucher le riche velours, le fin satin. Des habits destinés à séduire une héritière...

Écœurée, elle laissa retomber la manche d'un pourpoint. Soudain, il y eut un bruit et Montgomery entra. Inès souffla aussitôt la bougie.

— Qui est là? s'enquit-il d'une voix menaçante.

Inès distingua l'ombre de son épée brandie. Allait-il la tuer? Elle déglutit avec difficulté.

— C'est moi, bredouilla-t-elle d'une voix que la peur rendait suraiguë.

— Ah! Déshabille-toi et couche-toi. J'arrive.

La surprise cloua Inès sur place. Pour qui la prenait-il donc?

— Tu es bien la fille envoyée par Smith?

Jamie fronça les sourcils. Entre l'obscurité et l'alcool qu'il avait ingurgité, il était dur de se concentrer.

— Ou... oui, couina-t-elle.

— Bien! Alors, défrusque-toi et allume la bougie. J'aime voir ce pour quoi je paie.

La lumière se fit soudain dans l'esprit d'Inès. Miséricorde ! Il la prenait pour...

— Je t'ai dit d'allumer la bougie !

— Non !

— Et pourquoi donc ?

Inès réfléchissait à toute allure.

— Je suis laide à faire peur, milord. La variole... (Percevant sa répulsion, elle ajouta :) Mais on s'accorde pour dire que j'ai des seins appétissants.

Il laissa échapper un petit rire.

— C'est à moi de le découvrir, non ? fit-il en s'avançant.

Et maintenant, que faire ? songea Inès. Dévoiler son identité ? S'il l'avait frappée en public, de quoi serait-il capable en privé ? Et elle n'osait imaginer ce qui l'attendait si elle ne disait rien...

Carpe diem, lui souffla soudain une petite voix.

Il se tenait devant elle, mais il faisait si noir qu'elle devinait seulement sa présence. Il était si près que son souffle était comme une caresse. Tout à coup, elle se rendit compte, choquée, qu'il était ivre.

— Eh bien, j'attends ! dit-il.

— Je suis vierge, milord.

— Quoi ?

— Je suis vierge, répéta-t-elle d'un ton plus ferme. Du moins, j'arrive très bien à me faire passer pour telle. (Le sentant tiquer, elle posa un doigt sur son torse.) Je suis sûre, milord, que vous aimerez prendre une vierge avec des seins appétissants.

— Oui, en effet, murmura-t-il après un instant d'hésitation.

La manière dont il le dit fit bondir le cœur d'Inès dans sa poitrine. Maintenant elle pouvait regagner sa chambre en sachant qu'un homme l'avait au moins une fois véritablement désirée.

Mais comme elle reculait, il posa la main sur un de ses seins. Inès était trop stupéfaite pour pouvoir parler, d'ailleurs elle en aurait été bien incapable car il plaqua soudain un baiser sur sa bouche. C'était si délicieux qu'elle se haussa vers lui quand il voulut s'écarter.

— Tu es une excellente actrice, chuchota-t-il, une main toujours sur sa poitrine et l'autre caressant sa joue. On jurerait qu'aucun homme ne t'a jamais embrassée.

— C'est le cas. Voulez-vous bien m'apprendre ?

Jamie l'embrassa derechef.

— Je m'appelle Jamie, souffla-t-il contre sa bouche. Et toi ?

— Diane, chuchota-t-elle, le souffle court.

— Ah, la déesse vierge ! Tu n'as pas le visage grêlé. Ta peau est aussi lisse que le marbre.

— Mais plus chaude ?

— Oh oui, beaucoup plus !

Il se mit à dénouer les lacets de sa robe d'une main experte. Elle devait l'arrêter ! Mais ses lèvres la chatouillaient délicieusement.

— Tu aimes ? s'enquit-il. Dis-moi ce que tu veux.

— Je ne sais pas, bredouilla-t-elle, la tête rejetée en arrière pour qu'il puisse embrasser son cou. Tout est nouveau pour moi et jusqu'à maintenant tout me plaît.

Il rit et glissa les mains sur son corps. Comme par magie, les vêtements d'Inès tombèrent. Les caresses de Jamie devenaient de plus en plus passionnées. Quand il introduisit ses doigts en elle, elle se sentit gênée, puis déçue lorsqu'il les retira.

— Non ! protesta-t-elle.

Il se recula et posa les mains sur ses épaules.

— Tu es bel et bien vierge.

— Est-ce si ennuyeux ?

— C'est une responsabilité que je ne prendrai pas, dit-il, regrettant soudain d'avoir autant bu.

Sur le point de le supplier, elle déclara, comme elle l'avait lu dans des livres :

— Je... j'ai besoin de cet argent. Ma famille est pauvre !

— Eh bien, garde-le et file.

Comme il se détournait, elle jeta les bras autour de son cou et se pressa contre lui.

— Ne m'abandonnez pas, Jamie, de grâce ! l'implora-t-elle dans un murmure rauque. Ma vie est si solitaire, et un avenir horrible m'attend.

Il hésita. Même s'il se méprenait sur le sens de ses paroles, il en percevait la sincérité. A la vérité, il la désirait de toutes ses forces. Il referma les bras autour d'elle.

— Je veux me souvenir de cette nuit toute ma vie, souffla-t-elle. Toute ma vie ! Peut-être pourriez-vous faire comme si vous m'aimiez ? proposa-t-elle d'une voix hésitante. Aucun homme ne m'a jamais aimée... et ne m'aimera sans doute jamais !

Il pensa qu'elle faisait allusion à son visage grêlé, mais, pour lui, elle était plus belle qu'une déesse.

— Je crois bien que je t'aime, s'entendit-il affirmer. Pour ce soir, du moins.

— Cela me suffit, assura-t-elle comme il se remettait à la caresser. Vous n'enlevez pas vos vêtements ?

Il rit.

— Non, c'est à toi de le faire.

— Vraiment ? répliqua-t-elle avec fougue. Puis-je également vous toucher ?

— Oui, Diane, mon amour, tu peux ! (Il la souleva dans ses bras et tourbillonna avec elle.) La journée a été abominable, mais tu es ma récompense.

Et vous, songea-t-elle, vous êtes la récompense de toute ma vie.

— Oh, embrassez-moi ! Embrassez-moi !

— Je te promets de baiser chaque centimètre de ton corps.

— Et je vous rendrai la pareille. Mais dites-moi d'abord comment faire pour enlever vos vêtements.

Il l'y aida, sans plus. Et le contact de ses mains qui l'exploraient avec une curiosité puérile décuplait son désir.

— Là aussi, je peux ? murmura-t-elle en glissant la main entre ses cuisses.

Poussant un gémissement, il la souleva dans ses bras et l'emporta jusqu'au lit. Il fit courir ses lèvres un peu partout sur son corps.

— Je vous aime, Jamie, chuchota-t-elle quand elle le sentit peser de tout son poids sur elle. Je vous aime !

Quand il voulut la pénétrer, elle cria et il se retira. Le croyant fâché, elle souleva maladroitement les hanches vers lui... et cria encore.

— Nous avons toute la nuit devant nous, mon cœur, murmura-t-il, s'efforçant de rester immobile.

Il but les larmes qui perlaient au coin de ses yeux.

Quand la douleur s'estompa, elle s'aperçut qu'elle aimait le sentir en elle.

— C'est merveilleux ! dit-elle en ouvrant les bras. Prenez-moi, Jamie ! Je suis à vous.

Il rit. Elle était unique en son genre. Une vraie sauvageonne qui, apparemment, ignorait toutes les règles de la bienséance.

Il se mit à bouger en elle.

Inès écarquilla les yeux, surprise qu'il pût y avoir une suite. C'était encore plus merveilleux ! Fermant les paupières, elle se cambra. Quand Jamie accéléra le rythme de ses va-et-vient, elle l'emprisonna entre ses bras et ses jambes.

Puis il s'immobilisa avant de s'effondrer sur elle dans un râle. Elle caressa doucement ses cheveux, heureuse d'avoir pu lui donner du plaisir.

— Je t'ai fait très mal ? demanda-t-il.

— Non, pas du tout, répondit-elle honnêtement. (Puis une horrible pensée lui traversa l'esprit : Tode devait être à sa recherche et, s'il ne la trouvait pas, on sonnerait l'alarme.) Je dois partir! s'exclama-t-elle.

— Non! s'écria-t-il avec brusquerie. (Il relâcha son étreinte et se détourna.) Oui, bien sûr, ajouta-t-il.

Après tout, qu'ils me cherchent! songea Inès. Et s'ils me trouvent, qu'importe!

Elle se glissa de nouveau sous lui et lui caressa le visage pour qu'il le tourne vers elle.

— Racontez-moi ce qui vous tourmente! chuchota-t-elle.

Après tous ces jours d'inquiétude, Jamie appréciait particulièrement ces instants de détente.

— Je ne sais pas comment la protéger, déclara-t-il, pensant qu'elle n'aurait aucune idée de ce dont il parlait.

— Ah, oui! L'héritière!

Elle avait passé le bras derrière le cou de Jamie et il était niché contre son épaule. Dieu, qu'elle était bien ainsi!

— A-t-elle tant d'importance pour vous?

— Je ne peux pas échouer. Trop de gens dépendent de moi. Mais les chariots... dit-il, luttant contre le sommeil.

— Oui, les chariots, reprit Inès avec une grimace. A la place de l'héritière, je donnerais tout au monde pour être quelqu'un d'autre!

— Et qui peut rivaliser avec elle? La reine?

— Non, bien sûr. J'aimerais être... quelqu'un d'ordinaire. Une femme de marchand, par exemple. M'arrêtant dans des auberges ou dans une tente comme celle-ci. Je voudrais que personne ne sache qui je suis.

— Oui, mais les gens l'ont déjà vue.

— Qui ? Il paraît qu'elle est restée enfermée toute sa vie. A mon avis, elle n'a jamais été nulle part, elle n'a jamais assisté à un spectacle de marionnettes, ni visité une cathédrale, ni rencontré personne qui ne lui ait été présenté dans les règles, ni...

— Tu as une imagination débordante ! s'exclama Jamie avec un rire étouffé. Frances est si belle qu'elle ne peut qu'attirer l'attention où qu'elle aille. Si je voyageais seul avec elle, j'aurais déjà du mal à la protéger.

— Et si je lui donnais la variole ?

— J'aimerais t'emmener avec moi, déclara-t-il, riant de plus belle. Tu me plais. Tu es si reposante !

— Oh, oui ! J'adorerais cela, s'écria-t-elle avec un enthousiasme enfantin.

— Hélas ! fit-il avec tristesse. Je ne peux pas.

— Pourquoi ? Parce que je suis affreuse ? Vous auriez honte de moi ?

Il ne savait pas comment il réagirait en la voyant, mais il s'en moquait.

— Elle pourrait tenter de te tuer.

— Qui ? Pourquoi quelqu'un voudrait-il me tuer ?

— Frances, l'héritière, est une charmante jeune femme au caractère égal, mais elle a une cousine terriblement jalouse.

— Oh ? A juste titre, si ça se trouve. Parfois les opinions qu'ont un homme et une femme d'une même personne divergent totalement.

— C'est à toi que tu songes ? Parce que tu me

parais séduisante alors que d'autres te trouvent hideuse ?

— Possible. Mais cette cousine ? N'a-t-elle donc rien pour elle ?

— Je l'ai cru, mais je me suis trompé. Je n'aime pas les menteurs.

— Peut-être avait-elle ses raisons pour mentir, protesta Inès dont la voix montait.

Jamie se souleva sur un coude.

— A t'entendre, on dirait que tu la connais.

— Non, bien sûr que non ! Comment une fille comme moi pourrait-elle la connaître ? Mais je sais ce que c'est que d'avoir une sœur aînée jolie.

— Et qui te dit que la cousine n'est pas ravissante ?

— C'est le ton que vous avez pris pour parler d'elle. Vous n'avez pas le même pour Frances.

— La beauté n'est pas tout, remarqua-t-il en songeant à Bérangère. Tu vas aller auprès de ma sœur, ajouta-t-il, comme si c'était un grand honneur.

— Aller auprès de votre sœur ? Pourquoi ? Que... ?

— Je ne veux pas t'abandonner à ton sort. Je me sens des responsabilités envers toi après cette nuit. Je vais laisser de l'argent et une lettre à l'intendant des Maidenhall et tu partiras demain. Je vais écrire à mes sœurs pour leur annoncer ton arrivée.

Inès resta confondue par tant de générosité. Personne ne lui avait jamais fait de cadeaux — elle était trop riche.

— Est-ce que votre sœur est belle? demanda-t-elle. Comme vous?

— Comment sais-tu à quoi je ressemble? s'étonna-t-il tandis que de sa main il caressait son ventre et remontait lentement vers ses seins, l'empêchant de se concentrer.

— Je vous ai vu. Vous êtes...

Il l'embrassa.

— Ne dis rien. Pas plus que toi, je ne veux être jugé sur mon apparence.

Elle sourit et l'enlaça.

— S'il vous plaît, faites-moi encore l'amour! l'implora-t-elle.

Il lui ferma la bouche d'un baiser.

Cette fois il prit son temps, et Inès se sentit comblée, heureuse, surtout, de ne plus être seule.

Quand il s'effondra sur elle, elle comprit qu'il allait s'endormir et qu'elle devait partir. Après avoir couvert son visage de baisers, elle se libéra de son étreinte et récupéra silencieusement ses vêtements. Malgré tous ses efforts, sa coiffe brodée demeura introuvable. Elle aurait préféré perdre n'importe quoi plutôt que ce précieux souvenir. Y compris sa virginité, songea-t-elle en laissant échapper un petit rire nerveux.

— Qu'est-ce que c'est?

Inès se figea en entendant une voix masculine au-dehors.

— Tout cet or me rend nerveux. Si une ombre bouge, je sors mon épée avant de vérifier de quoi il s'agit.

Cette déclaration confirma Inès dans l'idée

qu'elle devait se dépêcher de regagner la sécurité de sa chambre. Tant pis pour sa coiffe ! Peut-être Jamie la laisserait-il avec l'argent à l'intention de Diane...

— Adieu, mon amour ! murmura-t-elle en sortant.

Elle se faufila prestement entre les gardes, s'affola de ne pas retrouver la corde. Il lui fallut trois essais avant de prendre un élan suffisant pour franchir le mur. Elle avait fait du bruit et elle s'appuya de l'autre côté, le cœur battant.

— Un écureuil, probablement, dit un garde.

— Un écureuil de la taille d'un homme, répondit son compagnon.

Puis les deux hommes s'éloignèrent. Inès traversa le verger en courant et rentra chez elle sans remarquer la silhouette de Tode qui se détacha soudain de l'ombre. Lentement, ce dernier regagna sa chambre, la tête penchée et la mine méditative.

8

— Il est là ! (Frances entra en coup de vent dans la chambre d'Inès et tira les rideaux du lit.) Il est divin, si charmant, si attentionné ! Il a des manières de prince. Et c'est le plus bel homme de la terre !

Inutile de préciser qui était « il ».

— Et mon amant, marmonna Inès.

— Comment ? Que dit ma cousine pauvre ?

— Rien, Frances. Pourquoi es-tu debout de si bonne heure? Et que portes-tu?

— De la soie jaune. N'est-elle pas sublime? J'en avais mis de côté.

Inès grimaça. Son père utilisait la propriété pour y faire transiter certaines marchandises. Quand un chargement de soie arrivait de France ou d'Italie, Frances n'hésitait pas à se servir sans rien demander à personne.

— Mis de côté? s'étonna Inès en bâillant. Et combien d'autres toilettes as-tu ainsi « mises de côté » pour le voyage? Une garde-robe de reine, sans doute?

Frances ne répondit pas. Inès savait au penny près ce qu'elle dépensait ou prenait.

Elle se regarda dans le miroir de la coiffeuse.

— Tu devrais entendre son plan! dit-elle en fixant Inès dans la glace. Je dois être sa femme.

A la grande satisfaction de Frances, Inès se dressa comme un ressort.

— Sa quoi?

Frances se retourna, avec un sourire plein de rosserie.

— Mon Dieu, le temps file! Je dois me dépêcher. Je suis si heureuse que tu aies dormi si tard. Cela nous a permis de devenir de très bons amis, James et moi.

Et, sur ce, elle quitta la pièce.

Inès chercha des yeux un objet à envoyer contre la porte et ne trouva que ses chaussures, qui ne firent pas grand bruit. Mais Frances avait dû l'entendre car son rire résonna dans le couloir.

Sa femme? songea Inès en repoussant ses

couvertures. Que tramait donc Frances? Et comment quelqu'un pouvait-il créer autant d'ennuis en si peu de temps?

Elle s'habilla rapidement, lança un regard de regret vers la table où se trouvait habituellement la coiffe maternelle et sortit en hâte. Comme sa vie avait changé! D'abord la nuit dernière et maintenant ce départ! Elle s'apprêtait à faire le plus merveilleux voyage de sa vie.

Elle s'arrêta net en ouvrant la porte du salon. Il était là, debout près d'une table, une carte à la main. Un rayon de soleil jouait dans ses boucles brunes, sur son cou qu'elle avait embrassé tant de fois la nuit dernière.

A la vue de ses mains, évocatrices de caresses, Inès dut s'appuyer contre le chambranle. Allait-il la reconnaître?

Clignant des yeux, elle se détourna de Jamie, toujours penché sur sa carte, et s'aperçut que Tode et Frances la fixaient. Elle se força à prendre un air naturel.

— Bonjour, lança-t-elle sur un ton joyeux.

Tode inclina silencieusement la tête en la regardant d'une manière bizarre, un sourire affecté étira les lèvres de Frances et Jamie leva sur elle une mine renfrognée.

— Vous êtes une lève-tard, à ce que je vois, remarqua-t-il comme si cela lui donnait des preuves supplémentaires de sa désinvolture.

Apparemment, il ne l'avait pas reconnue!

— Ce n'est pas dans mes habitudes, commença-t-elle. En temps normal, je...

— Peu importe! la coupa-t-il en retournant à

sa carte comme si elle ne comptait pas. Nous retrouverons les chariots ici et ici...

— Que faites-vous ? demanda Inès en se penchant sur la carte aussi près de Jamie que possible.

Tode vint se placer à côté d'elle.

— Lord James a élaboré le plan le plus merveilleux qui soit, ronronna Frances. Oh, s'il vous plaît, dites-lui !

Inès sourit involontairement. Frances était capable de n'importe quoi pour attirer l'attention masculine.

— S'il vous plaît, répéta Frances en battant des cils.

Jamie se tourna à contrecœur vers Inès.

— J'ai dépêché un messager auprès de parents afin qu'ils m'envoient des gardes pour les chariots. Tout le monde croira qu'ils escortent l'héritière Maidenhall et sa dot. En réalité, j'ai engagé quelqu'un pour tenir son rôle.

— Et tu ne devineras jamais qui doit jouer mon rôle, roucoula Frances en posant sa main sur l'avant-bras de Jamie.

— Moi ? interrogea Inès avec hésitation.

Allait-elle être l'héritière jouant le rôle de quelqu'un se faisant passer pour l'héritière ?

— Bien sûr que non ! siffla Jamie comme si une telle supposition était une insulte à son intelligence de stratège. Je n'ai pas pour habitude de mettre la vie des femmes en péril, et n'importe quelle femme voyageant dans ces chariots voyants est en danger.

Inès fut heureuse de cette sollicitude que

démentait hélas le regard noir dont elle était la cible.

— Smith ! s'écria Frances. Le garçon qu'a embauché père se fera passer pour moi !

Inès mit un moment à se rappeler que « père » était son père. Elle eut un sourire contraint, mal à l'aise sous le regard toujours aussi sombre de Jamie.

— Dites-lui la suite, insista Frances. C'est un plan si ingénieux !

Jamie replia sa carte, visiblement peu disposé à mettre Inès au parfum.

— Mes deux hommes et moi allons utiliser deux autres chariots. Nous emprunterons l'identité de drapiers, et Mistress Maidenhall se fera passer pour ma femme.

Glissant la carte sous son bras, il considéra Inès d'un air sarcastique.

— Autre chose ?

Inès déglutit avec difficulté.

— Et moi, comment dois-je voyager ?

Il la toisa de la tête aux pieds.

— Vous ne venez pas. Vous restez ici.

La stupéfaction cloua Inès sur place.

— Votre présence n'est pas nécessaire, poursuivit-il. J'ai été engagé pour protéger Mistress Maidenhall, et vous seriez plutôt une menace pour elle. Vous nous avez montré à quelles extrémités pouvait vous mener votre jalousie.

Inès était comme hébétée. Ne pas venir ? Elle était emprisonnée entre ces murs depuis l'âge de trois semaines et, après ce voyage, elle serait de nouveau enfermée. Et cet homme venait lui annoncer qu'on allait la priver du seul moment de liberté dont elle jouirait de toute sa vie ? Elle regarda Frances qui exultait littéralement.

Peut-être James Montgomery avait-il oublié la nuit dernière, mais pas elle. Elle lui avait donné ce qu'elle avait de plus précieux, lui avait avoué son amour et voilà que sans raison il lui retirait ce qu'elle désirait le plus au monde.

Prise d'un accès de rage, elle se jeta sur Jamie, le griffant au visage. Tout le monde resta figé devant sa réaction. Jamie s'emmêla les pieds en battant en retraite et il se mit à chanceler tout en essayant de se protéger de ses mains. Inès le bourra de coups de poing en hurlant :

— Je vous déteste, je vous déteste, je vous déteste !

Tode fut le premier à retrouver ses esprits. Il était le seul à comprendre ce qu'Inès ressentait. Il la prit par la taille et, tout en lui plaquant les bras le long du corps, il tenta de l'entraîner loin de Jamie. Entre-temps les hommes de Jamie avaient eux aussi récupéré assez de sang-froid pour se précipiter entre leur maître et cette harpie.

— Chu-u-u-ut, murmura Tode en serrant Inès de toutes ses forces. Bien sûr que vous partez aussi. Personne ne vous laissera.

Jamie tâta son visage. Un de ses yeux paraissait près de virer au noir.

— Mais elle est folle ! murmura-t-il en voyant du sang sur sa paume.

Inès recommença à se débattre, mais Tode cria à travers la pièce :

— Frances ! Dites-le-lui !

Frances poussa un soupir à fendre l'âme.

— Je n'irai nulle part sans ma cousine, dit-elle avec réticence.

Le regard de Jamie passa de Frances à Inès, que Tode maintenait toujours. Qu'est-ce que c'était que ces salades ? Quelle emprise cette enragée avait-elle sur l'héritière ?

— Rien ne vous y oblige, dit Jamie, le visage luisant. C'est une folle. Elle a essayé de vous tuer et de me tuer moi aussi. Vais-je être contraint de la transporter dans une cage ?

Tremblant de tous ses membres, Inès s'étonnait de la violence de sa réaction. Mais ne pas partir ?

Tode relâcha son étreinte en la sentant se calmer.

— Frances, intervint-il d'une voix menaçante, si vous ne dites pas ce que vous avez à dire, c'est moi qui vais parler.

Frances grimaça. Elle savait bien que l'affreux petit monstre n'hésiterait pas à dire la vérité et que ce serait elle que James abandonnerait.

— Inès n'a pas tenté de me tuer hier. Elle voulait seulement me faire éternuer. Personne n'imaginait que les pâquerettes me...

Elle s'interrompit et agita vaguement la main.

— Et ? insista Tode pour montrer qu'il ne lui ferait grâce de rien.

— Inès est contrariée parce qu'elle veut venir.

Rhys s'esclaffa. Thomas lui-même eut un

sourire. Contrariée ? Cette scène ahurissante, une simple manifestation de contrariété ? Rhys n'avait encore jamais vu d'homme se battre — même pour défendre sa vie — avec une telle passion. Il observa Inès. Ses cheveux auburn l'enveloppaient comme un manteau éclatant et sa poitrine se soulevait encore à un rythme accéléré. Elle était bien plus jolie qu'il ne l'avait jugée au début.

Comme Jamie hésitait, Frances jeta un coup d'œil à Tode et comprit qu'il s'apprêtait à révéler son identité.

— S'il vous plaît ! implora-t-elle. Elle peut m'accompagner comme... comme servante.

— Plutôt mou... commença Inès, mais Tode la coupa.

— Ce n'est pas encore suffisant, dit-il à Frances.

Elle fit la moue.

— Très bien, elle peut être ma cousine ou ma sœur ou qui elle veut !

— Mais enfin, je *suis* ta cousine ! protesta Inès.

Jamie leva la main pour mettre un terme aux chamailleries.

— Si je dois vous emmener toutes les deux, j'aurais préféré vous faire voyager séparément, mais c'est impossible. (Il fusilla Inès du regard.) Vous serez donc ma sœur, concéda-t-il avec une mine renfrognée. Et si vous me causez le moindre problème, je vous renverrai ici sous escorte. C'est bien compris ?

Inès était bien décidée à ne pas se laisser

intimider. Elle se haussa sur la pointe des pieds et le fixa droit dans les yeux.

— Je jure que je ferai tout pour vous rendre la vie impossible, et si vous essayez de vous venger, vous le regretterez !

Jamie, qui n'avait pas l'habitude que les femmes lui montrent de l'hostilité, en resta pantois. Frances désigna Tode d'un mouvement du menton.

— Est-ce qu'il nous accompagne ?

Jamie se passa la main sur les yeux. Dans le passé, il avait été pris dans un violent ouragan qui avait envoyé par le fond les quatre autres navires qui l'accompagnaient. Il avait dû affronter une douzaine de Turcs avec Rhys et Thomas. Il avait passé sept mois dans un cachot dégoûtant et infesté de rats. Mais Dieu en fût témoin : il revivrait volontiers n'importe lequel de ces horribles épisodes plutôt que de se trouver aux prises avec ces deux femmes.

Il prit une profonde inspiration.

— Oui, Tode nous accompagne. Maidenhall a expressément demandé qu'il reste auprès de sa fille. Quant à vous... ajouta-t-il en se tournant vers Inès, puis il se mordit la langue. Quant à vous, vous peindrez les chariots à l'emblème des drapiers. Ainsi vous rendrez-vous peut-être utile !

Sur ce, il se rua dehors, ses deux chevaliers sur ses talons.

Une unique chandelle brûlait dans la petite pièce nue. Jamie songea combien sa cadette serait déçue de constater que la demeure des

Maidenhall était loin d'être aussi luxueuse qu'elle l'imaginait. En vérité, seule Frances correspondait à l'idée qu'il s'était faite d'une héritière.

« *La cousine Inès est folle*, écrivit Jamie. *Mais Frances, l'héritière...* » Il posa sa plume. Frances quoi ? *Aimait* sa cousine folle ? Jamie effleura ses égratignures et grimaça en tâtant son œil douloureux. Non ! Cette Inès détenait une certaine emprise sur Frances. De quoi pouvait-il bien s'agir ? Pour cacher quelle sorte de secret une héritière de dix-neuf ans était-elle prête à tout ?

Et quel lien existait donc entre Tode et Inès ? Étaient-ils amants ? Jamie écrasa soudain le bout de sa plume et dut la retailler avec sa dague. Ce qui se passait entre la cousine et Tode ne le regardait pas.

Il reprit sa lettre :

Mais Frances tient à emmener sa cousine. Je ne crois pas qu'elle la voie comme elle est.

Nous voyagerons sous l'identité de drapiers, et Frances sera ma femme. N'aurai-je pas tout à fait le physique de l'emploi avec mes nouveaux habits ? Inès, la cousine, est très jalouse de Frances, et je vais être obligé de la surveiller de près. Elle se fera passer pour ma sœur. Aucune troupe de comédiens ambulants n'a jamais eu à son répertoire une farce pareille !

Je vous envoie une jeune fille. Elle s'appelle Diane et a été terriblement marquée par la vie.

Soyez aussi gentilles avec elle qu'elle l'a été avec moi.

Partagez-vous toute mon affection. Que Dieu vous protège.

Votre frère qui vous aime,
James

— Alors ? interrogea Joby. Tu crois toujours qu'il est amoureux de cette Inès ?

— Il est amoureux, j'en mettrais ma main au feu, sinon il ne serait pas aussi malheureux, répondit Bérangère. Qui est cette Diane et de quelle manière s'est-elle montrée si gentille pour notre frère ?

— De la manière dont toutes les femmes sont gentilles avec des hommes aussi divinement beaux que notre frère, assura Joby d'un ton doctoral.

Bérangère tendit la main pour que Joby lui donne la missive. Jamie disait toujours que sa jumelle pouvait sentir ce qui n'était pas écrit dans une lettre.

— Oui, confirma-t-elle en faisant tourner le feuillet dans ses mains. Un problème le tracasse. Il est... (Son visage s'illumina.) Il cherche quelque chose.

— Il a sans doute perdu sa dague, dit Joby d'un ton faussement détaché alors qu'elle mourait d'envie d'en savoir plus.

Bérangère ne fut pas dupe.

— Il cherche une femme, mais elle est cachée.

— Il devrait explorer les caves. Que veut-il dire, d'après toi, en écrivant : « Diane a été terriblement marquée » ?

— Nous devrons attendre de la voir, annonça Bérangère, sachant que Joby serait ses yeux.

Elle n'avait pas lâché la lettre et un pli barrait son front. Quelque chose tourmentait affreusement son frère.

9

Inès bâilla. Toute la maisonnée dormait encore. L'aube pointait à peine. Le régisseur se dirigeait vers la porte d'entrée.

— Vous a-t-il donné quelque chose pour une certaine Diane ? interrogea-t-elle en regardant l'homme dans les yeux.

Il voulut répliquer que puisqu'elle n'était plus l'héritière, il n'avait pas à lui obéir, mais le regard d'Inès l'en dissuada. Il glissa la main dans son pourpoint et en sortit une lettre qu'il lui tendit.

— Il ne vous a pas confié une coiffe bleue avec la lettre ? (Comme l'homme secouait négativement la tête, elle ajouta :) Alors, donnez-moi l'argent qu'il a laissé pour cette Diane.

Il laissa tomber quelques pièces dans sa paume.

— Pendant que je lis la lettre, je vous suggère de me remettre le reste de la somme, déclara-t-elle après avoir regardé le contenu de sa main.

A mes chères sœurs Bérangère et Joby,
Voici Diane. Prenez bien soin d'elle et ne laissez personne lui faire du mal. C'est mon présent pour vous car elle est la gaieté même. J'espère qu'elle vous donnera autant de joie qu'à moi.
Avec toute mon affection,
James

Serrant la lettre et l'argent, Inès grimpa jusqu'à sa chambre et se jeta sur son lit dans ses vêtements maculés de peinture. D'après ses calculs, elle avait une heure devant elle avant qu'on ne découvre ce qu'elle avait fait. Elle s'endormit, le sourire aux lèvres.

Dix minutes plus tard, des vociférations la tirèrent du sommeil.

— Où est-elle ? entendit-elle crier d'en bas.

Elle identifia immédiatement l'organe reconnaissable entre tous de James Montgomery.

Avec un sourire satisfait, elle glissa la lettre et l'argent dans sa poche. Et, se moquant comme d'une guigne de la fureur de James, elle se rendormit.

Et se réveilla au bruit de la porte que l'on ouvrait à la volée.

— Inès ! appela Tode d'un ton sévère où perçait l'exaspération.

— Oui, oui, je suis prête, murmura-t-elle d'une voix endormie.

Elle se leva et passa devant lui en bâillant.

— Pourquoi avez-vous fait cela ? demanda-t-il en la suivant dans l'escalier. Pourquoi le poussez-vous à bout ? Il vous croit dangereuse et prête à blesser Frances. Pourquoi ne pouvez-vous pas... ?

Elle avait atteint le bas de l'escalier où Jamie l'attendait, rouge de colère. Du moins, en partie — au niveau des trois égratignures qui lui zébraient la joue et du coquart qui lui ornait l'œil.

— On a voulu se raser, hein ? dit-elle en se dirigeant vers la porte.

Elle connaissait bien sûr la cause de sa colère, mais après tout, elle n'avait fait que lui obéir, non ? Assistée d'un marmiton, de deux aides-jardiniers et de la femme du régisseur, à la lueur d'une lanterne, elle avait passé la nuit à peindre un des chariots. Elle s'était chargée des personnages, la femme des lettres et les garçons des fonds.

Et maintenant, plantée devant le véhicule en compagnie des domestiques, des cochers embauchés par son père et des gardes envoyés par la famille de Jamie, Inès n'était pas mécontente du résultat. Et, à en juger par l'expression ébahie de tous les visages, elle devinait qu'elle n'était pas la seule.

Elle les avait représentés plus grands que nature : Jamie en armure tuant un dragon sous les yeux effrayés d'une Frances enchaînée à un pieu. L'énorme queue écailleuse du dragon faisait le tour de la voiture... et devenait celle d'un lion monstrueux de l'autre côté. On y retrouvait Jamie, dans une tenue plus légère : un pagne de cuir lui ceignait les reins et une chemise en loques laissait voir son torse musclé. Derrière lui, Frances tentait de se libérer de ses liens avec l'énergie du désespoir.

Ces peintures frappaient l'imagination, et la ressemblance avec Jamie et Frances était stupéfiante.

— Je vais te tuer, Inès ! hurla Frances, levant la main pour frapper sa cousine.

Jamie lui attrapa le bras et Frances, qui ne manquait jamais ce genre d'occasion, versa des larmes de crocodile contre sa poitrine, peu désireuse de se rougir les yeux.

Inès sourit, sachant très bien que Frances n'avait rien contre le fait d'être peinte. Ce qui la chagrinait, c'était le texte !

« Vous pourrez voir Frances, la plus jolie femme du monde. » « Achetez nos tissus et regardez-la. »

Tout le chariot était couvert de sentences de ce genre. « Regardez-la ! A l'intérieur ! En chair et en os ! » « Voyez Jamie, le seul homme assez beau pour former un couple avec elle. » « Regardez-les manger. Regardez-les respirer. »

Ceux qui savaient lire en faisaient profiter les autres et bientôt des regards admiratifs se tournèrent vers Jamie et Frances.

— Tu m'as transformée en attraction ! fulmina Frances. Va-t-on me mettre dans une cage et en soulever le couvercle chaque fois que quelqu'un achètera le moindre bout d'étoffe ?

— Frances, ton visage vaut bien au moins une demi-aune du meilleur lin, déclara Inès d'un ton grave.

Jamie dut de nouveau empêcher Frances de se précipiter sur Inès.

— Recouvrez-moi tout cela ! ordonna-t-il.

Un silence horrifié tomba sur l'assemblée. Faire disparaître un tel chef-d'œuvre ?

— Je refuse ! protesta Inès, les mains sur les hanches et le regard indigné. Cela va faire vendre.

— Le but de notre voyage n'est pas de faire du commerce comme un vulgaire... un vulgaire... répéta-t-il sans arriver à trouver de mot assez méprisant, négociant, mais d'emmener Mistress Maidenhall à destination.

— Un vulgaire négociant ? dit Inès en parodiant sa mimique de dégoût. Puis-je vous rappeler, *lord* James, que c'est exactement ce qu'est mon... ce qu'est Perkin Maidenhall, se reprit-elle immédiatement. Un négociant !

Thomas s'avança.

— Si vous permettez, milord.

Jamie, heureux d'avoir un prétexte pour s'esquiver, poussa Frances vers Tode.

— Protégez-la, recommanda-t-il avant de suivre Thomas à l'écart de la foule.

— Puis-je vous donner un conseil ?

— En ce moment, j'accepterais même un conseil du diable. Cette... fille, ce trublion me met dans un tel état que je n'arrive plus à réfléchir.

Thomas se racla la gorge. Cela sautait aux yeux. Il connaissait Jamie depuis longtemps et avait toujours admiré son sang-froid en toute circonstance. Inès avait l'art de le faire sortir de ses gonds.

— Ce chariot est tout à fait superbe.

— Superbe ? répéta Jamie, sidéré. As-tu vu

ce qu'elle a peint ? C'est *moi* ! Tu ne resterais pas aussi serein s'il s'agissait de ton visage !

— Mon visage ne ferait pas vendre un sac de cendres.

— Je ne tolérerai pas que mon visage et celui de Frances soient utilisés à des fins mercantiles ! Se servir de la beauté d'une femme pour vendre un produit... C'est la fin du monde !

— Que Dieu s'en débrouille, répondit Thomas. Cela mis à part, n'oubliez pas que nous devrons voyager ensemble plusieurs semaines. Alors, de grâce, ne poussez pas cette fille à bout ! Contentez-vous de lui faire effacer le texte. Elle a passé la nuit à peindre et sur votre ordre. Vous ne lui avez donné aucune directive en ce qui concernait le sujet à représenter.

— Inutile d'enfoncer le couteau dans la plaie ! Eh bien, occupe-toi de régler le problème. Je risque de l'étriper. Ensuite, chargez les chariots. Départ demain matin.

Se retournant, il surprit les hommes envoyés en renfort par les Montgomery en train de se tordre de rire, l'index pointé sur le chariot. Toute sa parenté n'allait pas tarder à connaître l'affaire par le menu...

— Thomas ! Qu'elle mette des habits à l'homme avec...

— Avec le lion ?

Jamie, exaspéré, leva les yeux au ciel et s'éloigna.

— Vous m'avez bien compris ?

Inès, raide sur sa chaise, le dévisagea, la mine pincée.

— Oui, milord, répondit-elle d'un ton moqueur.

Jamie lui lança un regard furieux. Cela faisait une bonne demi-heure qu'il essayait de lui démontrer que le voyage à venir était loin d'être une bagatelle. Il commençait à craindre qu'elle ne claironne partout l'identité de Frances.

Le matin, après s'être calmé, il avait mené sa petite enquête. Pour autant qu'il pût en juger, Inès avait la haute main sur tout. Qu'il s'agît de la gestion ou de l'approvisionnement, la réponse était toujours la même : « C'est Inès qui s'en occupe. »

Pas étonnant que Frances eût peur d'elle ! Elle détenait une telle autorité que personne n'osait lever le petit doigt sans sa permission.

A mesure que la journée avançait, Jamie se demandait comment il avait pu se tromper à ce point sur son compte. Le premier jour, il avait apprécié la manière dont elle le regardait, dont elle semblait dire : « Je ne suis pas n'importe qui ! » Sachant maintenant qu'elle contrôlait les finances de l'héritière Maidenhall, il comprenait pourquoi elle avait une si haute opinion d'elle-même.

Eh bien, cela ne marcherait pas avec lui ! conclut-il en la toisant.

— Répétez-moi ce que je vous ai dit, déclara-t-il.

— Que je ne dois pas être une source de problèmes durant le voyage, sinon... De quoi m'avez-vous menacée, déjà ? De m'attacher à la roue du chariot ?

— Pas exactement. De vous attacher à l'intérieur.

— Ah oui, je savais bien qu'il s'agissait de voies de fait sur une femme à peine de la moitié de votre taille.

Jamie grinça des dents. Quelle tête de mule!

— Ce n'est pas pour moi que j'ai peur mais pour Frances, dit-il en réprimant son impatience. Vous ne vous rendez pas compte à quel point elle excite les imaginations. (Gêné, il se rappela la pantomime de Joby.) On ne voit que sa fortune. Si on découvre qui elle est, elle risque sa vie!

— Et, bien entendu, sa vie compte plus que tout pour vous depuis que vous avez prévu d'épouser son argent.

— Ah, pourquoi ai-je commis l'erreur de vous faire confiance? maugréa-t-il. Si je ne vous avais rien dit...

— ... Frances pourrait s'imaginer que vous l'aimez vraiment! Au moins, maintenant, elle est prévenue. Vous qui prétendez haïr les menteurs, jeta-t-elle avec mépris en se levant, vous en êtes un, et de la pire espèce! Vous mentez à toutes les femmes sur l'amour et sur l'honneur. Vous vous êtes attaqué à moi le premier jour en me regardant comme jamais aucun homme ne l'avait fait, et pourtant vous ne convoitiez que l'or de Frances. Puis vous avez pris sa virginité à une innocente et...

Elle s'interrompit, stupéfaite. C'était sorti malgré elle.

— Que savez-vous d'elle? siffla Jamie.

— Elle est venue me trouver, sachant que

vous travailliez pour les Maidenhall. Pauvre petite ! Son visage... (Inès prit une profonde inspiration.) L'insensée ! Elle a cru que vous l'aimiez ! Mais vous n'aimez que l'or des Maidenhall, n'est-ce pas ?

Jamie se détourna pour qu'Inès ne voie pas son visage. Cette nuit le hantait. Il se rappelait l'odeur des cheveux de Diane, la douceur de sa peau.

— Qu'est-elle devenue ? Je lui ai laissé de l'argent.

— Imaginiez-vous que j'allais l'expédier dans votre famille ? Je l'ai envoyée chez... (*Où ?* songea Inès, puis elle se souvint qu'elle était censée être Frances.) Je l'ai envoyée auprès de mon père et de mes sœurs.

Comment ne s'apercevait-il pas qu'elle était Diane ? Elle le dévisagea d'un regard glacial.

— Quant à votre petit sermon sur ma conduite, ne vous inquiétez pas, je resterai en dehors de votre route. Mais pour ce qui est de Frances, cela fait des années que je m'occupe d'elle, et vous voyez qu'elle ne s'en porte pas si mal. Quant à vous, rien ne me ferait plus de plaisir que d'oublier jusqu'à votre existence ! Pour moi, c'est comme si vous étiez mort !

Et sur ces mots, elle quitta la pièce.

Jamie s'effondra sur la banquette devant la fenêtre. De toute sa vie, il n'avait jamais eu le moindre problème avec les femmes. Toutes lui faisaient des grâces... sauf cette harpie aux grands yeux noisette et à la chevelure si épaisse, si magnifique, si...

— Enfer et damnation ! marmonna-t-il.

Cette fille était un monstre ! Elle avait tenté de tuer sa ravissante cousine, elle l'avait transformée en phénomène de foire. Quant à lui, elle l'avait ridiculisé, harcelé, mis dans l'embarras...

Et maintenant, voilà qu'elle s'interposait entre Diane et lui ! Sa Diane si charmante, si tendre, si drôle...

— Maudite soit-elle ! s'écria-t-il.

Rhys passa la tête dans l'embrasure de la porte.

— Les chariots sont prêts pour l'inspection.

— J'arrive, dit Jamie en se levant.

Ils partiraient à l'aube et il y avait encore une foule de choses à faire. Il s'arrêta sur le seuil.

— Rhys, tu connais quelque chose aux femmes ?

— Non ! Et tout homme qui prétend le contraire est un menteur.

— Mmmm, fit Jamie pour manifester son accord.

10

Trois jours, songeait Inès en s'étirant au soleil. Assise sur une crête, elle contemplait un hameau niché au loin dans un écrin de verdure. Si elle avait été paysagiste, voilà ce qu'elle aurait aimé peindre, mais en ce moment elle désirait seulement observer le monde en paix, ou du moins cette minuscule parcelle de monde.

Trois jours et deux nuits de liberté à traverser des bourgades avec leurs maisons à pignons et leurs échoppes regorgeant de marchandises — jouets, objets de piété, pâtisseries. Les cuisiniers du domaine, bien qu'ils fussent excellents, avaient toujours manqué d'imagination. Inès avait été émerveillée de voir une miche de pain en forme d'ours avec un chien aboyant devant lui.

Rhys la lui avait achetée. Le cher Rhys! songea-t-elle. Thomas et lui se mettaient en quatre pour lui faire plaisir.

D'ailleurs, ce voyage était un enchantement depuis le début. Frances était installée dans une voiture avec Violette, sa servante, et Georges, le cocher. Et Inès occupait l'autre avec Tode et leur cocher, Roger.

Pendant la journée, Thomas et Rhys avaient pris l'habitude de chevaucher à la hauteur d'Inès pour répondre à ses questions. Tode était ravi de s'emparer des rênes quand il n'y avait pas d'étrangers dans les parages et Roger en profitait pour aller faire un petit somme à l'intérieur. Tous quatre s'amusaient alors comme des enfants, se posant des devinettes et essayant de se rappeler tous les jeux auxquels ils jouaient dans leur enfance. Sur ce point, Rhys et Thomas étaient imbattables, car Inès avait vécu les premières années de sa vie au milieu d'adultes.

Le soir, elle dessinait des portraits. Ils faisaient halte dans un champ et, sur ses instructions, les cochers allumaient un feu et y plaçaient la marmite du dîner.

Dès qu'ils traversaient un village, Rhys et Thomas s'arrêtaient chez le boulanger ou l'épicier, en quête de produits qu'Inès ne connaissait peut-être pas. La première fois, ils avaient aussi rapporté des confiseries pour Frances. Elle les avait regardés comme s'ils étaient devenus fous.

— Mais je vais avoir les mains poisseuses ! s'était-elle récriée, irritée.

Depuis, ils n'avaient plus jamais rien pris pour elle. Chaque soir, Inès les récompensait en immortalisant les menus événements de la journée : Rhys tendant la main vers un petit pain tandis que la boulangère préparait sa cuillère pour le frapper ; Thomas penché sur un jouet en bois dont il n'arrivait pas à comprendre le mécanisme tandis que la petite propriétaire le regardait avec impatience ; Tode conduisant le chariot, sourire aux lèvres ; Roger endormi, une mouche bourdonnant au-dessus de lui.

— Et Jamie ? demanda Thomas en s'émerveillant devant les croquis.

Après un rapide coup d'œil au lord, Inès trempa sa plume dans l'encre et eut tôt fait de terminer son dessin. Elle avait croqué Frances avec son ravissant visage mais en remplaçant son corps par une pile de sacs d'or. Jamie, penché vers elle, baisait ses doigts qui sortaient des sacs tandis que, dans son dos, il tenait un certificat de mariage.

Personne n'osa rire tant le dessin était odieux. Seul Roger le trouva drôle et il éclata d'un rire sonore et contagieux.

Jamie s'approcha afin de voir quelle était la cause de l'hilarité générale. Inès lui tendit son œuvre avec un petit sourire satisfait.

— C'est donc ainsi que vous me voyez, dit-il avant de lui rendre le portrait et de s'éloigner.

Ainsi Inès était seule et savourait sa liberté. Elle s'appuya sur ses coudes et respira une bouffée d'air frais. *Carpe diem*, songea-t-elle. Trois jours s'étaient déjà écoulés... En avait-elle vraiment profité ? Étendant les bras, elle songea qu'elle voulait davantage.

— M'envoler, dit-elle tout haut, oui, je veux m'envoler ! Je veux...

Que désirait-elle donc le plus au monde ?

— Je veux prouver que j'existe indépendamment de l'argent de mon père ! Est-ce que je ne vaux pas davantage que de l'or ?

Elle se tut en entendant Tode siffler. Cela signifiait qu'elle devait rentrer. A pas lents, elle regagna le campement.

— Que fait-elle là-haut ? demanda Jamie à Tode d'une voix contrariée. C'est la personne la plus étrange que je connaisse ! Un instant je la déteste, le suivant je...

— Le suivant, elle vous intrigue. Inès a passé sa vie en solitaire, elle ignore les usages du monde. Tout est nouveau pour elle.

— Comme elle l'a bien fait savoir à mes hommes qui se bousculent pour lui plaire, rétorqua sèchement Jamie.

Tode secoua la tête.

— Vous découvrirez vite qu'Inès est quelqu'un de... euh, très utile.

— C'est vrai, oui, elle met la main à la pâte à chaque étape.

— Vous vous apercevrez vite qu'Inès peut faire mieux qu'assaisonner un ragoût. Elle s'y connaît en affaires.

Jamie eut un reniflement d'incrédulité.

— Seul un demeuré confierait sa fortune à cette pimbêche stupide !

— Bon sang ne saurait mentir !

— Quoi ?

Tode s'éclaircit la gorge.

— Je disais que l'avenir nous le dira.

Jamie fronça les sourcils et s'éloigna, troublé par les paroles de Tode, Inès l'intriguait, en effet. Et elle ne ressemblait à personne. Bien qu'elle fût apparentée aux Maidenhall, elle semblait n'avoir aucune conscience de son rang. Contrairement à Frances qui revendiquait toujours le premier rôle auquel sa position lui donnait droit, Inès vaquait à ses occupations suivant les nécessités du moment, qu'il s'agisse de faire la vaisselle ou d'aider sa cousine à retrouver une bague.

En fait, Inès cherchait toujours à faciliter la vie de tout le monde. Surpris de constater que les servantes connaissaient leurs tâches dès leur première halte, Jamie s'était renseigné et avait appris qu'Inès leur avait donné des instructions avant qu'ils ne s'arrêtent.

D'abord exaspéré par son ingérence, il s'était juré qu'il ne se laisserait pas diriger comme Frances, puis il avait été ravi de se régaler d'un civet de lapin parfumé au thym et de pain frais pour son dîner.

Et le plus surprenant était encore la façon dont elle s'occupait de Frances. C'était tout le contraire de ce qu'il avait craint. Pas de pugilats ! Non, Inès donnait même des instructions à la servante sur les goûts et les désirs de sa cousine. Sans les flèches qu'elle lui décochait, elle aurait été une dame de compagnie idéale.

Au bout de trois jours, il avait de plus en plus de mal à concilier ce qu'il savait d'Inès avec ce qu'il voyait. Et entendait. Déjà tout le camp retentissait de ces quelques mots : « Demandez à Inès. » Elle paraissait savoir mieux que personne où se trouvaient les choses et connaître déjà les goûts et les préférences de chacun.

Jamie était le seul dont elle ne se souciât pas. Si elle veillait à ce qu'on monte la tente de Rhys et de Thomas à chaque étape, Jamie devait s'occuper lui-même de la sienne. Elle donnait un coup de brosse aux vêtements des autres hommes, jamais à ceux de Jamie. Elle prenait des croquis de tout le monde sauf de Jamie.

Son indifférence l'agaçait et, pour la première fois de sa vie, Jamie se surprit en train de chercher à attirer l'attention d'une femme. Et avec Inès, le meilleur moyen était encore de s'intéresser à Frances.

Une heure plus tard, alors qu'ils étaient autour d'un feu de camp, Jamie se tourna vers Frances et, souriant, lui demanda sur le ton de la taquinerie :

— L'héritière Maidenhall ressemble-t-elle à Perkin Maidenhall ?

Frances, plongée dans ses pensées, répondit sans réfléchir, et d'un ton sarcastique :

— Comment saurait-elle à quoi il ressemble ? Elle n'a jamais vu son père.

Un silence pesant s'abattit aussitôt autour du feu, et Frances essaya désespérément de rattraper son erreur.

— Je veux dire que je n'ai jamais rencontré mon père.

— Vous n'avez jamais rencontré votre père ? répéta Rhys, stupéfait. Même pas une fois ?

Frances baissa un instant les yeux pour se donner une contenance et, quand elle les releva, ils étaient voilés de tristesse.

— Non ! Il m'écrivait et m'envoyait des messagers, mais il n'est jamais venu me voir.

Tous la regardèrent avec sympathie.

— Moi qui n'ai eu ni père ni mère, j'ai toujours envié les autres d'avoir une famille, poursuivit Frances. Inès a été ma seule famille. Avec Tode, bien entendu !

— L'héritière Maidenhall a eu d'autres compensations, intervint Inès qui détestait entendre dénigrer son père.

— Comme l'amour ? siffla Frances. (Elle tourna vers Jamie des yeux brillants de larmes.) Je ne cherche pas à attirer la compassion, mais ma cousine ne m'a jamais offert ne serait-ce qu'un cadeau pour Noël alors que je lui en fais toujours un, n'est-ce pas, Inès ? Tode, vous pouvez confirmer mes dires ?

— En effet, Frances, c'est vrai, fit-il d'un ton sec. La cousine n'a jamais rien donné à l'héritière. Et ne lui a jamais manifesté la moindre gratitude pour tout ce que l'héritière lui a offert.

Inès sentit tous les regards converger vers elle et comprit soudain qu'elle devait se défendre. Ou était-ce Frances qu'elle devait défendre ? Elle commençait à perdre pied.

— Peut-être la cousine n'avait-elle pas les moyens d'offrir un cadeau à l'héritière. Qu'aurait-elle pu donner à la fille de l'homme le plus riche d'Angleterre ? déclara-t-elle, utilisant la formule même que Frances lui avait répétée des centaines de fois.

A sa grande surprise, celle-ci éclata de rire.

— Pas d'argent ! Enfin, Inès, tu es la personne la plus riche du domaine !

Inès demeura interdite. Frances avait-elle l'intention de révéler la supercherie à tout le monde ?

— Vous n'avez certainement jamais vu quelqu'un comme elle, poursuivit Frances à l'intention de Jamie. Vous savez ce qu'elle fait des pommes du verger ? Et des baies ? Elle les vend au village. Parfaitement ! Elle a l'âme d'une petite boutiquière avide. Ce n'est pas une dame !

Inès posa calmement son assiette par terre avant de se lever.

— Je préférerais avaler une pelote d'épingles plutôt que de passer une minute de plus en ta compagnie, dit-elle avant de s'enfoncer dans la pénombre.

Frances se tourna vers l'assistance avec un air de triomphe. Mais personne ne souriait. Elle ne comprit pas pourquoi. James Montgomery n’était-il pas comte et n’avait-il pas prononcé le mot « négociant » comme s’il lui brûlait les lèvres ? Elle avait vu combien il avait mal pris la décoration du chariot. Il haïssait le petit peuple et les marchands, non ?

Thomas se leva et, s’étirant, annonça qu’il allait se coucher. Rhys l’imita.

Quand elle fut seule avec Jamie, Frances enfouit son visage dans ses mains et gémit :

— Ils ne m’aiment pas.

Jamie s’agenouilla devant elle. Il ne supportait pas de voir une femme pleurer.

— Bien sûr que si ! Beaucoup, même.

— Non, c’est Inès qu’ils aiment. Depuis que j’ai treize ans, tout le monde préfère Inès. Vous ne pouvez pas imaginer ce qu’a été ma vie ! Mon père m’a tenue à l’écart du monde et les gens ne s’intéressent qu’à mon argent.

— Comme moi ? s’enquit-il d’une voix douce. Vous savez que j’avais bien l’intention d’épouser l’or de votre père, n’est-ce pas ?

Elle croisa les mains derrière la nuque de Jamie. Leurs visages se touchaient.

N’y a-t-il vraiment que l’or de mon père qui vous intéresse ? Ne me trouvez-vous pas séduisante ?

— Détrompez-vous ! protesta-t-il en approchant ses lèvres pour l’embrasser.

A cet instant, Inès envoya d’un coup de pied rageur un brandon voler dans les airs. Il atterrit près de la jambe de Jamie et mit le feu à ses basques.

Ce fut l’affolement général. Tode se précipita avec l’un des cochers pour lui arracher ses vêtements tandis que Rhys et Thomas jaillissaient de leur tente, l'épée à la main.

Une fois tiré d'affaire, Jamie, tremblant de rage, considéra Inès

— Désolée, murmura-t-elle avec un sourire. J'ai dû frapper un peu trop fort. J'espère que je n'ai pas troublé votre tête-à-tête avec ma riche cousine.

— Inès, maugréa Frances entre ses dents, je te promets que tu ne l'emporteras pas au paradis !

— Vous dormirez dans ma tente, ce soir, ordonna Jamie, retrouvant l'usage de la parole. Je pourrai ainsi vous surveiller.

— Plutôt passer une semaine dans une écurie qu'une nuit sous la même tente que vous !

Jamie fit un pas dans sa direction, mais Tode s'interposa.

— Je me charge de la surveiller et de la protéger.

— La protéger ? suffoqua Jamie. Et qui *nous* protégera d'elle ?

— Je ne suis pas blessé, remarqua Rhys. Et toi, Thomas ?

— Moi non plus. Peut-être que cette fille de négociant n'a blessé qu'un seul d'entre nous.

Inès lança aux deux hommes un regard empli de gratitude.

Jamie leva les mains en signe d'impuissance.

— Au lit, tout le monde ! Et je me fiche bien de savoir où dort qui !

11

— Réveille-toi ! chuchota Inès à Tode.

Il dormait sous le chariot avec Roger tandis qu'Inès occupait l'intérieur. Tode se redressa avec difficulté.

— Inès, il ne fait pas encore jour et, à voir le ciel, l'aube n'est pas près de se lever. Retournez vous coucher.

— Où vont ces chariots ?

Entre ses paupières mi-closes, Tode regarda les véhicules qui descendaient la route en rangs serrés.

— Je l'ignore. C'est la première fois que je viens ici. Allez dormir !

— Si tu ne veux rien me dire, j'irai le leur demander !

— Cela doit être le jour du marché et ils vont vendre leur marchandise, répondit-il, avant de se rallonger.

Inès regarda les chariots. Le jour du marché ! C'était son rêve d'aller au village un jour de marché. Elle se pencha et secoua de nouveau Tode.

— Lève-toi ! Nous allons au marché.

— Je... commença Tode en fronçant les sourcils.

— Ne t'inquiète pas, ajouta-t-elle, sachant qu'il détestait être vu, tu resteras dans la voiture.

Il sortit en rampant de dessous le chariot.

— Vous ne pouvez pas faire cela. Il va être furieux !

— Il me déteste déjà, alors quelle importance !

— Inès... soupira-t-il sur un ton d'avertissement.

— S'il te plaît ! souffla-t-elle. Tu sais ce qui m'attend. Crois-tu que mon nouveau mari me permettra d'aller au village le jour du marché ? Ou m'exhibera-t-il comme un phénomène de foire ? L'héritière Maidenhall !

Les mots « phénomène de foire » et « exhiber » emportèrent l'assentiment de Tode.

— Mais il va nous entendre et...

— Pas avec le bruit que font les autres chariots. Oh, Tode, s'il te plaît ! Je ne vais pas laisser cet homme m'enfermer pendant tout le voyage. Qui ne tente rien n'a rien !

Tode sourit, ce qu'il ne faisait qu'avec Inès.

— Essayons de jouir de l'instant présent, c'est cela ?

— Oh, merci !

Elle passa les bras autour de son cou et l'étreignit brièvement.

— Elle est partie ! siffla Jamie.

Rhys émergea de sa tente et regarda l'emplacement vide qu'occupait le chariot la veille. Au fil des jours, il avait fini par aimer le dragon qui crachait du feu et le lion que Jamie — toujours à moitié nu — s'apprêtait à pourfendre. En d'autres circonstances, il se serait inquiété mais, connaissant Inès, il s'agissait certainement d'un problème d'intendance et il se mit à rêver au délicieux dîner qu'elle allait leur rapporter pour le soir.

— Je me demande où elle a bien pu le garer, déclara Thomas en regardant tout autour de lui comme si le chariot pouvait être caché derrière une pierre.

Seul Jamie était hors de lui.

— Visiblement, je suis le seul à croire qu'il s'agit d'un tour pendable.

— Elle est avec Tode, dit Thomas. Elle ne risque rien, et ils ne vont pas tarder à rentrer.

Jamie regarda les deux hommes comme s'ils avaient perdu l'esprit. Ils ne semblaient pas se rendre compte qu'il avait une mission. Mais cette... cette Inès profitait de la moindre occasion pour lui mettre des bâtons dans les roues.

— Il faut la retrouver ! (Jamie se tourna vers les servantes qui dressaient la table devant sa tente.) Allez réveiller votre maîtresse puisque Inès...

Il s'interrompit. Frances sortait de la voiture et il songea distraitement qu'elle n'était pas si belle au réveil.

— Elle a volé un chariot et elle est partie, annonça-t-il sans expliquer qui était « elle ». Il faut que je la retrouve.

Frances n'aimait pas le matin et appréciait encore moins d'être confrontée aux frasques d'Inès d'entrée de jeu.

— Elle sera allée au village, dit-elle en prenant le gobelet de cidre que lui tendait Violette.

Jamie était trop occupé à seller son cheval pour l'entendre, mais Thomas et Rhys se tournèrent vers elle.

— Pour quoi y faire ?

— Pour gagner quelques sous, naturellement, répondit Frances. (Elle serra les lèvres et désigna d'un signe de tête les gens sur la route.) On dirait qu'il y a une foire, non ? Et l'argent y change de mains ? Eh bien, c'est là qu'est Inès ! Je vous ai prévenu, ajouta-t-elle en levant les yeux vers Jamie, elle a l'âme d'une petite...

Jamie avait déjà enfourché sa monture et galopait vers le village dans un nuage de poussière.

Jamie n'ajoutait guère foi aux affirmations de Frances. Pourquoi une parente des Maidenhall voudrait-elle aller à un marché local ? Les paroles de Tode au sujet de son sens de l'argent trottaient dans sa tête. Inès aurait-elle des talents autres que la peinture ?

— Avez-vous vu un chariot avec... commença-t-il dès qu'il atteignit les abords du village.

— C'est lui ! L'étripeur de dragon, le tueur de lion ! l'interrompit un homme en le montrant du doigt. *C'est lui !*

Jamie s'éloigna avec humeur. A l'évidence, Inès était là. Décidément, elle avait le don de l'humilier ! Pendant vingt-huit ans, il s'était conduit avec dignité et, depuis qu'il l'avait rencontrée, sa vie était devenue une farce.

Un attroupement s'était formé à un bout du village. Au-dessus des têtes, il aperçut les couleurs du chariot. Et entendit Inès. Comment un aussi petit bout de femme arrivait-il à faire autant de bruit ?

Il contourna la foule et, de sa position élevée, parvint à distinguer la scène.

Il avait acheté des chariots et les avait emplis de coupons d'étoffe par souci de vraisemblance. Il voyait à présent qu'Inès avait rendu le sien à son usage premier. Un des côtés était ouvert, formant un comptoir. Roger mesurait et coupait des pièces de tissu sous les directives d'Inès.

Mais pourquoi un tel attroupement? N'avaient-ils jamais vu de drapiers? Ou étaient-ce les scènes représentées sur le chariot qui attiraient les foules?

Il n'y avait plus guère d'étoffes à vendre. Et le plancher croulait sous un tas de victuailles: une énorme roue de fromage, des sacs de farine, un quartier de bœuf, une couple de poulets...

Il talonna son cheval quand la voix d'Inès l'arrêta net dans son élan.

— Mes ancêtres étaient les plus grands négociants du monde! vociféra-t-elle bien qu'elle parût ne s'adresser qu'à l'homme devant elle. Je préférerais donner ce tissu que le vendre à si vil prix. Vous voyez ces moirures? Les écailles de dragon, voilà ce qui le rend brillant! Vous êtes-vous jamais demandé ce qu'il est advenu des dragons de jadis? Bien sûr, c'étaient les chevaliers qui les tuaient, mais mes ancêtres en tannaient et en salaient les peaux, écailles comprises. Ne sachant qu'en faire, ils les ont conservées pour leurs descendants jusqu'à ce que ma grand-mère — que Dieu la bénisse! — trouve le moyen de transformer les écailles en fil et que mon grand-père construise le gigantesque métier à tisser nécessaire pour confectionner des étoffes avec. Regardez comme ce tissu chatoie au soleil ! Qui veut ma belle dragonite ? cria-t-elle. Garantie inusable !

Jamie mit un moment à réaliser l'énormité du mensonge. De la dragonite ? Inusable ? Son sang de gentilhomme ne fit qu'un tour. Comment pouvait-elle mentir aussi effrontément... ?

Il fendit la foule et se planta devant le comptoir.

Inès grogna en le reconnaissant.

— On ferme, jeunes gens ! cria-t-elle à l'adresse de Roger et de Tode. C'est l'heure !

— Descendez ! ordonna Jamie entre ses dents serrées. Quant à vous, dit-il à Roger et à Tode, ramenez ce chariot au camp, et plus vite que ça !

— Quelqu'un peut-il demander à cet homme pourquoi il est en colère ? s'écria Inès. Serait-ce mon existence même qui l'indispose ?

Jamie souhaitait rester profil bas. Son portrait lui avait attiré suffisamment de quolibets comme ça.

— Vous, là ! cria-t-il à un solide gaillard tout en muscles. Hissez-la sur la selle.

L'homme obtempéra avec empressement. La foule, excitée, se mit à scander en chœur : « Pourfendeur de dragons ! »

Jamie leva les yeux au ciel, puis fit pivoter son cheval. Une fois hors du village, il tenta de raisonner Inès.

— Vous attirez l'attention sur nous. A quoi

bon nous déguiser si vous vous affichez devant tout le village?

Elle garda le silence.

— Qu'avez-vous à répondre? insista-t-il. Êtes-vous incapable de justifier vos actes? De réfléchir avant d'agir?

Il avait passé un bras autour de la taille d'Inès et, à son corps défendant, il appréciait de la tenir ainsi pressée contre lui.

— Inès, reprit-il d'un ton sévère, qu'avez-vous à dire pour votre défense?

— Cheval, entends-tu quelqu'un parler? s'enquit-elle en se penchant en avant. Non? Moi non plus. Ce doit être la brise dans les branches.

Jamie poussa un soupir exaspéré.

— Quand Perkin Maidenhall m'a demandé d'escorter sa fille à travers l'Angleterre, j'ai cru que ce serait un moyen de gagner de l'argent sans trop de peine, dit-il comme s'il se parlait à lui-même. Je comprends à présent que j'aurais mieux fait d'accepter de traquer des criminels dans les Highlands plutôt que d'avoir affaire à... à... (Il respira à fond.) Inès, reprit-il d'une voix plus douce, vous ne pouvez pas prendre un chariot et disparaître à votre guise. Votre cousine et vous êtes sous ma protection. Je dois savoir en permanence ce que vous faites et où vous êtes. Vous comprenez?

Il guetta une réponse, fût-ce par cheval interposé, puis s'aperçut qu'elle dormait.

Qu'elle se fût assoupie n'avait rien d'étonnant. Elle abattait deux fois plus de besogne que n'importe qui. Même si ce n'était jamais pour *lui*... Et à voir le contenu du chariot, elle venait d'entasser des réserves pour plusieurs semaines. Peut-être Tode avait-il raison, songea-t-il de mauvais gré. Inès avait des compétences pour gérer l'argent...

Quoi qu'il en fût, il devrait lui toucher deux mots à propos de la malhonnêteté de ses méthodes. De la dragonite... Tu parles.

Il aperçut le camp à une centaine de mètres. Tous devaient l'attendre. Sans réfléchir, il quitta la route et grimpa à flanc de colline jusqu'à un chêne centenaire. Il réussit à descendre de cheval sans réveiller Inès, puis s'installa à l'ombre du feuillage en la tenant dans ses bras.

Elle dormit près d'une heure pelotonnée contre lui comme une enfant. Il n'avait jamais remarqué combien elle était petite. Sans doute était-ce à cause de sa force de caractère. En observant sa main, délicate et minuscule, il ressentit un élan protecteur et resserra ses bras autour d'elle. Puis, appuyant la tête contre l'arbre, il se mit à somnoler.

Peu après, il se réveilla en sursaut.

— Bas les pattes ! criait Inès en lui bourrant les côtes de coups de coude. Comment osez-vous prendre des libertés avec moi comme si j'étais une fille facile ?

Jamie cligna des yeux, désorienté. Cela dit, la confusion semblait être devenue son état d'esprit habituel depuis qu'il avait rencontré cette extraordinaire jeune personne.

— Me prenez-vous pour une seconde Diane ? martela-t-elle à ses oreilles.

Eût-elle été une autre femme qu'il l'eût embrassée pour lui clore le bec. Mais pas elle! Il la repoussa brutalement et se dirigea vers son cheval.

Ce fut au tour d'Inès d'être décontenancée.

— Débauché! (Elle se leva en s'époussetant.) Je ne vous permets... commença-t-elle.

Il la prit par la taille, lui coupant le souffle, et la laissa retomber durement sur la selle.

Dès que le cheval se mit en marche, elle s'appuya familièrement contre Jamie, ce qui le fit sourire.

— J'avais le choix entre plusieurs fromages, annonça-t-elle au bout d'un moment, aussi j'ai pris celui que vous aimez tant, avec une pâte ferme.

— Vraiment? répondit-il, tentant de garder un ton indifférent alors qu'il exultait de joie.

C'était la première fois qu'elle faisait quelque chose pour lui. Et, surtout, elle avait noté ses goûts!

— Maidenhall m'a donné un budget pour les dépenses, dit-il, et ce que vous avez économisé aujourd'hui sera tout bénéfice pour moi.

— Oh, Jamie, avoua-t-elle en se retournant vers lui, j'aimerais tellement vous aider à réaliser des économies! Cela m'a beaucoup amusée de faire du troc et... (elle baissa les yeux)... je crois que je ne m'y entends pas mal.

— Vous avez été fantastique.

— C'est vrai? Vous le pensez réellement?

— Oui! Vous êtes aussi douée pour le négoce que pour le dessin.

Elle écarquilla les yeux.

— Mais je ne dessine pas si bien que cela! protesta-t-elle. Je suis sûre que vous avez vu beaucoup mieux.

— Jamais! Je n'ai rien vu de mieux nulle part!

Inès en demeura interdite, pour la plus grande joie de Jamie.

— J'ai remarqué que vous aimiez les amandes, aussi je vais en farcir un canard et... (elle fouilla dans son corsage et sortit quelques branches de sauge)... voilà de quoi parfumer la sauce.

— J'en savourerai la moindre bouchée, promit-il d'une voix veloutée.

Inès rougit quand elle comprit qu'il faisait allusion à l'endroit où elle avait glissé la sauge. Elle se détourna et se nicha de nouveau contre lui.

— Est-ce que je pourrai vous aider pour les dépenses? demanda-t-elle quand ils furent en vue du camp. J'aime tant me rendre utile.

— Si vous voulez, répondit Jamie. Mais plus de mensonges! Et plus de disparitions soudaines! Vous n'imaginez pas combien je me suis fait de souci à votre sujet ce matin.

— J'aurais plutôt cru que vous en seriez réjoui! Votre vie serait tellement plus facile si je disparaissais.

Il rit et resserra son étreinte autour de sa taille.

— Vous avez beau ne me causer que des ennuis, vous me manqueriez tout de même.

Elle sourit.

— J'ai des navets, des carottes et une

énorme motte de beurre. Et, euh... oui, des petits oignons. Et je pourrais plumer l'oie pour vous faire un oreiller.

— Ce serait très agréable, murmura-t-il tandis que Rhys se précipitait pour aider Inès à descendre. Très, très agréable.

12

Aussitôt que Frances vit Inès installée sur la selle devant Jamie, elle comprit que les choses avaient changé entre eux. Rien d'étonnant... Inès savait y faire avec les hommes...

Elle soupira. Le voyage ne se déroulait pas du tout selon ses vœux. En acceptant de prendre la place d'Inès, elle escomptait traverser le pays sous l'identité de la richissime héritière et s'attirer ainsi les hommages de tous les hommes. Quel meilleur moyen de se trouver un mari fortuné ?

Si Inès estimait que vivre dans une prison dorée était la pire chose au monde, Frances savait que le manque d'argent était bien pire encore. Sa mère, une femme divinement belle, avait repoussé un riche et vieux banquier pour se marier par amour avec un séduisant bon à rien. En moins de cinq ans, elle avait perdu toute beauté, usée par les maternités et les travaux de couture.

Frances s'était juré de ne pas commettre la même erreur. C'était elle qui avait eu l'idée d'écrire à Perkin Maidenhall en soulignant leur lointaine parenté et en se proposant comme compagne pour sa fille.

Quand la réponse était arrivée, accompagnée d'une bourse bien remplie, ils avaient fêté l'événement jusqu'à ce qu'il ne reste quasiment plus un sou et, quand la voiture de Maidenhall était venue la chercher, Frances n'avait pas même regardé une seule fois en arrière.

Aussi maintenant, ne sachant pas ce que l'avenir lui réservait après le mariage d'Inès, Frances espérait rencontrer un homme dans le genre du banquier éconduit par sa mère.

Mais comment? Elle eut envie de hurler. Comment dénicher l'oiseau rare si elle devait se faire passer pour l'épouse de James Montgomery?

Sur qui pouvait-elle jeter son dévolu? Les deux hommes du comte? Elle savait flairer la pauvreté, et ces deux-là n'étaient guère mieux lotis qu'elle. Restait le comte lui-même.

Et, bien entendu, il n'avait d'yeux que pour Inès.

Maudite soit-elle! songea Frances. Inès n'avait aucune idée de la façon dont les hommes la regardaient. Avec Inès on ne se posait même pas la question de savoir si elle était belle tant elle avait de charme et de vivacité.

Aussi Frances n'était-elle pas surprise que James Montgomery fût fasciné. Ce qui la surprenait, en revanche, c'était le regard subjugué d'Inès. Et aussi la façon dont Tode les observait tous les deux. Quelque chose se tramait, mais quoi ?

Ils s'aimaient, se dit-elle, dépitée. Tel était le fin mot de l'histoire. L'amour ! Que de tracas inutiles, pourtant ! N'était-ce pas l'amour qui avait causé la déchéance de sa mère ?

Que se passerait-il si Inès demandait à son père la permission d'épouser un comte désargenté ? Sans doute la déshériterait-il, et son comte la quitterait ! Eh bien, il fallait qu'elle évite à sa cousine un sort aussi funeste. Elle devait séduire Jamie et l'épouser. Et elle deviendrait du même coup lady Frances. De quoi rendre ses sœurs vertes de jalousie...

Certes, lord James était pauvre. Mais pouvait-on être pauvre quand on avait un titre ? Et ses riches parents ne s'étaient-ils pas précipités pour lui prêter main-forte ?

Frances regarda Inès et prit aussitôt sa décision. Avant que leur voyage ne touche à son terme, elle serait la femme de James Montgomery. Quoi qu'il lui en coûtât, elle réussirait. Et un jour Inès la remercierait !

Pour l'instant, cette dernière remettait de l'ordre à l'intérieur d'un de ces horribles chariots. Comment pouvait-on voyager de manière aussi inconfortable ?

Frances épousseta sa robe. Quand elle serait lady Frances Montgomery, elle aurait un carrosse et une douzaine de valets de pied. Elle...

— Qu'est-ce que vous mijotez encore ?

Elle sursauta et n'eut pas besoin de se retourner pour savoir qu'il s'agissait de Tode.

— Je vais sauver Inès d'elle-même, jeta-t-elle avant de s'éloigner, la mine hautaine.

Et, souriante, elle se dirigea droit sur Jamie.

— Accepteriez-vous de vous promener en ma compagnie ? La nuit est si belle. (Frances prit le bras de Jamie et tous deux avancèrent sur la petite route de campagne.) Dans quelques jours, nous nous arrêterons dans une vraie maison, reprit-il. Avec des lits !

— Rien ne pourra me faire plus de plaisir ! De même qu'avoir enfin de vrais repas ! fit-elle avec une moue.

— Pourtant Inès se débrouille bien. Je n'ai jamais mangé d'amandes aussi bonnes.

Frances lui coula un regard entre ses longs cils tandis que le couchant la nimbait d'une lumière dorée. Jamais elle n'avait été aussi à son avantage.

— Allez-vous me chanter les louanges d'une autre pendant que nous nous promenons ensemble ?

— Non, bien sûr que non ! marmonna-t-il, à court de sujets de conversation.

Ils marchèrent un moment en silence, puis Frances éclata brusquement de rire.

Jamie lui sourit, perplexe.

— Nous nous ressemblons, vous et moi, n'est-ce pas ? s'écria-t-elle.

— J'en suis persuadé, mais de quelle façon ?

— Dites-moi, James Montgomery, avez-vous jamais eu besoin de courtiser une femme ? Je veux dire de vous donner du mal pour séduire quelqu'un ? Avec des fleurs ? Des poèmes ?

Jamie baissa la tête.

— En fait...

— Moi non plus, dit Frances. Jusqu'à présent je n'ai jamais eu à lever le petit doigt pour que les prétendants accourent. Les hommes se sont toujours disputé le privilège d'être assis à côté de moi. Ils se bousculent pour me tendre un gobelet de cidre ou un sablé. Cela doit être la même chose pour vous.

— Je dois reconnaître que je n'ai pas eu beaucoup de difficultés jusqu'à... tout récemment.

Frances fronça les sourcils.

— Je crois qu'il est temps que nous parlions affaires...

Mais Jamie en était resté à « tout récemment ». Avait-il jamais existé une époque où il ne connaissait pas Inès ? Il y avait eu le premier jour quand il pesait de tout son poids sur elle, puis la fois où il lui avait administré une fessée et quand elle l'avait griffé et...

— ... et tirions des plans pour le mariage. Peut-être devrait-il rester secret et nous avertirions mon père seulement ensuite et...

— Le mariage? répéta Jamie, déconcerté, car il n'avait pas entendu le début de sa phrase.

Frances battit des cils.

— Je croyais que vous vouliez l'or des Maidenhall ?

— Je...

Il n'aimait pas que les choses fussent exposées aussi crûment.

— Ne vous inquiétez pas, murmura-t-elle en pressant ses seins contre le bras de Jamie, puis, remarquant qu'il avait l'esprit ailleurs, elle enfouit la tête dans ses mains et se mit à pleurer. Oh, James, si vous saviez ce qui m'attend ! Mon père m'a choisi un époux abominable. Je n'aurai ni amour ni enfants. J'ai vécu emprisonnée depuis que j'ai trois semaines et je vivrai emprisonnée après mon mariage. Comment pourrais-je le supporter ?

Jamie fit ce qu'il faisait toujours quand les femmes pleuraient : il attira Frances dans ses bras et lui caressa le dos jusqu'à ce qu'elle se calme.

— C'est par méchanceté qu'Inès a clamé partout que vous espériez m'épouser, je le sais bien, mais cela répondait en fait à mes prières. J'ai rêvé que mon père m'enverrait un homme beau et séduisant et que nous... Je n'ose pas le dire tout haut !

— Dites-le, chuchota-t-il, craignant de connaître déjà la réponse.

— Que cet homme me sauverait de cet épouvantable mariage qui sera pire que tout ce que je connais déjà.

— Votre père a placé sa confiance en moi. Il...

— Et vos sœurs ? le coupa Frances. Sont-elles aussi pauvres qu'Inès ? Ont-elles chaud l'hiver ? Que mangent-elles ?

Jamie déglutit, se souvenant de la description de Bérangère au sujet des lentilles moisies et du froid qui régnait dans la maison. Ces derniers temps, avec Inès, il avait oublié ses responsabilités mais Frances les lui rappelait.

Frances étreignit les bras de Jamie et lui adressa un regard suppliant.

— Nous pourrions nous marier secrètement. Si nous sommes mari et femme, mon père ne pourra rien faire.

— Mais...

Jamie n'osait le dire à haute voix, mais que se passerait-il si Maidenhall, fou de rage, la déshéritait ?

— Les gens sont tellement subjugués par les richesses de mon père qu'ils en oublient la fortune de ma mère, dit Frances comme si elle déchiffrait ses pensées. Même si mon père me déshérite, j'ai une propriété et plusieurs maisons qui me viennent de mon grand-père. Et, de toute façon, j'imagine mal mon père déçu d'avoir pour gendre un comte issu de cette vieille lignée des Montgomery.

— Sans doute, répondit distraitement Jamie.

Elle le regarda, des larmes perlant au bord de ses cils.

— Vous me sauverez, n'est-ce pas ? Pour moi ? Pour votre famille ?

Jamie l'attrapa par les épaules et la maintint à bout de bras.

— Je ferai de mon mieux pour... vous sauver, mais mon honneur exige que je demande son accord à votre père. Je ne peux pas agir en secret. Il doit donner son approbation.

Frances se détourna. Il ne fallait surtout pas que l'annonce de leur mariage parvienne jusqu'au père d'Inès.

— Que m'importe son consentement ? Il m'a

retenue prisonnière toute ma vie. Il est prêt à me vendre à n'importe qui pour de l'argent. N'ai-je pas droit au bonheur comme tout le monde ?

— Ne parlez pas de votre père ainsi. Ne...

Jamie n'arrivait pas à se concentrer. Le mariage était une décision importante et il ne fallait pas la prendre à la légère. S'il contrariait quelqu'un d'aussi riche que Maidenhall, qu'arriverait-il à sa famille ? Il devait penser à sa mère, à ses sœurs.

— Je vais...

— Vous ne m'aimez pas, dit Frances avec une moue ravissante.

— Mais bien sûr que si, je vous aime ! se récria Jamie d'un ton peu convaincant.

— Je crois que je comprends, déclara-t-elle avec froideur. Il en a toujours été ainsi. Après tout, je suis l'héritière Maidenhall et cela effraie les hommes. Personne ne peut m'aimer pour ce que je suis. C'est l'argent qui les intéresse tous ! Inès, elle, inspire l'amour. Regardez Tode, si affreux soit-il, il l'aime. Rhys, lui aussi, est sous le charme. Même Thomas pense à elle. Je suis la seule que personne ne considère comme un être humain. Pour tout le monde, je suis juste un sac d'or !

Elle se détourna et reprit le chemin du camp. Jamie la rattrapa par le bras. Joby le disait bien : il suffisait qu'une femme lui raconte n'importe quelle histoire triste pour qu'il fonde.

— Frances, murmura-t-il, ce n'est pas vrai ! Vous êtes une femme merveilleuse. N'importe quel homme serait heureux de vous avoir pour épouse.

— Oh, Jamie, dit-elle en jetant les bras autour de son cou, je savais que vous m'aimiez ! Je serai pour vous la meilleure des épouses. Et votre famille sera à l'abri du besoin. (Elle lui prit la main.) Venez, allons l'annoncer aux autres ! (Soudain, un éclair brilla dans ses yeux. Une idée venait de lui traverser l'esprit.) Oui, vous écrirez à mon père. Et moi aussi je lui écrirai. J'enverrai un messager porter nos lettres en même temps. Je suis sûre que mon père sera séduit par l'idée de faire de sa fille une lady. Venez vite ! (Elle le dévisagea.) Quelque chose vous tracasse ? N'est-ce pas ce que vous vouliez ? Épouser l'héritière Maidenhall ?

— Si, murmura-t-il. C'est le seul moyen de sauver ma famille.

Étendant les bras, Frances se mit à tourbillonner.

— Je suis la femme la plus heureuse de la terre ! Et vous ? N'êtes-vous pas aussi heureux que moi ?

— Oh si ! acquiesça-t-il d'un ton empreint de tristesse résignée. Très, très heureux. Venez. Nous devons rejoindre les autres.

— Oui, il faut leur annoncer la nouvelle, déclara joyeusement Frances. Mais ne parlons pas des lettres à mon père, ajouta-t-elle après une pause. Inès risquerait de... Enfin, vous la connaissez. Nous dirons juste que nous avons l'intention de nous marier secrètement. Cela vous va ?

— C'est parfait.

Avec un gros soupir, il la suivit vers le camp.

Mes chères sœurs,

Tous vos rêves seront bientôt comblés. Je vais apparemment épouser l'héritière. Non, ne croyez pas que ce soit un mariage d'amour. Frances a besoin d'être secourue et nous, d'un nouveau toit. N'est-ce pas ainsi que se font les meilleurs mariages ?

Cependant, ce mariage risque de ne jamais avoir lieu car j'insiste pour obtenir l'assentiment de son père. Et comme il a déjà accordé la main de sa fille, je vois mal comment il reviendrait sur sa parole. Frances est persuadée du contraire.

Je vous tiendrai au courant.

Vous souvenez-vous d'Inès ? Elle s'occupe du ravitaillement, et son aide est très précieuse. Grâce à des mensonges éhontés — mais drôles —, elle a écoulé tout un chargement d'étoffes contre de l'argent et des vivres. Puis elle a échangé une partie de celles-ci contre une centaine de paires de chaussures et a investi l'argent dans l'achat d'un millier de boutons à une veuve qui venait d'enterrer son époux. Ensuite, elle nous a tous enrôlés, hormis l'héritière, pour coudre les boutons sur les chaussures et, le lendemain, elle a revendu celles-ci au double de leur prix.

D'après Rhys elle a triplé en une semaine la valeur du chargement initial et il dit que d'ici à un mois, elle pourra acheter une maison. Mais je le soupçonne d'être amoureux d'elle. Ainsi que Thomas.

En tout cas, grâce aux dons d'Inès pour le troc, je n'ai pas dépensé un sou du budget alloué par Maidenhall depuis plusieurs jours.

Nous nous arrêterons chez Lachlan Tevershsam le temps d'attendre l'arrivée des autres chariots et la lettre du père de Frances, aussi pouvez-vous m'écrire là-bas.

Je vous envoie mes pensées les plus affectueuses,

Votre frère qui vous aime,
James

P.-S. : Navré de vous apprendre que mon pourpoint de soie pourpre est immettable depuis qu'Inès y a mis le feu, mais ne vous inquiétez pas : mes brûlures sont guéries.

— Eh bien ? demanda Joby à sa sœur. Qu'en penses-tu ? Il va épouser l'héritière, j'en suis persuadée. Et je parie que Perkin Maidenhall sera enchanté de ce mariage. Après tout, Jamie est comte.

— Je n'en suis pas si sûre, dit Bérangère en respirant à pleins poumons l'odeur des fleurs qui poussaient dans le petit jardin derrière le vieux château. Crois-tu que si cet homme avait offert sa fille à Jamie, notre frère aurait refusé l'héritière Maidenhall ? Non, aucun homme ne l'aurait fait ! Aussi doit-il y avoir quelque raison cachée pour qu'il accorde sa main au fils d'un riche marchand, car il ne manquait sûrement pas de prétendants nobles et sans le sou !

— Exact ! acquiesça Joby, songeuse. Que penses-tu d'Inès ?

Bérangère hésita.

— C'est une personne tout à fait intéressante.

— Intéressante? La veuve qui rentrait des funérailles de son mari ne partageait sans doute pas ton avis! C'est un miracle que personne n'ait encore mis cette Inès au pilori!

— D'un autre côté, qu'aurait fait cette pauvre femme de tous ces boutons? Je crois plutôt qu'elle a dû remercier le ciel de lui envoyer quelqu'un d'assez stupide pour les lui acheter.

Joby s'immobilisa et regarda Bérangère. Leurs rôles semblaient s'être brusquement inversés... Sans bien comprendre pourquoi, il y avait quelque chose chez Inès qui déplaisait à Joby.

— Enfin, Joby, dit Bérangère avec un soupir, tu ne rêves donc jamais? Crains-tu que notre romantique de frère ne tombe amoureux d'une fille pauvre et que nous ne soyons condamnées à vie à ne manger que des lentilles moisies?

— A t'entendre, c'est chose faite! marmonna Joby. D'ailleurs, j'ignore ce que tu trouves de romantique à notre frère! Est-ce par romantisme qu'il est devenu un fier soldat?

— Naturellement!

— Tu déraisonnes! Qu'y a-t-il de romantique à tuer des gens?

— Tu sais très bien que Jamie déteste tout cela. Seuls l'animent le sens de l'honneur et de la justice ainsi que l'idée de combattre pour le bien contre le mal.

— C'est vrai. Mais quel rapport avec Inès? A

mon avis, cette fille rend notre frère complètement fou. Elle a mis le feu à ses vêtements! (Joby plissa les yeux.) Oh, que j'aimerais lui rendre la pareille!

Le regard aveugle de Bérangère se perdit dans le lointain.

— Voudrais-tu me donner quelques fleurs de cerisier? Elles sont si parfumées!

Saisissant sa dague, Joby coupa deux ou trois tiges.

— Qu'allons-nous écrire à notre frère?

— Tu veux dire: qu'allons-nous lui écrire qui le décide à sauter le pas?

— Exactement. Nous sommes trop pauvres pour songer à l'amour.

— Et trop de fardeaux pèsent sur ses épaules, ajouta Bérangère avec amertume. Mère et moi, nous...

— Et moi aussi! Je veux faire comme la reine et ne jamais me marier!

— Eh bien, moi, je veux être comme la reine des abeilles et avoir des dizaines de marmots agrippés à mes jupes.

Joby sourit malicieusement.

— Il y a toujours Henry Oliver. Il te donnera...

— Tu me le paieras! riposta Bérangère en essayant d'attraper sa cadette.

13

Il pleuvait à verse depuis plusieurs jours. Les rivières étaient en crue et les routes, déjà mauvaises, se creusaient de fondrières où s'enlisaient chevaux et chariots.

Jamie sauta à bas de son cheval et se dirigea à pas maladroits vers un chariot embourbé. Jamais il ne s'était senti aussi abattu.

Et, pour être honnête, il savait que son vague à l'âme venait moins de la pluie que d'Inès.

Au moment même où il croyait qu'ils étaient devenus amis, tout avait basculé en quelques secondes. Avant qu'il ne puisse l'arrêter, Frances avait couru au camp pour annoncer leur mariage. Jamie n'était pas près d'oublier l'expression d'Inès à cette nouvelle. L'incrédulité, la stupéfaction et la douleur s'étaient inscrites successivement sur son visage, puis elle s'était détournée brutalement et ne lui avait plus adressé la parole. Il avait tenté deux fois de lui expliquer qu'il n'était pas libre, qu'il ne pouvait pas suivre les élans de son cœur... Inès avait refusé de l'écouter. Et peut-être était-ce mieux ainsi. Mais quand elle avait dit le surlendemain que le reste du fromage avait roulé hors du chariot, il s'était senti triste à mourir.

Son humeur s'était encore assombrie quand, le matin même, elle avait fait cadeau à Rhys du petit oreiller qu'elle lui destinait.

Et maintenant, d'ici à quelques heures, ils allaient faire halte chez son ami et compagnon d'armes, Lachlan Teversham, où les attendaient des lits secs et un repas chaud. De quoi, peut-être, regonfler le moral des troupes !

A travers le rideau de pluie, Jamie distinguait à peine le chariot au dragon, ainsi que tout le monde s'obstinait à l'appeler, qui cahotait en tête du convoi. Sur ses ordres, on y avait installé les deux femmes ; plus léger, il risquait moins de s'enfoncer dans la boue.

Il ne lui fallut pas longtemps pour s'apercevoir qu'il allait encore devoir pousser. Rhys et Thomas escortaient l'autre voiture, aussi ne pouvait-il compter que sur lui-même, sur Georges et sur Tode.

— Des pierres ! Mettez des pierres sous les roues. Des branchages. N'importe quoi ! cria ce dernier.

Jamie acquiesça. Bien sûr. Il était si perturbé par ses propres problèmes qu'il était incapable de réfléchir aux choses les plus simples. Georges, assis à l'avant, tentait de calmer les chevaux affolés par les éclairs et les coups de tonnerre tandis que Jamie et Tode ramassaient à la hâte tout ce qui leur tombait sous la main pour le glisser sous la roue arrière droite.

— Vous allez pouvoir pousser ? cria Jamie.

Tode opina. De l'eau ruisselait sur son visage, formant des rigoles à l'endroit des cicatrices et dégoulinant le long de son nez, ce qui lui donnait l'air d'une monstrueuse gargouille.

Jamie s'arc-bouta d'un côté. Tode l'imita, ses jambes courtaudes fermement plantées dans la boue.

— Prêt ? hurla Jamie. (Quand ils entendirent le sifflement du fouet, ils bandèrent leurs forces et poussèrent.) On y est presque ! Un peu de muscle, que diable !

Au moment où leurs efforts allaient être couronnés de succès, Jamie atterrit dans la gadoue, une femme enragée pesant de tout son poids sur sa poitrine.

— Il ne peut pas ! Il ne peut pas ! hurlait Inès en lui bourrant le visage et le torse de coups de poing.

Rhys attrapa Inès par la taille et la souleva comme un sac de grain.

Jamie se mit debout tant bien que mal.

— Qu'est-ce qui lui prend ? vociféra-t-il en essuyant la boue de son visage.

Rhys haussa les épaules sans lâcher Inès qui se débattait comme un beau diable.

— Lâchez-moi ! Lâchez-moi ! criait-elle à pleins poumons.

Prêt à parer un nouvel assaut, Jamie fit signe à Rhys de libérer Inès. Mais au lieu de se précipiter sur lui, elle courut vers Tode. Affaissé contre le chariot, le garçon était livide et semblait privé de vie.

— Regardez ce que vous avez fait ! fulmina-t-elle à l'adresse de Jamie. Puisse le diable vous faire griller en enfer ! Aidez-moi ! ajouta-t-elle en se tournant vers Rhys. Il faut le porter à l'intérieur.

Jamie et Rhys s'avancèrent. Devant le regard d'Inès, Jamie battit en retraite.

Ils sont amants, songea-t-il soudain. Voilà pourquoi elle se montre si protectrice avec lui et repousse les autres hommes.

Son énergie décuplée par la rage, il appela Rhys et se mit à pousser. Bientôt le chariot fut désembourbé, mais Jamie ne relâcha pas ses efforts. Rhys lui donna une tape sur l'épaule. En sueur, il continua de courir sous la pluie. Rhys eut besoin de toutes ses forces pour l'arracher au chariot, et quand Jamie se tourna vers lui, son expression le fit reculer. Sans un mot, Rhys monta à cheval et rejoignit l'autre voiture.

Jamie, trop furieux pour parler ou pour réfléchir au motif de sa colère, sauta en selle à son tour et chevaucha en silence jusqu'à ce qu'ils arrivent à destination.

Lachlan était un géant roux avec d'énormes sourcils en broussaille. Il serra affectueusement Jamie dans ses bras.

— Jamie, mon garçon ! dit-il en passant un bras autour des épaules de son cadet. Sois le bienvenu !

Il tenta maladroitement de débarrasser le visage de Jamie de son masque de boue.

Mais Jamie n'était pas d'humeur à rire. Il se libéra avec rudesse de l'étreinte de Lachlan et retourna aux chariots.

— Mettez-les à l'abri ! hurla-t-il aux cochers. Et toi, mon garçon, occupe-toi des chevaux. Et gare à toi si tu bâcles ton travail !

Debout sous la pluie, tel un dieu viking, Lachlan fixait Jamie avec étonnement. Il le connaissait depuis toujours et ne l'avait jamais vu grossier ni de mauvais poil.

Sautant à terre, Thomas essuya son visage ruisselant et, d'un signe de tête, désigna le chariot d'où descendait Frances. On tendait une bâche pour essayer de la protéger, mais Lachlan eut le temps d'apercevoir son ravissant visage. Il leva un regard interrogateur vers Thomas, comme pour demander : Est-ce là le problème de Jamie ?

Thomas se pencha et murmura :

— La moitié du problème. Il y a *deux* femmes.

Lachlan rejeta la nuque en arrière et éclata d'un rire tonitruant. Jamais il n'aurait imaginé que Jamie, avec son physique avantageux, pût avoir le moindre problème avec les femmes !

— Enfer et damnation ! vociféra Jamie quand il s'aperçut qu'Inès et son... son amant (cette idée lui donnait envie de vomir tripes et boyaux) avaient disparu. Occupe-toi des chariots, dit-il à Rhys avant de se ruer vers les écuries.

Il passa d'une stalle à l'autre en levant haut sa lanterne. Il ne savait pas très bien ce qu'il ferait en les trouvant, mais Inès était sous sa responsabilité et il avait le droit de...

Tout au bout, il y avait une ancienne sellerie depuis longtemps utilisée comme débarras. Au moment où Jamie allait faire demi-tour, il remarqua qu'une faible lueur filtrait sous la porte.

Il poussa le battant brutalement et surprit Inès en train de déshabiller Tode ! Sa première réaction fut de passer celui-ci au fil de son épée. Mais Inès tourna alors vers lui un visage ravagé.

— Aidez-moi, aidez-moi ! chuchota-t-elle avec des accents désespérés.

La colère de Jamie s'évapora sur-le-champ. Il posa sa lanterne et s'avança.

— Que dois-je faire ?

— Ses jambes...

Tode, étendu sur des bottes de paille, était d'une pâleur effrayante.

— Je vais aller chercher de l'aide...

— Non ! l'interrompit Inès en agrippant son bras à deux mains. Je vous en prie, ajouta-t-elle, les larmes aux yeux, ses cheveux noirs plaqués autour de son visage défait, sa robe dégoulinante. Il est fier et il n'aime pas qu'on le voie. Ne pouvez-vous pas comprendre ?

Oh si ! Il comprenait.

— Qu'attendez-vous de moi ?

— Il souffre terriblement. Aidez-moi à le sécher et à le réchauffer. Enlevez-lui ses vêtements.

Jamie obéit. Le pantalon, trempé, collait à la peau de Tode. Prenant sa dague, Jamie le coupa, exposant ses jambes. Jamais il n'avait vu, même sur les champs de bataille, quelque chose d'aussi monstrueux. La chair semblait encore à vif et les os, mal ressoudés, formaient de curieux angles. Comment Tode arrivait-il à marcher ? Et comment supportait-il la douleur que devait lui causer chaque pas ?

Inès lui tendit un flacon empli d'un liquide noirâtre.

— Frictionnez-lui les jambes. Vite !

— Débrouillez-vous pour trouver mon cheval. Il y a des vêtements secs dans les fontes. Et apportez-moi aussi la flasque de whisky.

Inès se précipita dans les écuries et eut tôt fait de repérer le cheval de Jamie. Elle trouva rapidement vêtements et alcool. Elle repartait déjà quand elle entendit des voix venant d'une stalle.

— Il paraît que c'est l'héritière Maidenhall, chuchotait un homme. Cela doit rester secret, mais tout le monde est au courant. Tu imagines tout cet or !

— Tu vas la demander en mariage ?

— Penses-tu ! Je vais la jeter en travers de ma selle et exiger une rançon de son père.

Inès reprit sa course silencieuse. De retour dans la sellerie, elle vit que Jamie frictionnait le torse et les bras de Tode.

— Personne ne vous a vue ? Parfait ! Je ne souhaite pas attirer la curiosité. Pendant que je l'habille, faites-lui boire le whisky. C'est du McTarvit. Le meilleur !

Inès roula une couverture sous la tête de Tode et glissa le goulot entre ses lèvres.

Vêtir le corps inerte fut une tâche plus ardue que ne l'avait imaginé Jamie. Si les jambes étaient frêles, le torse était puissant avec des muscles très développés. Un temps infini passa avant que Tode ne se mette à tousser à cause du whisky.

— Non ! réussit-il à articuler en se détournant. Laissez-moi dormir !

— D'accord. (Inès s'assit près de lui et repoussa les cheveux de son visage qui reprenait un peu de couleur.) Dors, je vais rester à ton chevet.

Elle prit la grande main de Tode et la serra contre son cœur.

Elle perdit toute notion du temps, mais quand Jamie voulut la faire lever, elle se débattit. Emprisonnant son menton dans sa main, il la força à le regarder.

— Cessez de me considérer comme votre ennemi ! C'est fatigant, à la fin ! Vous êtes trempée, gelée, et je...

— Je ne le quitterai pas ! gronda-t-elle en se libérant. C'est votre faute s'il est dans cet état.

Sans un mot, Jamie saisit une épaisse couverture pendue à un crochet, l'en enveloppa et la souleva dans ses bras.

— Taisez-vous ou vous allez le réveiller, lui murmura-t-il à l'oreille quand elle commença à se débattre.

— Lâchez-moi !

Il s'assit sur le sol jonché de paille et l'attira sur ses genoux.

— De grâce, ne me faites pas souffrir davantage ! Je ne suis plus que plaies et bosses depuis que je vous connais. J'ai mal rien qu'en vous voyant !

S'il avait essayé de la raisonner, elle n'aurait pas pu retenir sa colère. Mais son humour la prit au dépourvu. A son grand embarras, elle se laissa aller contre lui et se mit à pleurer.

Jamie la berça.

— Je suis désolée, murmura-t-elle bientôt. Je ne pleure jamais ! Personne n'arrive à me faire pleurer.

— Sauf moi. J'ai toujours eu cet effet sur les femmes.

— Menteur ! dit-elle en reniflant.

Il ne releva pas. Jamais il n'avait eu autant de plaisir à tenir une femme dans ses bras, même si, en l'occurrence, il s'agissait plutôt d'un ballot informe dans une couverture malodorante.

— Racontez-moi, au sujet de Tode, dit-il d'une voix douce. Pourquoi est-il infirme?

Elle lança un coup d'œil inquiet vers la forme endormie sur le lit de fortune.

— Parlez-moi de lui, insista Jamie, sentant sa réticence.

— Vous devez être gelé, dit-elle en tentant de se mettre debout. Laissez-moi aller chercher une autre couverture dans l'écurie. Ou, mieux, rentrez. Vous devez mourir de faim, et votre ami vous cherche probablement.

— Pour cette fois, vous n'imposerez pas votre loi, dit-il en l'attirant de nouveau contre lui. Je sais que vous avez l'intention de rester près de lui. Eh bien, je reste aussi! Vous entendez? Pour une fois, c'est moi qui vais gagner!

— Ne gagnez-vous pas toujours? N'en avez-vous pas toujours fait qu'à votre tête jusqu'à maintenant?

— Vraiment? Je ne voyais pas la nécessité de votre présence durant le voyage. Je désirais que cet affreux chariot soit repeint. Je...

— Vous vouliez épouser l'héritière Maidenhall!

— Je ne crois pas que le terme « vouloir » soit exact. J'ai une famille à charge, et je n'ai pas le droit de suivre mes inclinations. Peut-être ignorez-vous que les hommes de mon... de mon rang ne sont pas libres. Si nous étions libres de nous marier selon notre cœur, nous épouserions des femmes de chambre.

— Ou des filles au visage grêlé?

— Oui, rétorqua Jamie d'un ton sec pour lui signifier que le sujet était clos. Et maintenant, parlez-moi de Tode. Nous avons la nuit devant nous.

Inès prit une profonde inspiration.

— C'est son père qui l'a estropié.

— Pour qu'il aille mendier?

— Pour l'exhiber, rectifia Inès. Pour le promener dans toute l'Angleterre et faire payer les gens pour le regarder.

— Mais au lieu de cela, il s'est retrouvé chez l'héritière Maidenhall.

« Chez moi », faillit-elle dire, mais elle se retint. Lui demanderait-il sa main s'il savait qui elle était ?

— Oui, acquiesça-t-elle. Perkin Maidenhall l'a vu dans son... numéro. Il l'a racheté et m... l'a envoyé à sa fille.

— C'est ce qui vous est arrivé, à vous aussi ?

— En effet ! concéda-t-elle comme si elle faisait une plaisanterie. On dirait qu'il aime les laissés-pour-compte et les phénomènes de foire.

— Vous n'êtes pas une laissée-pour-compte. Vous êtes...

Elle se raidit.

— Oui ? Que suis-je donc ?

— Vous êtes unique. Vous ne ressemblez à personne.

— Ah ? Je suis aussi insolite que Frances est ordinaire ?

— Frances est belle.

Inès se retourna brutalement vers lui.

— Frances n'est pas belle.

Il haussa un sourcil.

— Tiens donc ? Et qu'est-elle, alors ?

— Riez tant qu'il vous plaira, mais je maintiens que vous ignorez ce qu'est la beauté.

— Ce que vous peignez, bien entendu, voilà la beauté ! Et comme vous paraissez prendre volontiers Frances pour modèle, c'est que vous la trouvez jolie.

— Non ! La beauté inspire l'amour. C'est... (Elle se nicha de nouveau au creux de ses bras.) Être belle, c'est rendre quelqu'un amoureux. Une femme vieille et grosse que son mari voit toujours radieuse et mince, voilà la beauté ! Pour être vraiment belle, il faut davantage penser aux autres qu'à soi-même.

— Alors vous êtes belle ?

— Vous vous moquez de moi ! Non, je ne suis pas belle. Je n'ai jamais pensé qu'à moi. Mais Tode, lui, est beau. Vous ne pouvez pas le savoir, mais c'est lui qui dirige, en fait la propriété des Maidenhall. Il connaît absolument tout le monde. Si quelqu'un est malade, Tode veille à ce qu'il soit soigné. Il aime spécialement les petits enfants car eux ne s'aperçoivent pas qu'il est difforme. Les enfants ne voient que sa bonté. Tode est vraiment une belle âme.

— Mais il n'aime pas Frances.

— Aucun de ceux qui voient plus loin que son visage ne l'aime, fit Inès avec dégoût. Sauf vous. Vous voyez l'argent derrière son visage...

— Frances ne s'occupe pas des gens qui vivent sur sa propriété ? s'enquit-il, songeant à la remarque de ses sœurs sur la responsabilité des Montgomery envers les fermiers, même si les terres étaient désormais vendues.

— Frances ignore leurs noms. Frances veut...

— Oui, que veut Frances ?

— Me demandez-vous encore des conseils pour la courtiser ? Et si vous l'enfermiez dans une pièce pleine de pâquerettes ?

— Non, ce n'est pas ce que je voulais savoir. Je... Que désirez-vous plus que tout au monde ?

— Être libre, répondit Inès immédiatement. Ne pas vivre enfermée ! Aller où je veux, quand je veux. Avez-vous déjà été en France ? s'enquit-elle en se tournant vers lui.

Il sourit.

— Plusieurs fois.

Il était trempé, frigorifié, couvert de boue séchée et il tenait dans ses bras une fille enveloppée dans une couverture qui empestait. Rien de tout cela n'était très romantique et pourtant...

Inès s'écarta de lui d'un air sévère.

— Vous essayez de me séduire ? D'abord la malheureuse Diane, puis la stupide Frances et enfin moi ?

— Mais non, pas du tout, dit Jamie avec lassitude. Où avais-je la tête ? Quand je suis près de vous, je devrais mettre mon armure !

Et avec plus de force que nécessaire, il l'attira de nouveau contre lui.

— Je peux très bien rester seule ici, déclara-t-elle d'un ton pincé. Je n'ai pas besoin de vous. Je suis sûre que Tode est sorti d'affaire. Ce n'est pas la première crise, j'ai l'habitude. Nous nous suffisons l'un à l'autre.

Jamie l'étreignit brutalement, immobilisant ses bras sous la couverture.

— Êtes-vous amants ?

Inès tenta de se débattre, puis y renonça.

— Non, nous sommes seulement amis. Pourquoi voyez-vous toujours les choses sous cet angle ? Le grand amour qui vous consume pour Frances jour et nuit vous empêcherait-il donc d'imaginer un autre type de relation ?

— Je n'aime pas Frances, et vous le savez.

— Mais vous avez l'intention de l'épouser.

— Comme vous l'avez souligné, je l'épouse pour son argent. Nous y trouverons chacun notre compte.

Jamie était persuadé que son père ne donnerait jamais son accord. Ou alors désirait-il seulement que Maidenhall refuse ? Il prit une profonde inspiration.

— J'ai entendu dire que le père de Gregory Bolingbrooke a payé très cher pour l'héritage Maidenhall.

— Où avez-vous entendu cela ? siffla Inès.

— Les moindres faits et gestes de l'héritière sont épiés par toute l'Angleterre. Dans ce cas, peut-être son père refusera-t-il de m'accepter comme gendre.

— Oh, il adorera avoir une fille à la cour.

— Si Maidenhall se fait payer pour accorder sa fille en mariage plutôt que de lui donner une dot, comment pourrait-il accepter qu'elle épouse un comte sans le sou dans mon genre ?

— Peut-être l'aime-t-il et est-il prêt à se plier à ses volontés, remarqua doucement Inès.

— Un homme qui ne s'est jamais soucié de

voir sa fille ne doit guère lui porter beaucoup d'affection.

— Ce n'est pas vrai ! protesta Inès avec vivacité. Peut-être l'aime-t-il beaucoup. Vous n'en savez rien.

— Peut-être, acquiesça Jamie, surpris par sa véhémence.

— Peut-être enferme-t-il sa fille pour la protéger !

— La reine, quand elle était enfant, n'était pas aussi bien protégée que l'héritière Maidenhall. Les prisonniers ont plus de liberté qu'elle. Les criminels... Qu'est-ce qui vous prend ? demanda-t-il comme elle tentait de se lever.

— Rien ! Mais je ne vois pas l'intérêt de disserter sur des parents qui n'aiment pas leurs enfants.

— Oh, je comprends... A cause de ce que le père de Tode lui a fait subir ?

— Oui, souffla-t-elle, refusant de réfléchir à ce qu'il venait de dire.

Elle s'était toujours interdit d'y penser. Quand elle était avec Tode ou Frances, elle mentionnait souvent son père. Même s'ils s'écrivaient régulièrement depuis qu'elle était en âge de le faire, c'était vrai qu'elle ne l'avait jamais vu, ne lui avait jamais tenu la main... Non, elle n'aimait pas y penser.

Elle se blottit contre Jamie et respira à plusieurs reprises pour se calmer.

— Comment croyez-vous que Perkin Maidenhall réagirait si j'épousais sa fille en secret ?

Inès aimait ce genre de question qui impliquait qu'elle connaissait bien son père.

— A mon avis, Maidenhall serait ravi que sa fille épouse un gentilhomme, surtout s'il pouvait l'avoir pour rien.

Jamie songea immédiatement à son toit percé et aux villageois qui espéraient qu'il redevienne leur seigneur.

— Rien ?

— Enfin, sans mise de fonds importante ! Le mari de l'héritière recevra bien entendu ce qu'elle tient de sa mère, mais le gros de l'héritage ne viendra qu'après la mort de Perkin Maidenhall. Et encore, si telle est sa volonté.

— Bon, s'il y a de quoi remplir les assiettes et acheter quelques hectares de terre, cela me suffit.

— Si c'est tout ce que vous désirez, pourquoi vous compliquer la vie avec l'héritière Maidenhall ? Je suis sûre qu'avec votre physique vous n'auriez aucun mal à séduire n'importe quelle jeune fille riche.

Il haussa les épaules.

— Frances est là et je suis un peu... un peu pressé.

— Je vois. Peu vous importe à qui vous vous vendez !

— Assez ! ordonna-t-il. Vous ne savez pas de quoi vous parlez. Je ne suis pas libre de me marier comme je l'entends. J'ai des responsabilités que vous ne connaissez pas. Et vous ? Qui devez-vous épouser ? De quoi allez-vous vivre ?

Tout en posant ces questions, il se raidit. Qu'elle épouse tel ou tel n'était pas son affaire. Mais, malgré lui, il resserra son étreinte autour d'elle.

— Je comprends les responsabilités et le manque de liberté, dit doucement Inès. Je comprends aussi bien que n'importe qui.

Elle resta un long moment silencieuse contre lui car elle savait bien que Maidenhall n'autoriserait jamais sa fille à épouser un chevalier sans le sou et que, si elle osait le braver, il agirait en conséquence. Ce n'était pas en étant généreux qu'il avait construit sa fabuleuse richesse. Il vendait tout. Même sa fille.

Mais cela lui serait bien égal d'apprendre que Frances avait épousé ce chevalier sans le sou. Peut-être était-ce cruel de sa part de prolonger la plaisanterie, mais tant que rien n'était encore parvenu aux oreilles de son père... Il serait toujours temps d'arrêter cette comédie avant qu'ils n'échangent des serments définitifs !

Un petit sourire au coin des lèvres, Inès se voyait annoncer pendant la cérémonie que Frances ne possédait même pas la robe qu'elle avait sur le dos. Elle imaginait le désappointement de James Montgomery. Quelle revanche ! Tant que son père ne savait rien, elle pouvait jouer le jeu jusqu'à l'avant-dernière minute.

Quant à son propre mariage, elle préférait écarter ce sujet de son esprit.

— Quelque chose vous tourmente, murmura Jamie en posant la main sur le front d'Inès. Vous avez des secrets. Dites-les-moi.

— A vous ? Plutôt mourir ! Vous essayez de me séduire comme vous avez séduit Frances. Ou préférez-vous la préserver jusqu'à votre nuit de noces ? Peut-être n'utilisez-vous que de pauvres filles comme Diane et moi pour vos débauches ? Et si la malheureuse Diane était enceinte ? Qui prendrait soin d'elle ?

Il laissa tomber brutalement ses bras.

— Vous êtes libre de partir.

Inès, agacée, se leva. Se penchant sur Tode, elle lui prit les mains. Elles étaient chaudes. Quand Jamie s'approcha derrière elle, elle crispa les mâchoires.

— Vous êtes encore là ? Ne feriez-vous pas mieux d'aller courtiser votre héritière ? Je peux vous assurer que tous les hommes de la maison sont à ses pieds en ce moment. Et maintenant que tout le monde connaît son identité...

— Quoi ?

Inès ne put s'empêcher de sourire devant la violence de sa réaction. Apparemment, il croyait son secret bien gardé.

— J'ai surpris une conversation en allant chercher la couverture.

— Et vous ne m'avez rien dit ?

— Excusez-moi, mais la vie de mon ami était plus importante que l'or de Maidenhall.

— L'or dont vous parlez, c'est aussi votre cousine.

Inès se sentit soudain glacée.

— Oui, dépêchez-vous ! Je n'ai pas besoin de vous.

— Inès, vous...

— Oui ? Je quoi ? demanda-t-elle en rejetant les épaules en arrière.

Pendant un moment, Jamie resta à la fixer. Vous êtes belle, voilà ce qu'il aurait voulu dire. Si la beauté était de penser aux autres, alors

Inès qui, malgré le froid et la faim, restait là pour soigner un ami, était plus que belle. Mais l'instinct de conservation le retint de parler. « Elle n'est pas pour toi, Montgomery. Tu dois épouser quelqu'un de riche. Pense à Bérangère. Pense aux villageois qui ont dépensé leurs derniers sous pour te faire une garde-robe princière afin de séduire l'héritière. Pense à n'importe quoi sauf à cette petite diablesse au grand cœur qui occupe toutes tes pensées depuis que tu l'as rencontrée », se morigéna-t-il.

— Vous êtes une malédiction pour un homme, dit-il, pensant que pas un seul n'accepterait d'être aussi totalement subjugué par une femme qu'il l'était par elle.

Inès se méprit sur ses propos.

— Cela ne m'étonne pas ! Allez donc rejoindre votre héritière et laissez-moi tranquille !

Dans la soirée, après un bon bain et un repas chaud, Jamie prit la plume pour écrire à ses sœurs.

J'envoie une lettre à Perkin Maidenhall pour lui demander la main de sa fille. J'ignore comment il va réagir. Inès pense qu'il serait heureux d'avoir un comte pour gendre. Quant à moi, je n'en suis pas si sûr.

Je n'ai pas encore pu bavarder avec Lachlan, car tout le monde est déjà couché. Comme il n'a cessé de pleuvoir depuis plusieurs jours, les routes sont complètement défoncées et nous

nous sommes embourbés à plusieurs reprises. Cela nous a causé quelques ennuis, et l'ami d'Inès a été blessé.

Je ne vous ai pas encore parlé de Tode, je le ferai plus tard. Qu'il vous suffise de savoir que je le ramènerai peut-être avec moi. Nous aurons besoin d'un intendant et il m'a été vivement recommandé. Il te plaira beaucoup, Bérangère. Tu le verras comme il est vraiment, ce dont seule Inès est capable.

Je vous quitte, il se fait tard. J'aimerais bien dormir mais il me faut veiller sur Inès qui est au chevet de son ami Tode.

Recevez toutes mes tendres pensées.

Votre frère qui vous aime,

James

— Une, deux, trois, quatre, annonça Bérangère. J'ai compté qu'il mentionnait le nom d'Inès à quatre reprises. Est-ce exact ?

— Mummm, marmonna Joby. Tu as raison et il ne parle qu'une fois de l'héritière. Comme j'aimerais aller le trouver pour lui enfoncer un peu de plomb dans la cervelle ! L'un de ces odieux Blunt a brûlé un champ aujourd'hui.

— Son propre champ, rappela Bérangère à sa sœur.

— C'est exactement ce que je voulais dire. Il n'appartient plus aux Montgomery. J'ai bien envie d'écrire à nos cousins pour les mettre au courant.

— Jamie t'étriperait.

— Mieux vaut mourir de cette façon que de faim !

— Nous allons écrire à Jamie et lui demander plus d'informations sur l'héritière. A quoi s'intéresse-t-elle? Quelle est sa musique favorite? Ses fleurs préférées? Nous allons chercher des questions à lui poser afin qu'il soit obligé de lui parler pour nous donner les réponses!

— Si cette Inès le laisse approcher l'héritière, remarqua Joby avec dépit.

— Ne me dis pas que tu as pris Inès en grippe?

Joby regarda pensivement sa sœur.

— Je suis persuadée que tu ne la portes pas dans ton cœur, toi non plus. Elle ne retrouvera pas avant longtemps l'occasion de rencontrer un homme du rang de Jamie et elle est prête à tout pour l'avoir. Comment s'y prend-elle, à ton avis, pour l'écarter de la ravissante héritière? S'exhibe-t-elle dans des robes outrageusement décolletées?

— Non. Jamie apprécie les femmes intelligentes qui ont de la conversation. Crois-tu qu'elle le séduise en discutant des théories d'Aristote? Lit-elle des livres en grec pour l'impressionner?

— Bon. Il faut que nous y réfléchissions. Comment faire pour qu'il tombe amoureux de l'héritière?

— Le mieux serait de les éloigner tous deux de cette Inès. Tu sais que Jamie ne peut pas résister devant une pauvre créature dans le besoin.

— Une jeune fille en détresse, dit Joby. Oui, voyons donc ce que nous pourrions imaginer.

14

Le soleil était déjà haut dans le ciel quand Inès quitta Tode après s'être assurée qu'il allait bien. Elle ne rêvait plus que d'un bain chaud et d'un bon lit.

Peu désireuse d'être surprise dans sa robe fripée, elle se dirigea vers l'arrière de la maison et entra par les cuisines.

Le spectacle qui s'offrit à sa vue lui fit oublier toute idée de sommeil. Il régnait dans les lieux un chaos indescriptible. On pouvait à peine se frayer un chemin au milieu des marmitons, des cuisiniers, des enfants qui y grouillaient. Des hommes s'interpellaient par-dessus les têtes, des femmes grondaient les gamins, des chiens rôdaient autour des ordures.

Des sacs de farine éventrés gisaient sur le sol à la merci des rats. Des légumes et des aromates, tombés de la table, étaient allégrement piétinés par tout ce petit monde.

Inès se glissa jusqu'à la dépense sans que personne la remarque, et constata la même gabegie : tonnelets de bière et bouteilles de vin entamés, bocaux de cornichons et de salaisons ouverts...

— Quel gaspillage ! marmonna-t-elle. C'est écœurant !

Le maître de céans dépensait le double de ses besoins en nourriture. Il n'y avait aucune organisation et, apparemment, aucun responsable.

Malgré son épuisement, Inès eut envie de saisir un balai, ou même une épée, pour chasser tous ces incapables et mettre le holà à tout ce gâchis.

— Attention !

Elle n'eut que le temps de s'écarter. Un énorme morceau de viande atterrit à ses pieds, que deux chiens engloutirent en quelques secondes.

Inès ne supportait pas le gaspillage. Elle n'avait jamais géré d'autre domaine que le sien — peut-être était-ce la règle partout ailleurs.

Elle se dirigea vers la salle à manger et constata que les pièces avaient besoin d'être récurées de fond en comble.

La salle à manger ne faisait pas exception. Des hordes de chiens s'y disputaient les reliefs du repas et, devant les tables disposées en demi-cercle, une bande de gamins se chamaillaient en se roulant par terre. Sans doute les fils du maître de maison. Leurs habits, bien que dépenaillés, étaient de belle qualité. Où était donc leur mère ? Comment tolérait elle un tel laisser-aller ?

Inès s'immobilisa dans l'embrasure de la porte. Frances tenait la vedette. Son voisin de droite — Lachlan Teversham, certainement — buvait ses paroles. A sa gauche, Jamie étincelait dans un pourpoint de velours vert.

Persuadée de passer inaperçue, Inès fondit sur les enfants et en attrapa deux par le col pour tenter de les séparer.

Elle avait dû sous-estimer leur taille... ou surestimer la sienne. L'un des garnements lui saisit la cheville, la faisant tomber à terre.

Quelques instants plus tard, elle suffoquait sous un entremêlement de bras et de jambes.

Elle se demandait comment s'en sortir quand quelqu'un écarta vigoureusement le plus grand de ses assaillants. Étendue sur le dos, les bras protégeant son visage, elle aperçut un bel homme souriant aux tempes argentées. Celui-là même qui était assis auprès de Frances quelques secondes plus tôt. Elle lui sourit malgré elle.

L'attrapant par la taille, il la jeta dans les bras de Jamie Montgomery comme un vulgaire ballot. Ses cheveux s'étaient dénoués pendant la bagarre et l'enveloppaient telle la nasse d'un pêcheur une sirène. Elle n'osait bouger de peur de les tirer.

— Jamie, mon garçon, qu'as-tu là ? s'enquit Lachlan.

— Lâchez-moi, espèce de bouffon ! cria Inès.

— Une diablesse, une vraie diablesse ! répondit Jamie avec désinvolture.

Elle lui décocha un coup de pied au tibia. Poussant un aïe ! de douleur, il faillit la laisser tomber.

Inès se redressa, repoussa ses cheveux de ses yeux et de sa bouche, puis considéra le géant roux. Il fallait reconnaître qu'il avait belle allure et que la façon dont il la regardait ne la laissait pas indifférente.

— Inès Mai... (Jamie lui pinça le bras.) Ouille ! glapit-elle.

— Matthews, termina-t-il à sa place. Une cousine de Frances, c'est cela ?

Derrière le géant roux se tenaient quatre

jolis garçonnets, bien décidés à ne rien perdre du spectacle.

— Les enfants, interrogea Inès d'une voix douce, si je vous donne une épée, me ferez-vous la gentillesse de tuer cet homme pour moi ?

Ils roulèrent des yeux stupéfaits en fixant Jamie tandis que leur père éclatait d'un rire tonitruant.

— Eh bien, Jamie ? Ai-je bien entendu ? Cette jeune femme ne serait-elle pas tombée follement amoureuse de toi au premier regard ?

Jamie grimaça.

— Veux-tu voir mes cicatrices ?

Lachlan inspecta Inès des pieds à la tête, le regard plein de douceur.

— A moi, elle ne ferait aucun mal, j'en suis certain.

Lâchant le bras d'Inès, Jamie prit un air entendu.

— On voit bien que tu ne la connais pas ! (Il se tourna vers Inès.) Je vous ai vue traverser les cuisines. Vous aviez l'air furieuse. Dites donc à mon naïf ami ce que vous avez sur le cœur !

Jamie observa Lachlan d'un air satisfait. Inès n'était pas dupe de son stratagème. De toute façon, elle ne chercherait à tromper personne sur ce qu'elle était. Elle prit une profonde inspiration et pinça les lèvres.

— Le gaspillage règne en maître dans cette maison ! annonça-t-elle en regardant Lachlan droit dans les yeux. Les meilleurs morceaux distribués aux chiens, les légumes et les aromates gâchés par terre... Des couches de crasse, une légion d'incapables, poursuivit-elle en avançant d'un pas. Vous devriez avoir honte de la manière dont cet endroit est tenu. Mais regardez donc autour de vous ! De la saleté partout, des enfants aussi indisciplinés que des chiots... Honte sur vous !

Échauffée, elle marcha droit sur lui. En dépit de ses vêtements fripés et sales, elle avait fière allure. Les poings sur les hanches, elle se planta crânement devant Lachlan, qui affichait la mine d'un petit garçon pris en faute.

— Votre femme, elle devrait avoir doublement honte ! Quelle piètre intendante ! Vous pourriez diminuer les dépenses de moitié. N'avez-vous aucun souci de l'avenir ? Êtes-vous si riche que vous puissiez vous permettre de jeter par les fenêtres ce qui assurerait la subsistance d'un tas de malheureux ? Êtes-vous... ?

Jamie lui saisit le bras et la tira en arrière en adressant à Lachlan un regard qui semblait dire : Tu vois, je t'avais prévenu !

Mais Lachlan contemplait Inès avec des yeux éblouis. Soudain, il prit son visage entre ses mains et plaqua un baiser sur sa bouche.

Tout le monde resta la fourchette en l'air. Mais le plus surpris fut encore Jamie.

— Ma femme est morte, déclara Lachlan en relâchant Inès. Voulez-vous m'épouser ?

— J'en serai ravie, répondit Inès du tac au tac.

— Il n'en est pas question ! rugit Jamie.

— Oh, que si ! protesta Inès en se tournant

vers lui. Je peux épouser qui je veux. D'ailleurs, ce n'est pas votre affaire.

— Votre père...

— Est mort l'année dernière, le coupa-t-elle.

— Je le croyais encore en vie, s'étonna Jamie qui commençait à s'embrouiller.

— Vous ne vous êtes jamais enquis de lui. La peste l'a emporté. Il est dans une fosse, recouvert de chaux. Je ne lui ai même pas adressé un dernier adieu.

— Attendez! (Rhys contourna les tables pour les rejoindre.) J'ai hérité quelques terres de mon père. Je ne suis pas riche, mais, si vous acceptiez de m'épouser, je serais le plus heureux des hommes.

— Jamais de la vie! rugit Lachlan en tendant la main pour attraper Inès.

Mais Jamie, plus rapide que les deux hommes, poussa Inès derrière lui.

— Cette jeune femme est sous ma protection et je dois...

— Je ne suis pas sous sa protection! Il ne voulait même pas que je sois du voyage. Il a pour seule mission d'emmener l'hé... euh, Frances auprès de son bien-aimé fiancé. Pardessus le marché, il postule lui-même pour la main de Frances.

A ces mots, les protagonistes se tournèrent vers Frances qui continuait à déjeuner en faisant de son mieux pour ignorer tout ce tapage. Partout où elle passait, Inès se débrouillait toujours pour retenir l'attention générale. Si seulement elle pouvait épouser Lachlan... Bon débarras!

— Tu oublies, chère cousine, dit Frances d'une voix suave, que ton père t'a confiée à moi. Je te donne volontiers la permission d'épouser l'un ou l'autre de ces deux hommes, aujourd'hui même, si tu le veux.

Et elle adressa à Inès son plus beau sourire.

Que pouvait-elle bien reprocher à Lachlan ? se demanda Inès, persuadée que sa cousine avait évincé le géant roux.

La vérité était que Lachlan, veuf depuis deux ans, avait eu plusieurs occasions de se remarier, mais qu'il désirait davantage qu'un joli minois. Il lui fallait une femme de tête, assez énergique pour discipliner ses fils et bonne maîtresse de maison pour reprendre la domesticité en main.

Il mit un genou en terre, ce qui porta son visage à hauteur de celui d'Inès.

— Épousez-moi ! Ce qui m'appartient est à vous. Allez, mes fils ! ordonna-t-il. Implorez cette gentille dame d'être votre seconde mère.

Les garçons, qui ne comprenaient rien à la scène qui se déroulait sous leurs yeux, étaient trop avisés cependant pour désobéir à leur père. Ils entourèrent donc la taille d'Inès de leurs bras.

— S'il vous plaît ! crièrent-ils à l'unisson. Soyez notre mère !

Inès était aux anges. N'était-ce pas merveilleux d'être ainsi sollicitée, et ces charmants gamins...

Jamie arrêta net le cours de ses pensées.

La prenant aux épaules, il l'arracha aux tentacules enfantins et l'entraîna de force vers l'escalier.

— Auriez-vous oublié que toute cette affaire doit rester secrète? lui souffla-t-il à l'oreille. Je ne veux pas qu'on perce à jour l'identité de votre cousine.

— Quelle incidence peut bien avoir mon mariage sur le secret du vôtre? Laissez-moi donc auprès de votre séduisant ami et poursuivez votre chemin! (Se demandant si la colère de Jamie dissimulait de la jalousie, elle poursuivit :) Ou peut-être préférez-vous que j'épouse Rhys? N'est-ce pas que ce sont des hommes séduisants tous les deux? Si j'étais comme vous, je ne ferais pas de sentiment et je choisirais le plus riche. Alors, lequel dois-je épouser?

— Ni l'un ni l'autre! Je dois vous emmener auprès de...

— Auprès de qui? De mon fiancé? suggéra-t-elle avec un sourire ironique. Comme vous l'avez affirmé vous-même, ma présence n'est nullement nécessaire.

— Vous êtes la compagne de Frances!

Inès rit de si bon cœur devant le ridicule de sa déclaration que Jamie sourit, mais juste un instant.

— Vous êtes sous ma responsabilité, point final! Jusqu'à ce que j'aie reçu des instructions de Maidenhall, vous ferez ce que je vous dis. Et il n'est pas question que vous épousiez qui que ce soit.

— Mais Frances, elle, peut épouser un autre homme que celui choisi par son père. Je me trompe ? Elle est fiancée, mais elle reste libre de choisir. Je ne suis pas fiancée, mais je n'ai pas le droit de choisir. C'est bien cela ?

— Vous posez trop de questions ! Maidenhall peut très bien ne pas consentir à votre mariage. Puisque votre père est mort, c'est certainement lui votre tuteur. Il est donc en droit de décider de votre avenir. D'autre part, puis-je vous rappeler que je n'ai pas encore épousé Frances ?

— Serait-ce l'espoir d'échapper à ce sort qui vibre dans votre voix ? Ou au contraire l'ardent désir de partager la couche de la ravissante Frances ?

— Comme si vous étiez une experte en la matière !

Il ouvrit la porte de la chambre réservée à Inès.

A l'intérieur, trois hommes étaient en train de verser des seaux d'eau chaude dans un grand baquet de bois.

— Davantage que vous n'imaginez ! (Apercevant le baquet, elle s'exclama :) Oh, Jamie ! Comme c'est gentil à vous !

Il sourit, et son sourire illumina ses traits au point qu'Inès dut se retenir à la colonne du lit pour ne pas défaillir.

— J'ai pensé que vous auriez peut-être plaisir à prendre un bain, fit-il sur un ton hésitant. Mais si ce n'est pas le cas...

— Des perles n'auraient pu me plaire autant ! s'extasia-t-elle. (Jamie prit une mine de petit garçon ravi.) S'il vous plaît, demandez-leur de l'eau très chaude, ajouta-t-elle, se souvenant des leçons de Frances.

Sa cousine aimait charger les hommes de tâches qu'elle aurait pu expédier elle-même. Fine mouche, elle avait compris que rien ne satisfaisait plus la vanité masculine. Inès regarda avec amusement Jamie tâter avec les domestiques l'eau de son bain.

— Je voudrais me laver les cheveux, expliqua-t-elle sur un ton qui indiquait combien elle attendait ce moment avec impatience.

Il acquiesça d'un signe de tête.

— Du savon à la camomille et une eau de rinçage au romarin. J'espère que cela vous conviendra.

— Ce sera parfait !

Elle leva les yeux vers lui et se demanda ce qui se serait passé si les hommes n'avaient pas annoncé à ce moment-là que son bain était prêt.

Une fois seule, Inès tourbillonna autour de la pièce. Comme c'était merveilleux d'être libre ! Deux hommes venaient de demander sa main et maintenant Jamie était... était... Elle ignorait ce qu'il avait en tête, mais cela lui plaisait.

Après s'être dévêtue, elle entra avec précaution dans l'eau fumante. Elle appuya la tête contre le baquet et, grisée par la douce chaleur, elle ferma les yeux.

— Il a envoyé la lettre ! hurla Frances aux oreilles d'Inès. Tu m'entends ? Il a envoyé la lettre !

— Qui a envoyé quelle lettre ? interrogea Inès avec lassitude.

Si elle avait compris qui était le « il », elle ignorait tout de la lettre.

Frances s'affala sur un tabouret au pied du lit.

— La lettre pour ton père. Lord James lui a écrit pour lui demander la main de sa fille Frances. Pas toi, moi !

Inès était si fatiguée qu'elle mit un moment à assimiler l'information. Soudain, elle écarquilla les yeux d'un air effaré.

— Jamie a envoyé une lettre à mon père ? murmura-t-elle et elle pressa ses mains sur ses tempes pour essayer de se concentrer.

Quand Frances avait annoncé ce ridicule projet de mariage secret, Inès était trop fâchée pour être en mesure de réfléchir. Pourquoi n'avait-elle pas interrogé Frances quand il était encore temps ?

— Raconte-moi tout, dit-elle doucement.

— Je désirais un mariage secret, mais lord James a dit que son honneur l'obligeait à demander la permission de ton père...

— Tiens, c'est *mon* père, maintenant ! marmonna Inès.

Frances ignora l'interruption.

— J'ai accepté, bien entendu. Que pouvais-je faire d'autre ?

— Évidemment, le tour que tu jouais au malheureux exigeait une certaine minutie dans tes mensonges.

Une lueur de colère traversa le regard de Frances.

— C'est pour toi que j'ai fait tout cela !

— Pour moi ? s'exclama Inès, les yeux écarquillés.

— J'ai vu combien il t'attirait et j'ai pensé que si tu l'épousais en secret, ton père te déshériterait.

Inès resta un moment sans voix.

— Alors tu as décidé de devenir *lady* Frances pour me sauver ? Excuse-moi de m'être abandonnée à certaines pensées peu généreuses à ton égard. Frances, tu es la bonté même !

Frances observa Inès avec attention. Avec elle, on ne savait jamais si elle était sincère.

Inès se pencha en avant, plissant les yeux.

— Épargne-moi, je t'en prie, ces contes à dormir debout sur tout ce que tu as fait pour moi ! Je veux avoir tous les détails sur cette lettre !

Et voilà ! Inès, bien sûr, n'avait pas été dupe.

— Comme je viens de te le dire, lord James désirait envoyer une lettre à ton père pour lui demander la main de sa fille, c'est-à-dire la mienne. Je pouvais difficilement m'y opposer. Aussi ai-je proposé d'écrire moi aussi une lettre que nous aurions jointe à la sienne. Il va de soi que je ne les aurais pas envoyées !

Inès, incrédule, dévisagea sa cousine.

— Et tu n'as jamais songé qu'il serait étonné de ne recevoir aucune réponse ? Mais peut-être avais-tu l'intention d'en écrire une toi-même ?

En réalité, Frances n'avait pas réfléchi si loin, mais elle aurait préféré mourir que de l'avouer à Inès.

— Cela n'a plus d'importance maintenant.

La lettre est partie, et elle demande à ton père la main de sa fille, rappela Frances en serrant les lèvres, ce qu'elle évitait de faire par peur des rides. Comment crois-tu qu'il va réagir en découvrant que je me fais passer pour toi ?

Inès préférait ne pas approfondir ce point. Elle avait un mal fou à maîtriser sa colère.

— Je l'ignore. Peut-être déclarera-t-il en bâillant : « Sapristi, on dirait qu'il y a eu quelque méprise. » Ou bien va-t-il dépêcher une armée à ma recherche, pour me faire conduire sous bonne garde auprès de mon bien-aimé fiancé ? Et toi, ma chère cousine, que crois-tu qu'il va faire de toi ? Je sais ! Il va te jeter nue dans la boue au bord de la route. Nous verrons alors qui ta beauté pourra encore attirer. (Inès ferma les yeux un instant, elle avait besoin de se concentrer.) Verse le broc d'eau chaude sur ma tête pour que je me rince les cheveux.

— Malgré tout ce que tu peux penser, protesta Frances en se raidissant, je ne suis pas ta bonne !

— Très bien ! riposta suavement Inès. Dans ce cas, utilise donc ton cerveau pour trouver la solution du problème.

Frances n'hésita qu'une seconde avant de soulever le broc et de faire ruisseler l'eau sur les cheveux d'Inès. Quand elle eut fini, elle utilisa la seule serviette sèche pour ôter des gouttes imaginaires de sa robe de satin bleu.

— Peut-être réussirons-nous à intercepter la réponse ?

Inès commençait à retrouver suffisamment

de lucidité pour comprendre que sa liberté était désormais dangereusement menacée.

— Ce n'est pas tant la réponse qui m'inquiète que les centaines d'hommes qui risquent de l'accompagner.

Inès respira à fond pour retrouver son calme. Puis elle se leva, prit la serviette que Frances lui tendait et tenta de réfléchir tout en se séchant.

— Tu dois disparaître.

— Excuse ma vanité, mais ne crois-tu pas qu'on va s'apercevoir de ma disparition ? Et vraiment, Inès, je ne comprends pas pourquoi c'est moi qui devrais disparaître. C'est à toi que ton père s'en prendra, pas à moi. Je ne suis que ta cousine.

— Une cousine sans le sou, lui rappela Inès. Et qui, en plus, a tout déclenché avec cette ridicule affaire de mariage secret !

Frances, qui ne voulait jamais reconnaître ses torts, adressa à Inès un regard buté. Celle-ci laissa tomber.

— Quand a-t-il envoyé la lettre ?

— Ce matin, je crois, mais je n'en suis pas sûre. Oui, oui, ce devait être ce matin, car il a passé la nuit dehors, dit Frances tandis que son regard s'arrêtait sur le lit non défait. A propos, où étais-tu la nuit dernière ?

— Avec Tode, répondit Inès en agitant la main. Il avait des problèmes avec ses jambes. Tu ne dois pas être là quand la réponse arrivera. Il va...

— Oui, murmura Frances, affolée, que va-t-il me faire ?

— Te jeter dehors et m'enchaîner. Frances, nous sommes vraiment dans de beaux draps! Tu n'aurais pas pu réfléchir avant d'agir?

— Je voulais qu'il m'épouse. Est-ce un crime? Il est comte. Un *comte*! Oh, Inès, tu ne sais pas ce que c'est de ne jamais se sentir en sécurité. Je vis avec un glaive suspendu au-dessus de ma tête. J'ignore ce qui va m'arriver, ce qui...

— Et moi, alors? (Inès enfila une chemise de nuit en lin posée sur le dossier d'une chaise.) Laisse-moi réfléchir. Je suis fatiguée.

Pourquoi n'avait-elle pas mis Frances en garde, ni envisagé dès le début toutes les conséquences possibles de cette substitution? Et son père? Dire qu'elle n'avait même pas réfléchi à ce qui se passerait si son père était mis au courant de l'affaire! Soudain, elle frissonna. C'était vrai qu'elle ne l'avait jamais rencontré.

Toute sa vie, Inès avait cherché à lui plaire dans l'espoir qu'il viendrait enfin la voir pour la féliciter. Et elle savait bien que, quel qu'ait pu être son plaisir de flirter avec Lachlan et Rhys, jamais elle ne pourrait épouser un autre homme que celui choisi par son père. Elle n'osait imaginer les représailles qu'il risquait d'exercer si elle refusait...

En dépit de son isolement, elle était loin d'être naïve. Son père n'avait sûrement pas édifié sa fortune en distribuant des sourires et des récompenses. C'était un homme sans pitié qui obtenait toujours ce qu'il voulait.

S'il recevait la lettre de James Montgomery

demandant la main de sa fille *Frances*, quelle serait sa réaction ? La fureur ? Car il comprendrait tout de suite le fin mot de l'histoire, et Perkin Maidenhall n'appréciait sans doute pas qu'on se moque de lui. Déciderait-il de forcer James Montgomery à la banqueroute ? Jetterait-il Frances à la porte sans un sou ? Ou l'obligerait-il à épouser l'homme le plus vil de la terre ?

Et comment diable allait-il donc punir sa fille rebelle ?

— On est dans un sacré pétrin, hein ? murmura Frances.

— Je crois que nous sommes allées trop loin, répondit Inès.

Frances fut si soulagée de ce « nous » qu'elle faillit éclater en sanglots.

— Que faisons-nous ?

— Les hommes de mon père ne doivent surtout pas te trouver ici. Et il faut que Jamie s'en aille, lui aussi. Il ne doit pas recevoir la réponse de mon père. Si nous pouvions lui faire croire à un danger imminent et le forcer à partir ra...

— Il ne partira pas sans toi, dit Frances d'un ton sinistre. Il voudra mettre de la distance entre ce danger et toi. Tous ces imbéciles qui rampent devant toi. Encore une fois, tu t'es donnée en spectacle.

A ce souvenir, Inès sourit.

— Deux propositions de mariage dans la même journée. N'est-ce pas divin ?

— Tu veux peut-être que j'applaudisse ? Vu de ma place, c'était écœurant. Tu ne comptes épouser ni l'un ni l'autre, n'est-ce pas ? Ce Rhys est pauvre comme Job et l'autre élève ses enfants comme des chiens.

— Tu sais bien qu'on ne me laisse pas le choix, siffla Inès. C'est là qu'est tout le problème ! Je ne suis pas libre comme toi. Tu peux avoir tous les hommes que tu veux, pas moi. Tu pourrais épouser ton comte si tu arrives à l'embobiner jusqu'à l'autel.

Cette perspective rasséréna Frances. Elle commençait à apprécier James, si poli, si distant. Au moins il ne cherchait pas à la toucher, ce qu'elle détestait par-dessus tout chez les hommes !

— On va t'enlever ! s'exclama soudain Inès.

— Je n'apprécie pas beaucoup cette idée.

— Tu aurais dû y réfléchir avant que mon père n'apprenne tes projets matrimoniaux. Je vais demander à Tode d'arranger quelque chose. Oui, voilà la solution. J'ai surpris une conversation entre les palefreniers, ils paraissaient connaître ton identité. J'ai aussitôt prévenu Jamie. Aussi maintenant, il ne sera pas surpris à la nouvelle de ton enlèvement.

— Quoi ? Mais alors, je suis en danger ?

— Seulement dans ton imagination. C'est cela, on va t'enlever, en secret bien sûr, et Jamie se précipitera à ta poursuite.

— Et toi ? s'enquit Frances avec aigreur. Pendant que je serai ballottée dans un chariot, que feras-tu ? Prendras-tu des bains parfumés ? Te délecteras-tu de paon farci ?

— Qu'est-ce que ça peut te faire dès lors que

tu seras seule avec ton bien-aimé James ? Je vais...

Que ferait-elle ? Elle n'en savait fichtre rien. Son père enverrait-il quelqu'un capable d'identifier Inès comme sa fille ? Ou bien ferait-il sa description par écrit à l'intention de James ? « Ma fille est celle qui est laide. » Est-ce cela qu'il écrirait ?

Elle regarda Frances. La lumière du matin qui filtrait par les volets flattait son teint et sa robe de satin bleu était comme un écrin...

— Je déteste quand tu me regardes ainsi ! s'écria Frances, interrompant le cours de ses pensées. Tu n'es pas en train de me préparer quelque chose d'horrible, au moins ? Avec cet odieux Tode ?

— Frances, dit Inès avec patience, sans toi rien ne serait arrivé. Comme d'habitude, c'est à moi de réparer les dégâts. Je vais charger Tode de t'enlever et Jamie se lancera à votre poursuite. Il dira à tout le monde que tu as été rappelée chez toi, mais lui saura la vérité et il se précipitera derrière toi avec Thomas et Rhys. Ainsi, quand les hommes de mon père arriveront, ils...

— Ils s'empareront de toi, termina Frances en fixant sa cousine.

Inès se détourna.

— Bah, qu'importe ! Je ne devais bénéficier que de quelques semaines de liberté. J'ai goûté des plats nouveaux, visité un peu du vaste monde et fait des tas de connaissances nouvelles. C'était plus que je n'espérais, assura-t-elle avec une gaieté feinte. (Elle ouvrit une mallette en cuir et retira une bourse de la doublure.) Tiens. C'est de l'or. Prends-le et va te préparer. Remets tes vêtements dans le chariot, celui qui n'est pas peint. Trouve une excuse et reste bien en vue pour que Tode puisse te repérer.

— Va-t-il remettre cet affreux capuchon ? Je déteste quand il le porte.

— Tu détestes son visage. Tu détestes quand il le cache. Jamais Tode ne trouve grâce à tes yeux. Mais oui, il le portera. Va le trouver, il aura tout organisé. Tu entends, Frances ? Il faut te dépêcher !

— Inès, pourquoi faut-il que tu aies toujours aussi mauvais caractère ?

Mais à quoi s'était donc attendue Inès ? A des remerciements ? De la part de Frances ? Soudain la vue de sa cousine lui fut insupportable.

— Va-t'en ! ordonna-t-elle, et comme Frances ne bougeait pas, elle répéta, criant presque : Va-t'en !

Frances se rua hors de la pièce et claqua bruyamment la porte derrière elle.

Inès tenta de se lever, brusquement accablée. Son temps de liberté était terminé. Pourquoi n'avait-elle pas songé à ce qu'il adviendrait si son père avait vent de l'affaire ?

Elle connaissait la réponse. Parce que la liberté lui était montée à la tête. Et il y avait eu aussi Jamie. Ses disputes avec lui, et — bonté divine ! — la nuit passée dans ses bras.

Se laissant retomber sur le lit, elle ferma les yeux pour savourer ses souvenirs. Quelle nuit enchanteresse ! Nichée au creux de ses bras, elle lui avait avoué son amour et il l'avait embrassée, et serrée contre lui, et faite sienne, et... et...

Mais maintenant, tout cela était fini à jamais. Quand il apprendrait que sa précieuse héritière avait disparu, Inès n'existerait plus. Elle retint ses larmes. De toute façon, elle n'avait pas le temps de s'apitoyer sur elle-même. Il fallait prévenir Tode, vérifier d'abord qu'il allait bien. Et le cocher? Oui, il fallait engager un cocher. Je dois me lever! songea-t-elle, puis elle sombra dans le sommeil.

15

— Qu'avez-vous fait de Frances?

Couchée en travers du lit, les pieds pendant dans le vide, Inès était si profondément endormie qu'elle n'arrivait pas à comprendre ce qu'on disait ni qui parlait. Elle entrouvrit les yeux dans la pénombre et sourit.

— Mummm, Jamie, murmura-t-elle avant de les refermer.

Comme il poussait un grognement, elle rouvrit les yeux. Il était étendu à côté d'elle, les paupières closes et un bras replié sur son visage.

— Que se passe-t-il?

Elle ressentit un élan de... de... Mon Dieu, peut-être était-ce juste le souvenir de leur nuit, mais elle brûlait d'envie de lui embrasser le cou juste au-dessus du col de son pourpoint.

— Pourquoi cherchez-vous à me tuer?

Bien que novice au jeu de la séduction, elle comprit tout de suite qu'il n'était pas en colère pour de bon.

Elle se laissa rouler contre lui, s'empara de la petite dague qu'il portait toujours à la ceinture et la pointa vers sa gorge.

— J'y vais?

Il enleva lentement le bras de devant son visage et la regarda avec une telle intensité qu'elle en eut la respiration coupée.

— Vous ne savez pas avec quoi vous jouez.

— J'en sais davantage que vous ne l'imaginez, chuchota-t-elle.

Il se redressa d'un bond et lui jeta un regard courroucé.

— Je ne suis pas une de vos pâtisseries!

— Une quoi? demanda-t-elle avec un sourire.

— Inès, je vous préviens! Vous feriez mieux d'arrêter tout de suite. Vous jouez avec le feu. Si vous imaginez pouvoir goûter, voir, toucher tout ce qui existe dans le monde sans y laisser de plumes, vous vous trompez... (Il s'interrompit et la regarda. Elle ne portait rien sous sa longue chemise de nuit moulante.) Inès! s'étrangla-t-il.

— Oui, Jamie, murmura-t-elle en se coulant contre lui.

Il venait de se jurer à la minute qu'il ne la toucherait pas et voilà qu'il pressait ses lèvres sur les siennes, stupéfié par la violence de son désir. N'était-ce pas cette même Inès qui avait transformé sa vie en enfer depuis le jour de leur rencontre?

A demi couché sur elle, il dévorait sa bouche de baisers. Peut-être aurait-il pu contenir son ardeur si elle avait résisté. Mais elle s'ouvrait à lui comme une fleur.

Les lèvres de Jamie traçaient un sillon de feu sur leur passage, chatouillant le lobe de son oreille, suivant la ligne de son cou, tandis que ses mains s'emparaient de ses seins dont il agaça la pointe du pouce.

— Inès ? chuchota une voix derrière la porte. Vous êtes là ?

— Une... (Elle s'éclaircit la gorge, espérant reprendre ses esprits.) Une minute.

Levant les yeux, elle s'aperçut que Jamie était aussi hébété qu'elle. Mais bien vite, il retrouva ses réflexes de soldat. Sautant du lit, il rabattit les couvertures sur Inès et se glissa derrière un paravent.

— Inès ? répéta Tode en se glissant silencieusement à l'intérieur.

Il portait une cape de bure dont le capuchon lui couvrait en partie le visage.

— Hummm ? marmonna-t-elle, feignant d'être assoupie.

— Excusez-moi de vous réveiller. (Il était bourrelé de remords. Inès avait passé la nuit à son chevet.) Mais quelque chose me trouble. Votre père...

Inès fut prise d'une quinte de toux si violente qu'il dut s'interrompre. Il ne fallait surtout pas que Jamie surprenne les secrets qu'elle partageait avec Tode, ni que ce dernier découvre qu'il y avait quelqu'un dans sa chambre.

— Inès, vous allez bien ?

Elle repoussa ses couvertures.

— Je crois que nous devrions discuter de cela en privé.

— Mais je ne vois pas d'endroit plus privé que votre chambre ! remarqua-t-il d'un ton surpris. Voyons, Inès, dites-moi ce qui vous tracasse.

— Rien. Vraiment, rien. Laisse-moi m'habiller. Je viendrai te retrouver plus tard.

Tode l'observa sans bouger.

— Il se passe quelque chose. Vous êtes dans tous vos états.

— Mais non, voyons !

Elle lança nerveusement un coup d'œil vers le paravent pour voir si Jamie était bien dissimulé. Suivant son regard, Tode se dirigea droit dessus. Inès sauta du lit et se précipita derrière lui.

— Laisse-moi m'habiller, ensuite...

Assis sur un petit tabouret, ses longues jambes étendues d'une extrémité à l'autre du paravent, Jamie occupait tout l'espace.

— Très bien, habillez-vous, alors, dit Tode, une note de contrariété dans la voix.

Il ne comprenait rien aux simagrées d'Inès ; ce n'était tout de même pas la première fois qu'il la voyait en chemise de nuit...

Jamie dévisageait Inès d'un air de dire : « Eh bien, qu'attendez-vous ? Allez-y ! » Elle mit la main sur ses yeux pour lui signifier de les fermer, mais il la prit et en embrassa la paume.

Elle le fusilla du regard. Puis, un sourire narquois aux lèvres, elle attrapa le corset accroché au mur derrière sa tête. Ses seins se trouvèrent un instant pressés contre le visage de Jamie qui perdit un peu de sa superbe.

— Où est Frances? demanda Tode qui n'avait aucune idée de la scène qui se jouait en coulisses.

— Comment diable le saurais-je? N'as-tu remarqué aucun attroupement masculin?

Inès ajusta son corset autour de sa taille puis se tourna pour faire signe à Jamie de le lui attacher. Ravie, elle constata que ses mains tremblaient.

— Inès, reprit Tode, pas de ça avec moi! Qu'avez-vous fait d'elle?

— Moi? Mais pourquoi me soupçonnes-tu?

— J'ai appris ce qui s'était passé ce matin. Qu'est-ce qui vous a pris d'accepter la proposition de cet homme? Savez-vous qu'il parle de son prochain mariage à qui veut l'entendre?

— Aïe! cria Inès comme Jamie lui pinçait le dos avec une agrafe. Non, je l'ignorais, mais ce n'est pas pour me déplaire! lança-t-elle par-dessus son épaule à l'intention de Jamie.

Puis elle se tourna pour prendre sa robe. Dans les tons vieil or et ornée de rubans de velours noir, elle était sans coutures et la moulait comme une seconde peau.

Jamie, ne lui laissant pas le loisir de se presser contre lui, attrapa lui-même la robe, la lui tendit et resta assis, les bras croisés, pendant qu'elle bataillait pour la passer par-dessus sa tête.

— Inès, vous mentez comme un arracheur de dents!

Elle jeta un coup d'œil à Jamie pour voir s'il

avait entendu. Il haussa les sourcils d'un air interrogateur.

— Je crois que nous devrions en discuter plus tard, dit-elle d'une voix forte. Je t'expliquerai tout quand nous serons en tête à tête.

— Parce que nous ne sommes pas en tête à tête, peut-être ? Inès, que se passe-t-il ? Qu'avez-vous fait à Frances ?

— Mais rien du tout ! protesta-t-elle, sincère, la tête coincée dans sa robe.

D'habitude, elle s'y prenait mieux, mais elle n'avait pas de public. Au moment où sa tête réémergea enfin, la mémoire lui revint. Mais oui, elle avait envoyé Frances attendre dans le chariot que Tode vienne la rejoindre. Mais elle n'avait pas eu le temps d'organiser quoi que ce fût. Et à voir la lumière qui filtrait à travers les jalousies, elle avait dû dormir des heures.

— Je sais où est Frances, dit-elle, au bord du fou rire.

Malgré son insolence, Frances était très obéissante. A la pensée de Frances enfermée dans une voiture étouffante, elle ne put retenir un petit gloussement.

— Inès, qu'avez-vous fait ? insista Tode.

Inès devait réfléchir vite. Elle ne pouvait pas dire la vérité à Tode devant Jamie. Elle imaginait sa réaction en apprenant que son père allait lancer une armée à leurs trousses !

Mais soudain, elle passa du rire à l'inquiétude. Combien d'heures avait-elle dormi ?

— As-tu regardé à l'intérieur des chariots ?

demanda-t-elle en s'efforçant de prendre un air détaché.

— Bien entendu ! Le chariot au dragon a disparu et elle n'est pas dans l'autre. Est-ce que Montgomery l'aurait pris, par hasard ?

— Non, répondit Inès après un coup d'œil à Jamie qui secouait la tête. Enfin, je veux dire, j'en doute. Peut-être avait-il besoin de réparations ? Ou alors mes peintures ont plu à quelqu'un ?

Qu'est-ce que Frances avait encore fait ?

Tournant le dos à Jamie, elle resta immobile pendant qu'il laçait sa robe, certaine qu'il n'avait pas perdu un mot de la conversation.

Dès qu'il en eut terminé, elle bondit de derrière le paravent. Tode, qui se tenait devant la fenêtre, ouvrit les volets. La lumière du soleil couchant inonda la pièce.

— J'ai dormi presque toute la journée ! s'exclama Inès, saisie d'une soudaine inquiétude.

— Inès, dit doucement Tode, je crains que Frances n'ait été enlevée.

— Mais non, voyons ! Bien sûr que non ! Comment aurait-on pu l'enlever ? Je ne t'ai pas encore dit...

Elle lança un regard vers le paravent et se tut.

— Vous ne m'avez pas dit quoi ?

— Personne ne sait qu'elle est l'héritière Maidenhall. Alors pourquoi l'aurait-on enlevée ? Je suis persuadée qu'elle n'est pas loin. As-tu bien regardé à l'intérieur des deux chariots ?

Tode plissa les yeux. Il n'allait pas répondre

deux fois à la même question, et ses soupçons augmentaient de minute en minute.

— Pourquoi Frances voudrait-elle rester dans un chariot qu'elle déteste quand elle a une maison à sa disposition ?

— Frances déteste tant de choses que je n'arrive pas toujours à me souvenir de tout. Allons la chercher.

Le cerveau d'Inès était en ébullition. Frances aurait-elle organisé son enlèvement toute seule ? Elle n'aimait pas Tode et elle avait peut-être décidé de s'enfuir sans lui. Cela dit, le but de la manœuvre était de lancer Jamie à sa poursuite afin que l'armée de Perkin Maidenhall ne le trouve pas. Un départ discret fichait tout en l'air. Même Frances devait être capable de comprendre cela, non ?

Inès fut dispensée de répondre par un violent coup à la porte, Le battant s'ouvrit à la volée sur Thomas dont l'expression laissait présager une mauvaise nouvelle.

— Il est là ? interrogea-t-il.

— De qui parlez-vous ? s'enquit-elle, agacée.

Thomas ne perdit pas de temps à le lui expliquer.

— Les fourgons de Maidenhall sont arrivés, et ils ont ramené Rhys. Il est blessé.

Jamie jaillit de derrière le paravent comme un diable de sa boîte et, sans un regard pour Inès ni pour Tode, il se rua hors de la pièce à la suite de Thomas. Inès voulut se lancer à sa poursuite mais Tode la rattrapa par le bras.

— Que se passe-t-il ? Et pas de mensonges !

Inès prit une profonde inspiration. Un mauvais pressentiment lui disait que les choses avaient mal tourné.

— Jamie a envoyé une lettre à mon père pour lui demander l'autorisation d'épouser sa fille, Frances.

Tode mit un moment à comprendre ce que cela signifiait. S'ils n'avaient jamais été assez stupides pour encourir le courroux de Perkin Maidenhall, ils en avaient entendu parler. S'il apprenait la substitution, que ferait-il à Frances et à Tode ? Enfermerait-il Inès pour le restant de ses jours ?

Inès serra le bras de Tode.

— J'allais te demander d'organiser un faux enlèvement et d'emmener Frances. Jamie se serait lancé à ses trousses, et aucun de vous n'aurait été là quand mon père et son armée... Mon Dieu, comment va-t-il réagir en apprenant la vérité ?

Tode se redressa de toute sa taille. Si ses jambes n'avaient pas été brisées, il aurait été grand.

— Tout cela est ma faute ! J'en prends l'entière responsabilité. Je n'aurais jamais dû autoriser cette mascarade, mais...

— Mais tu m'aimais, dit-elle avec résignation. Voilà le problème ! Tu voulais que je jouisse de quelques jours de bonheur, que je profite de ma liberté toute neuve le plus longtemps possible. (Elle releva brusquement la tête.) Rhys ! Je dois aller le voir. Oh, Tode, qu'avons-nous fait ?

16

Jamie fusilla Tode et Inès du regard.

— J'exige à présent de savoir ce qui se passe !

Deux heures s'étaient écoulées depuis qu'il avait jailli de derrière le paravent et, entre-temps, il avait traversé l'enfer. Rhys avait reçu une flèche dans la jambe en tentant de suivre le chariot au dragon hors des terres de Lachlan. Il en était encore à une vingtaine de mètres quand on l'avait pris pour cible. La flèche était accompagnée d'un message laconique : *Vous avez pris ma femme, je prends la vôtre.*

Jamie s'était assuré que la vie de Rhys n'était pas en danger, mais il ne savait toujours rien de Frances. Comment un homme avait-il pu franchir les grilles et l'enlever au milieu de tout ce monde sans que personne s'aperçoive de rien ? L'homme avait dû la menacer pour la forcer à venir avec lui. Frances avait un instinct de conservation bien trop puissant pour ne pas donner l'alarme.

Jamie relut le message. Il n'y comprenait rien. Qui avait fait le coup ? Cela avait-il un rapport avec lui ou avec l'héritière ?

Tout ce dont il était sûr, c'est que Tode et Inès en savaient beaucoup plus qu'ils ne voulaient l'admettre.

— Vous avez deux secondes pour tout m'avouer, annonça-t-il en faisant les cent pas devant le canapé où tous deux avaient pris place.

— Sinon ? rétorqua Inès en croisant les bras.

Je préférerais avaler des grenouilles vivantes que de vous dire quoi que ce soit. Non que je sache quelque chose, mais j'en ai assez d'être le bouc émissaire. Je n'ai rien à voir avec l'agression de Rhys. Si vous vous en souvenez, il a demandé ma main et il y a de fortes chances que j'accepte. Je vais l'aider à retrouver la santé et ensuite nous nous marierons.

— Inès et Frances voulaient simuler un enlèvement, dit Tode d'un ton las.

— Tode! hoqueta Inès avec une expression blessée.

— Ne voyez-vous pas qu'on a bel et bien enlevé Frances? s'écria Jamie. Nous ignorons où elle est, et si le gredin sait qu'elle est l'héritière Maidenhall, il risque d'exiger une rançon.

Inès, choquée, se rendit brutalement compte que Frances était peut-être en danger. Et par sa faute.

— Pourquoi? demanda Jamie à l'intention de Tode en essayant de maîtriser sa colère.

— A cause de la lettre, répondit Tode sans regarder Inès. Frances croyait pouvoir intercepter cette lettre où vous demandiez la permission de l'épouser à son père car elle sait qu'il n'acceptera jamais. Elle ne veut à aucun prix se marier avec Gregory Bolingbrooke et elle a imaginé que si elle vous poussait à un mariage secret... Quand elle s'est aperçue que vous aviez envoyé la lettre, elle a craint que son père ne dépêche ses hommes. Aussi avons-nous décidé de l'éloigner, persuadés que vous vous précipiteriez à sa rescousse et qu'ainsi vous ne seriez là ni l'un ni l'autre à l'arrivée des troupes en question.

— Vous avez donc décidé de simuler un enlèvement ?

— Non ! intervint Inès. C'est moi qui ai tout organisé. Tode n'a rien à voir là-dedans. J'allais mettre mon plan à exécution quand je me suis endormie.

Pour la première fois depuis qu'il était entré dans la pièce, Tode regarda Inès. Eh bien, elle ne manquait pas de courage. L'image de James Montgomery repoussant le paravent lui revenait sans cesse à l'esprit. Il était resté tapi derrière pendant qu'Inès s'habillait. A quoi étaient-ils donc occupés avant que Tode ne pénètre dans la chambre ?

— Que me cachez-vous d'autre ? s'enquit calmement Jamie.

— Rien qui soit en rapport avec cette affaire, répondit Inès dont la seule préoccupation était maintenant la sécurité de Frances.

— Ce n'est pas la faute d'Inès, dit Tode à la hâte. Elle voulait sauver Frances. Réfléchissez un peu à ce que Maidenhall est capable d'inventer pour la punir. C'est Frances qui a voulu vous forcer la main alors qu'il était évident que son père aurait fait annuler le mariage, eût-il dû pour cela acheter la moitié de Londres !

— Je vois, dit Jamie au bout d'un moment. Chacun a ses secrets, mais pour l'instant on a réellement enlevé Frances et nous n'avons pas la moindre piste.

— Et je suis seule coupable, se désespéra

Inès. Si on la tue, je serai responsable de sa mort.

Jamie s'accroupit devant elle.

— Allons, ce n'est pas le moment de perdre courage ! Son ravisseur ne pourra que tomber amoureux d'elle au premier regard. D'ailleurs, si faute il y a, c'est la mienne. Le message dit : *Vous avez pris ma femme, je prends la vôtre.* Mais le fait est qu'il aurait dû donner son nom et son adresse afin que je puisse l'identifier. Des tonnes de maris trompés ont des raisons de m'en vouloir.

Un éclair de colère chassa la détresse des yeux d'Inès. Jamie lui sourit, se leva et redevint grave.

— Je vais devoir trouver une solution.

La porte s'ouvrit brutalement et Thomas entra, poussant un jeune couple devant lui.

A leur teint cramoisi, il n'était pas difficile de deviner ce qu'ils faisaient quand Thomas les avait trouvés.

— Racontez-lui ! ordonna Thomas d'un ton sans réplique.

La chambrière s'assit par terre, se cacha le visage dans son tablier et se mit à pleurer à chaudes larmes. Le palefrenier aurait bien voulu lui porter assistance mais il tremblait de la tête aux pieds.

Jamie s'approcha.

— Personne ne vous fera de mal, et je vous promets qu'il n'y aura pas de sanctions. Je veux juste que vous me racontiez ce que vous savez.

Un éclair de jalousie brilla dans les yeux du garçon.

— Vous voulez dire au sujet de la dame? Celle qui est la plus jolie dame du monde?

Jamie se tourna vers lui et le garçon se calma instantanément.

— Dites-moi tout ce que vous savez, répéta-t-il à l'intention de la chambrière.

— La dame est entrée dans les écuries et s'est arrêtée près des chariots.

— Frances? demanda Jamie.

— Oui, c'était elle. J'étais venue pour échapper aux vapeurs de la cuisine.

— Tu parles! intervint le garçon.

— La dame paraissait toute chavirée, poursuivit la fille, et elle m'a demandé quel chariot c'était, mais ensuite elle a dit que je ne pouvais pas le savoir. Et c'est vrai... Je n'en savais rien.

Inès et Tode échangèrent un regard. Frances n'avait même pas pu se rappeler dans quel chariot elle devait monter!

— Je, euh... je suis passée derrière le mur de l'écurie pendant un moment et...

Le garçon ricana.

— Mais je pouvais tout entendre et comme je n'étais pas très occupée... (Elle adressa un regard triomphant au garçon qui aurait dû la tenir *très* occupée.) J'ai vu un homme, un homme gigantesque. J'aime les hommes grands, dit-elle en regardant rêveusement Jamie, pas les gamins.

— Au fait, jeune fille! siffla Thomas.

Elle perdit son expression rêveuse.

— L'homme lui a demandé si elle cherchait quelqu'un, et elle a répondu oui, puis elle a voulu savoir s'il était venu pour l'enlever. Il a paru surpris, mais a opiné. « Si vous êtes l'héritière Maidenhall, alors, en effet, je suis venu pour vous enlever. » Voilà exactement ce qu'il a dit. C'était bien l'héritière Maidenhall ?

Jamie sourit mais ne répondit pas.

— Que s'est-il passé ensuite ?

— Il est allé avec elle jusqu'au chariot décoré en disant qu'il le trouvait très joli. Puis il a ajouté : « C'est vous qui êtes peinte sur les côtés. Vous êtes la plus belle femme que j'aie rencontrée de ma vie, à une exception près peut-être. » Alors il lui a proposé de s'asseoir à ses côtés pendant le trajet afin qu'il puisse décider laquelle des deux l'emportait sur l'autre.

— Et ils sont partis. (Jamie se tourna vers Thomas.) Commence tout de suite les recherches. Interroge tout le monde. Quelqu'un a bien dû voir quelque chose ! Vous pouvez vous retirer, déclara-t-il distraitement à Inès et à Tode, une fois Thomas sorti avec les deux jeunes gens.

Dès qu'ils furent dehors, Tode annonça à Inès qu'il avait l'intention d'aider aux recherches.

— Vous n'allez pas vous trouver mal ?

— Bien sûr que non ! Tout va bien ! le rassura-t-elle. Va-t'en vite et fouille les endroits inaccessibles aux autres !

Dès qu'il l'eut quittée, Inès se mit à trembler de tous ses membres. Ce qui avait commencé comme une plaisanterie se terminait en cauchemar. Si Frances n'avait pas pris sa place, serait-elle elle-même actuellement retenue en otage ?

Elle se rendit à la chapelle et se mit à prier avec ferveur pour que Frances leur revienne saine et sauve.

17

Tode n'avait pas l'habitude de boire, pourtant, à cet instant, il aurait volontiers noyé son inquiétude dans l'alcool. Tout ce qui était arrivé ces dernières semaines était sa faute. Comme Inès, il était persuadé que Perkin Maidenhall était en route pour Teversham Manor avec une armée. Et, par sa faute encore, Inès allait perdre le peu de liberté dont elle jouissait.

Inès n'était pas seule en danger. Qu'allait-il advenir de Frances ? Jamie passait le domaine au peigne fin, mais il n'avait encore trouvé aucun indice. Enfermée dans sa chambre, Inès dessinait des portraits de Frances que Jamie faisait distribuer par des messagers d'un bout à l'autre du comté dans l'espoir de recueillir quelques informations.

Malgré son inquiétude pour Frances, Tode en revenait toujours à Inès dont les heures de liberté étaient désormais comptées. Maidenhall serait bientôt là pour l'emmener chez Gregory Bolingbrooke.

A cette pensée, Tode frissonna. Gregory était

peut-être riche, mais Tode savait qu'un accident remontant à son enfance l'avait rendu impuissant. Comme Inès l'avait deviné, elle ne pourrait jamais avoir d'enfants ni mener une vie normale.

Le père de Gregory avait fait l'impossible pour tenir le fait secret, ne lésinant ni sur l'argent ni sur les autres moyens à sa portée. C'est là que l'infirmité de Tode l'avait servi. Qui se méfiait d'un bouffon ? Et puis les acrobates et les comédiens qui voyageaient d'un comté à l'autre bavardaient sans retenue. Tode n'avait eu aucun mal à obtenir des renseignements sur les Bolingbrooke.

Sachant ce qui attendait Inès, il n'avait pas eu le cœur de lui refuser ces quelques jours de liberté. Et maintenant, la vie de Frances était en danger et Perkin Maidenhall allait emmener sa fille.

— Je dois faire quelque chose, marmonna-t-il. J'aurais dû prendre mieux soin d'elles. Elles étaient toutes les deux sous ma responsabilité !

Il se sentait horriblement coupable d'avoir toujours favorisé Inès. Frances souffrait tellement d'être esseulée qu'elle s'était jetée à la tête du premier homme venu, à savoir James Montgomery.

Mais que faire, sinon attendre ? Jamie projetait d'aller vers le nord avec Thomas, laissant Rhys chez Lachlan.

Ainsi que Tode, sans doute. Jamie voudrait voyager vite. Mais que ferait-il d'Inès ? Il y avait peu de chances qu'il l'emmène. D'autant moins que, ignorant sa véritable identité, il n'imaginait pas quels risques elle pouvait courir de la part des hommes de Perkin Maidenhall.

Mais Tode, comme Inès, connaissait la vérité.

Depuis son arrivée, il était resté à l'écart, évitant les étrangers et se cachant sous une robe en toile grossière. Mais, pris d'une impulsion subite, il saisit son bâton et se dirigea vers les écuries. Là, il fouilla chaque stalle jusqu'à ce qu'il mette la main sur le palefrenier qui avait été le témoin de l'enlèvement de Frances. Le garçon étrillait un cheval d'un air irrité.

— Fichez le camp ! dit-il sans même lever les yeux. Je n'ai plus rien à dire.

Tode avait passé des années à observer les autres et il n'avait aucun mal à deviner ce qu'ils pensaient. Ce garçon était rongé de jalousie.

— Je voulais juste vous dire que vous saviez mieux vous occuper d'une femme que *lui*. Vous ne les perdez pas, vous, au moins !

Et sur ces mots, il s'éloigna lentement.

— Attendez ! s'écria le garçon. Vous êtes un de ses hommes ?

— Pas exactement ! répondit Tode avec un rire.

Il y avait une torche juste derrière la stalle et un rayon de lumière filtrait par-dessus la cloison. Tode baissa son capuchon juste le temps de montrer son visage lacéré.

— Vous ne risquez pas de voler la femme du voisin, pour sûr ! dit le garçon sans se soucier de la grimace involontaire de Tode.

— Je ne vous le fais pas dire ! répliqua Tode

d'un ton jovial. Je voulais que vous me racontiez ce que vous aviez vu, mais vous devez être fatigué d'en parler. Mais, quand même, ç'a dû être quelque chose !

Le garçon réfléchit. Il n'avait pas prêté grande attention à la scène. Mais depuis cette histoire, la chambrière cessait de lui rebattre les oreilles avec son comte.

— Personne n'a voulu m'écouter, se plaignit-il amèrement. Personne ne s'intéresse à ce que j'ai vu.

— Vous avez remarqué quelque chose ? s'enquit avidement Tode. J'ai tout de suite compris en vous voyant que vous étiez un type intelligent. Lord James aurait mieux fait de vous accorder davantage d'attention. Je me promène de maison en maison et je suis à la recherche d'histoires à raconter. Je pourrais faire connaître vos exploits, mais j'ai besoin d'en savoir davantage.

Le garçon le regarda avec intérêt.

— Il n'avait qu'une demi-oreille.

— Je vous demande pardon ?

— Cet homme n'avait qu'une moitié d'oreille. Elle était coupée juste ici, et il lui manquait toute cette partie-là, fit-il en indiquant d'un geste la moitié supérieure de son lobe.

Tode faillit embrasser le palefrenier. Il se força à s'asseoir et à écouter pendant trente bonnes minutes ses élucubrations.

Quand il réussit enfin à quitter l'écurie, son premier mouvement fut d'avertir Jamie, puis il se ravisa. Jamie partirait à l'offensive avec ses hommes armés jusqu'aux dents, et Frances serait peut-être blessée dans la mêlée. Non, mieux valait se débrouiller seul. D'ailleurs, il pourrait s'introduire là où d'autres échoueraient. Et en outre, tout cela n'était-il pas sa faute ?

Tode savait que le message était tourné de telle façon qu'il présupposait que Jamie connaissait le ravisseur de Frances. Alors peut-être que, dans son entourage, on le connaissait aussi. Il n'avait aucun espoir de lui soutirer par la ruse une information qu'il ne voulait pas donner, mais Rhys serait peut-être heureux d'avoir un peu de compagnie.

— Je suis venu vous distraire, annonça Tode en passant la tête dans l'entrebâillement de la porte, une outre de vin sous le bras.

— Et vous êtes le bienvenu, dit Rhys en se redressant. Alors ? Où en est-on ? Y a-t-il du nouveau au sujet de Frances ?

— Toujours rien, mais je ne suis pas venu pour ça. Cessez de ruminer, sinon votre jambe ne guérira jamais. Laissez-moi vous conter un récit amusant.

Deux heures plus tard, Tode quittait la chambre de Rhys, souriant sous son capuchon. Il n'avait eu aucun mal à convaincre Rhys de parler des gens un peu spéciaux qu'il connaissait.

— Mais personne n'est plus stupide que Henry Oliver, avait-il dit au bout d'une heure de commérages et d'histoires salaces. Il se croyait sourd parce qu'il lui manquait la moitié d'une oreille.

Il avait expliqué comment le frère aîné de Jamie avait frappé Oliver avec une épée alors qu'ils étaient encore enfants. Quand la moitié de son oreille était tombée, Oliver s'était mis à crier que désormais il serait sourd.

— Et jusqu'à aujourd'hui, il est toujours persuadé qu'il n'entend pas bien de cette oreille.

— Et quelle sorte d'homme est ce Henry Oliver ? avait demandé Tode en s'efforçant de prendre un ton anodin. Dangereux ?

— Oliver ? Pas le moins du monde, excepté que la bêtise peut rendre un homme dangereux. Il est amoureux de la sœur de Jamie et cela fait des années qu'il tente de forcer la famille à l'accepter comme gendre.

— Les forcer ?

Tode s'était réjoui que Rhys fût déjà trop éméché pour déceler l'inquiétude grandissante qui perçait dans sa voix.

— Il a essayé pendant des années de l'acheter au frère aîné de Jamic, ct Edward l'aurait volontiers vendue si leur père n'avait levé assez longtemps les yeux de ses livres pour refuser. Depuis la mort du père et du frère aîné, Oliver s'est rabattu sur Jamie qu'il tente de convaincre en lui offrant des terres inondées au printemps, quelques maisons en ruine et des chevaux centenaires en échange de la main de Bérangère.

Rhys avait bu une grande lampée de vin.

— Et une fois, il a même tenté de l'enlever.

— De l'enlever ? avait répété Tode, le souffle coupé.

— Enfin, du moins lui a-t-il jeté un sac sur la tête et l'a-t-il emportée.

— Que s'est-il passé ?

— Je ne sais trop comment — Oliver a une mauvaise vue —, c'est l'autre sœur qu'il a enfermée dans le sac. Joby. Vous ne la connaissez pas, mais, croyez-moi, aucun homme n'a envie de s'attirer son courroux. Je préférerais ouvrir un sac contenant des chats sauvages plutôt qu'une Joby en colère.

— C'est comme Inès.

— Non, elles ne se ressemblent pas du tout, avait dit Rhys d'un air rêveur. Inès ne s'en prend qu'à un seul homme tandis que Joby exerce ses talents sur tout son entourage, exception faite de Jamie et de Bérangère. Laissez-moi vous raconter les mauvais tours qu'elle jouait à son frère Edward.

Et sur ces mots, il s'était lancé dans une histoire à n'en plus finir, mais Tode tenait ses informations. Ce ne serait qu'un jeu d'enfant de retrouver l'homme en question.

Cependant, il était encore indécis sur la marche à suivre. Allait-il apporter la nouvelle à Jamie ? Il savait ce que Jamie ferait alors : il se précipiterait derrière Frances en abandonnant Inès. Or c'était Inès qui avait besoin de protection.

Comment faire pour éloigner Inès et Jamie de Teversham Manor avant que ce dernier ne découvre le pot aux roses ? Comment obliger Jamie à défendre Inès et à laisser Frances sous la protection de Tode ?

18

Jamie, furieux, réduisit la deuxième missive en une boule minuscule. Il ne la montrerait à personne. Il se sentait plus stupide et plus impuissant de minute en minute. Qui avait enlevé Frances ? La teneur du premier message laissait entendre qu'il connaissait le coupable, or ce n'était pas le cas.

Il n'avait pas dormi depuis deux jours mais il était décidé à ne prendre aucun repos tant qu'il n'aurait pas découvert un indice. Il venait d'envoyer Thomas chercher le palefrenier quand le second message était arrivé. On lui ordonnait de se diriger vers l'ouest et d'attendre chez son oncle d'autres instructions.

Ce qui l'inquiétait le plus, c'était le post-scriptum : *Je vous conseille de prendre soin de vos femmes*.

Au pluriel. Peut-être était-ce un lapsus.

Autre chose le tourmentait : il avait trouvé ce papier sur son lit, ce qui signifiait que le traître appartenait à Teversham Manor. C'était un familier de la maison et personne ne lui prêtait attention.

Jamie ne pouvait pas perdre trop de temps à réfléchir. Il irait chez son oncle et y attendrait de nouvelles directives. Dans l'intervalle, il ferait partir Inès sous la garde de Thomas et de Tode, les dernières personnes en qui il avait confiance.

Une demi-heure plus tard, Jamie jurait comme un beau diable devant le spectacle de

Thomas et de Tode tordus de douleurs par une violente attaque de dysenterie. Thomas, blême, n'arrêtait pas de courir aux latrines en se tenant le ventre. Quant à Tode, il était si faible qu'il ne pouvait même pas lever les yeux en s'agrippant au bras de Jamie.

— Ne laissez pas le ravisseur s'emparer d'Inès, dit-il. Vous devez la protéger. J'ai peur qu'elle ne soit pas en sécurité ici. Cet homme a enlevé Frances avec tous les regards braqués sur lui, il peut recommencer avec Inès.

Tode se faisait l'écho des pires craintes de Jamie. Tout le monde savait que Frances était l'héritière Maidenhall et, comme Inès voyageait avec elle, on pouvait imaginer qu'elle avait aussi quelque chose à voir avec l'or.

Trop perturbé pour se rendre compte de l'heure tardive, Jamie se rua dans la chambre d'Inès. Remarquant qu'aucune servante ne dormait auprès d'elle, il fronça les sourcils.

Il lui toucha l'épaule. Elle s'enfonça sous les couvertures.

— Inès, murmura-t-il, levez-vous ! Nous devons partir.

— Sommeil, marmonna-t-elle sans ouvrir les yeux.

— Non, réveillez-vous ! Il faut vous lever. Faites venir la femme de chambre pour vous habiller !

— Jamie m'aide à m'habiller.

Malgré sa fatigue, il sourit, puis la secoua.

— Nous allons chez mon oncle. Sa femme, Mary, prendra soin de vous.

Inès bâilla et commença à retrouver ses esprits.

— Que faites-vous encore dans ma chambre ? s'étonna-t-elle. Vous avez pris l'habitude d'entrer chez moi comme dans un moulin !

— Je suis soldat. Je me précipite vers le danger.

Inès ne put s'empêcher de sourire.

— Avez-vous trouvé Frances ?

— Non, mais j'ai reçu un second message, et je dois me rendre immédiatement chez mon oncle. C'est à une journée de cheval d'ici, et je vous emmène avec moi.

— Pourquoi ? demanda-t-elle en haussant un sourcil.

— Thomas et Tode sont tous les deux malades, aussi sont-ils dans l'incapacité de vous protéger. Il ne vous reste plus qu'à m'accompagner.

Il ne s'attendait pas qu'elle saute du lit aussi brutalement et le coin de sa couverture lui frappa l'œil. Il n'eut que le temps de pivoter pour rattraper Inès avant qu'elle ne quitte la chambre en chemise de nuit.

— Tode ! gémit-elle en se débattant. Il faut que j'aille le voir !

— Inès, je suis fatigué. Je suis inquiet. Ne me compliquez pas la tâche. Venez plutôt vérifier que vous ne m'avez pas rendu aveugle.

Elle l'examina. Il avait l'œil un peu rouge, mais rien d'alarmant. Quand il se laissa tomber lourdement sur une chaise, les épaules affaissées, elle comprit combien il était désemparé.

— La vie de votre bien-aimé Tode n'est pas en danger, murmura-t-il. Il souffre d'une banale dysenterie.

Complètement réveillée maintenant, Inès alla tremper un linge dans la cuvette, puis le posa sur sa paupière.

— Y a-t-il du nouveau ? s'enquit-elle.

— Non ! Il faut attendre.

Quand il leva les yeux vers elle, elle remarqua ses cernes sombres. Se donnerait-il autant de mal pour la retrouver si elle disparaissait, elle qui n'avait pas un sou ?

La réponse était oui.

Elle lutta contre le désir de passer ses bras autour de son cou et lui tourna le dos.

— Vous voulez que je vous accompagne ?

Elle eut honte de l'espoir qui lui gonflait le cœur tandis qu'elle attendait qu'il réponde.

— Je ne peux pas vous laisser ici. J'avais l'intention de vous confier à Thomas et à Tode, mais ils sont tous les deux trop malades. Thomas nous rejoindra dès qu'il le pourra.

— Et Tode ?

— Il vaut mieux qu'il reste ici. Lachlan prendra soin de lui.

Elle releva brusquement la tête et le fixa droit dans les yeux.

— Lachlan ne pourrait-il s'occuper aussi de moi ?

— Non ! Le message laissait entendre que plusieurs femmes étaient en danger. Cela pourrait s'appliquer autant à vous qu'à Frances.

— Mais Lachlan pourrait m'emmener ailleurs ! s'écria-t-elle avec un regard implorant.

Oh, Jamie, s'il vous plaît ! N'oubliez-vous pas qu'il a demandé ma main ?

— C'était pour de rire ! Vous vous étiez rendue ridicule devant tout le monde, aussi a-t-il voulu vous tirer d'embarras.

— Ah oui, vraiment ? C'est un homme bien, alors. Quel bon parti il ferait ! Si vous arriviez à le convaincre de m'emmener, peut-être se déclarerait-il de nouveau, cette fois-ci pour de bon. (Elle s'approcha de lui.) S'il vous plaît, Jamie ! Vous savez bien que je n'ai pas un sou. Moi aussi, je dois faire un beau mariage ! Lachlan est un excellent parti.

Jamie était trop fatigué pour se rendre compte de ce qu'il faisait. Il attira Inès contre lui et l'embrassa avec violence. Peu à peu son baiser devint brûlant. Ce petit corps délicieusement offert et nu sous la chemise diaphane le rendait fou.

Il la repoussa brutalement.

— Seriez-vous si pressée de prendre un mari que vous êtes prête à vous contenter de n'importe qui ?

— N'importe qui, sauf vous, bien entendu ! dit-elle d'un ton allègre. Vous ne passeriez pas un jour sans me rappeler que je suis pauvre et que je vous ai empêché d'épouser l'héritière Maidenhall.

Jamie bondit de son siège, levant les bras au ciel.

— Vous savez que le père de Frances n'acceptera jamais. Le problème, maintenant... (Il s'interrompit pour la foudroyer du regard.) Oh ! Et puis à quoi bon discuter avec vous ? Je ne vous laisserai pas vous rendre de nouveau ridicule avec Lachlan. Vous êtes sous ma protection, et jusqu'à ce que je sois relevé de ma charge, je continuerai à veiller sur vous. Est-ce bien compris ?

— Rien ne saurait être plus clair. Et je suis sûre que la moitié de la maisonnée vous a entendu aussi.

Jamie grimaça.

— Habillez-vous. Nous partons à l'aube.

Il sortit, sans même refermer la porte.

Inès sourit, puis, tout en fredonnant, se mit à tournoyer autour de la pièce.

19

Jamie était las, et son humeur plus sombre que les cernes sous ses yeux. Qu'est-ce qui avait bien pu le pousser à emmener Inès avec lui ? Il savait très bien que Lachlan la protégerait au péril de sa vie, tout comme Rhys ou Thomas, dès qu'il serait sur pied.

Mais non, il ne pouvait se résoudre à la laisser. C'était ridicule, mais il fallait qu'elle soit avec lui ! Il n'était même pas certain de pouvoir la confier à son oncle dans quelques jours.

L'aube se levait maintenant, et Inès avait disparu. Sa chambre était vide et personne ne l'avait vue. Il eut un moment de panique, puis se calma. Elle devait être auprès de Tode. La jalousie l'assaillit sans qu'il puisse se raisonner. Il ne supportait pas qu'elle fût en tête à tête avec un autre homme.

— Je vais me sentir bien seule ! dit Inès.

— Votre Jamie sera avec vous, répondit Tode.

— Ce n'est pas *mon* Jamie. S'il appartient à quelqu'un, c'est à Frances.

Tode gloussa.

— A d'autres ! Frances veut l'épouser parce qu'il est disponible ; quant à lui, il ne voit dans ce mariage qu'un moyen de redorer son blason. Vous ne pouvez pas le lui reprocher, Inès. Jamie est quelqu'un de bien, et je crois qu'il vous aime.

— M'aimer, moi ? Tu dois vraiment être très malade ! Il n'a qu'une idée en tête : se débarrasser de moi.

— Dans ce cas, pourquoi vous emmène-t-il chez son oncle ?

— Pour m'éloigner de Lachlan !

— Exactement ! Et pourquoi voudrait-il vous éloigner de Lachlan s'il ne s'intéressait pas à vous ? Puisque vous n'avez pas de dot, Teversham serait pour vous un excellent parti.

Inès sourit jusqu'aux oreilles.

— Le meilleur. J'ai supplié Jamie de me laisser auprès de Lachlan et de ses adorables fils.

— De vrais démons, oui ! J'ai fait de mon mieux pour croiser au large.

Inès parut soudain inquiète.

— Il faut que tu nous accompagnes. Tu ne m'as pas l'air si malade que cela. Je vais...

Elle se leva. Tode lui agrippa le bras.

— Je ne suis pas malade, murmura-t-il. J'ai l'intention d'aller au-devant de votre père et de le ramener à la raison.

— Oh, Tode, il va tous nous tuer! Pourquoi Frances se montre-t-elle toujours si stupide? Si elle m'avait dit que Jamie avait l'intention de demander officiellement sa main, j'aurais pu imaginer une solution.

— Qu'auriez-vous fait? Écrit la lettre vous-même? Donné votre bénédiction? A l'heure qu'il est, Frances aurait enfin réussi à épouser votre cher Jamie!

— Tu sais très bien que je déteste les gens imbus d'eux-mêmes.

— Ce que Jamie n'est pas. Vous prenez un malin plaisir à le tourmenter.

Elle baissa les yeux sur ses mains.

— Il n'a que faire de moi.

— Il se meurt de désir pour vous. Je crois qu'il a bien failli pleurer quand vous avez donné cet oreiller à Rhys.

— C'est vrai? Tu crois qu'il m'aime? Non! Ne réponds pas. Je ne suis qu'un fardeau pour lui, rien d'autre.

— Ben voyons! C'est pour cela qu'il vous emmène avec lui. (Il y eut un bruit dehors.) Écoutez, reprit Tode, il ne va pas tarder. Il faut que vous partiez. Inès, poursuivit-il d'une voix à peine audible, vous savez que je... que je...

Elle savait fort bien ce qu'il voulait dire, des mots qu'ils n'avaient jamais prononcés ni l'un ni l'autre. Mais cela n'avait jamais été nécessaire.

Elle jeta ses bras autour du cou de Tode.

— Je t'aime, je t'aime, je t'aime ! Je t'aimerai toute ma vie. Que ferai-je ne serait-ce qu'un jour sans toi ?

Il l'étreignit brièvement, puis la repoussa.

— Allez-vous-en avant que je ne me ridiculise. Et, de grâce, ne blessez pas Jamie. Je ne voudrais pas qu'il finisse par me ressembler !

Il souriait, mais son regard était grave.

Inès était trop occupée à retenir ses larmes pour trouver une réplique amusante.

Tode lui leva le menton.

— Et ne vous inquiétez pas trop au sujet de Frances !

Il était rongé de culpabilité de ne pouvoir lui révéler que sa cousine ne courait sans doute aucun danger.

— Oh, Tode, Frances ne sait même pas s'habiller toute seule ! Que se passera-t-il si elle apprend à son ravisseur qu'elle n'est pas l'héritière ? Elle est incapable de se sortir d'affaire !

— Détrompez-vous. Frances est aussi rusée qu'un chat. N'a-t-elle pas utilisé une vague parenté avec les Maidenhall pour échapper à la pauvreté de sa famille ? Sans sa débrouillardise, à l'heure qu'il est, elle laverait le linge des autres.

L'idée de la belle Frances en train de faire quoi que ce fût était si incongrue qu'Inès sourit.

— Voilà qui est mieux ! Maintenant, partez. Il vous attend.

— Tu ne laisseras pas mon père te faire du mal, n'est-ce pas ? Et n'oublie pas que, quoi qu'il dise, je prendrai soin de toi. N'aurais-je qu'un seul penny, tu en aurais la moitié.

Tode lui prit la main et l'embrassa.

— Si vous n'aviez qu'un seul penny, Inès, vous sauriez bien le faire fructifier.

— Alors tu auras la moitié de tous mes gains ! (Elle sortit en hâte et se trouva nez à nez avec Jamie.) Vous m'espionniez ! s'exclama-t-elle en posant sur lui un regard accusateur.

— J'ai d'autres chats à fouetter, figurez-vous ! Dépêchez-vous !

Il la prit par le bras et l'entraîna dans la cour. Inès aperçut deux chevaux.

— Qu'est-ce que c'est ? demanda-t-elle en fixant une jolie petite jument sellée.

— Un cheval, répondit Jamie sans lever les yeux. Vous n'en aviez encore jamais vu ?

Inès était presque aussi fatiguée que Jamie et n'avait pas l'intention de supporter sa mauvaise humeur.

— Je sais ce que c'est, mais pas qui doit le monter. (Soudain, son visage s'illumina.) Tode vient avec nous !

— Inès, ma patience a des limites. Montez en selle et partons. Des nouvelles de Frances nous attendent peut-être déjà chez mon oncle. (Il leva les yeux.) Qu'y a-t-il ?

Elle lui adressa un sourire contraint.

— Je ne suis jamais montée à cheval. Pas toute seule, en tout cas.

— Jamais... ? Faites comme si vous désiriez prouver la docilité de cet animal à un éventuel acquéreur.

Inès hocha la tête, regarda le cheval, puis Jamie.

— Quoi encore ?

— Tode ! Il m'a toujours accompagnée partout. Il... il prend soin de moi. Ne pourrait-il pas venir avec nous ?

Jamie se sentit fondre de tendresse. La fatigue, sans doute, conjuguée à l'inquiétude. Il saisit Inès par la taille et l'installa sur la selle, puis lui tendit les rênes.

— Vous seriez moins en sécurité sur une chaise que sur ce cheval. Asseyez-vous à califourchon et suivez-moi.

Il n'avait pas choisi pour elle une selle d'amazone, craignant, à juste titre, qu'elle ne manque d'expérience.

Inès le fixa avec de grands yeux qui semblaient dire : « Ne me laissez pas ! » Ce regard l'émut malgré lui et l'idée qu'elle dépendrait de lui pendant tout le voyage l'emplit de bonheur.

— Je veillerai sur vous, Inès, je vous le jure.

Inès redressa le menton.

— Si vous êtes capable de monter à cheval, pourquoi pas moi ? Avez-vous emporté mes peintures ?

— Non ! répondit-il, souriant tandis qu'il sautait en selle. Pas de crayons, ni de peinture, ni de papier, ni de Tode. Juste vous et moi... et les étoiles.

Il éperonna son cheval et Inès le suivit.

20

— Je hais cet animal ! Je le hais, je le hais ! pesta Inès entre ses dents.

— Cessez de vous lamenter et descendez ! ordonna Jamie.

Ils avaient chevauché toute la journée. Une journée qu'Inès n'était pas près d'oublier. Elle avait mal partout.

— Ces animaux sont des créatures du diable !

— Inès, je suis recru ! Je manque de sommeil et je meurs de faim ! Descendez !

— Je ne peux pas. Je suis comme paralysée.

Jamie se frotta les yeux. Bon sang, pourquoi avait-il tellement insisté pour qu'elle l'accompagne ? Il lui tendit la main.

— Laissez-vous tomber.

— Je ne peux pas, chuchota-t-elle, et Jamie comprit qu'elle parlait sérieusement.

Il était trop inquiet et trop épuisé pour compatir. Il l'attrapa par la taille et tira. Comme elle ne bougeait pas, il la relâcha, contourna la jument, et retira le pied d'Inès de l'étrier. Mais quand il recommença la manœuvre, il ne réussit pas plus à la faire bouger.

Passant sa vie à cheval, Jamie n'avait pas réfléchi que monter douze heures d'affilée était peut-être un peu trop pour une première fois.

Il voulut détacher les mains d'Inès des rênes mais elles étaient complètement rigides. Il commença alors à ressentir une certaine compassion à son égard. Il devait le reconnaître, elle ne s'était pas plainte de la journée.

Une fois qu'il eut libéré ses deux pieds et ses deux mains, il la prit de nouveau par la taille et tira. Mais ses jambes étaient comme statufiées.

— Puis-je vous donner un coup de main? proposa un homme rubicond, sans doute l'aubergiste.

— Avec plaisir!

L'homme vint se placer de l'autre côté de la monture et, prenant le pied d'Inès, poussa pendant que Jamie tirait. Les jambes d'Inès restèrent arquées et raides.

— Euh... Ah... marmonna Jamie que son entraînement militaire n'avait pas préparé à ce genre de situation. Peut-être pourriez-vous faire avancer le cheval?

— Ah, oui, bien sûr! approuva l'homme en s'efforçant de garder son sérieux.

Il prit le cheval par le licol et le tira en avant, mais quand il vit Jamie portant Inès, les jambes toujours écartées sous sa jupe, il ne put réprimer plus longtemps son fou rire. La main sur sa bouche, il disparut dans la taverne.

Jamie ne savait que faire. Il ne pouvait la redresser quand elle faisait ainsi le grand écart.

— Peut-être aimeriez-vous vous asseoir? suggéra-t-il.

— Je suis trop endolorie. Je souffre de partout.

Il fallait prendre une décision. La faisant basculer sur son épaule, il tenta de lui refermer les jambes.

C'était plus difficile que de réunir les deux lames d'une paire de ciseaux rouillés, et les cris de douleur d'Inès n'arrangeaient rien. Mais, à force de persévérance, il finit par y parvenir.

Il la garda un instant sur son épaule pour lui laisser le temps de récupérer avant de la faire glisser lentement contre lui. Mais dès qu'il la relâcha, ses jambes se dérobèrent sous elle. Il la prit gentiment par les épaules et la redressa puis, la soutenant, la fit entrer dans l'auberge.

Trois des quatre tables étaient occupées. L'aubergiste avait disposé des coussins sur le banc de la quatrième. Des larmes de gratitude montèrent aux yeux d'Inès.

— Vous êtes un amour, murmura-t-elle.

L'homme s'illumina.

Jamie la poussa rudement vers le siège, agacé de la voir faire la coquette. A peine assise, Inès posa la tête sur la table et s'endormit. Un délicieux fumet la tira du sommeil et elle secoua Jamie qui dormait comme une masse, la tête renversée contre le dossier.

— Mangez! ordonna-t-elle en poussant devant lui une assiette bien garnie.

— Des voyageurs, hein? demanda l'hôtelier à Jamie qui avait toutes les peines du monde à garder les yeux ouverts. Vous et la petite dame, vous voulez une chambre pour la nuit?

— Oui, oh oui! s'écria Inès, ravie à cette perspective. Quelque chose de doux avec des draps, et, oh oui, de plat. Très, très plat. Je veux un lit tout à fait plat.

— Je vais vous donner les lits les plus plats de toute l'Angleterre! promit l'homme en riant.

Et ils ne bougent que si on les fait bouger, ajouta-t-il avec un clin d'œil égrillard qui la fit rougir.

— Alors nous prendrons votre meilleure chambre, déclara-t-elle joyeusement.

Jamie avait espéré atteindre la maison de son oncle le soir même, mais il avait dû ralentir l'allure à cause d'Inès. Aussi leur restait-il encore une demi-journée de voyage et, vu l'état de la jeune femme, il ne pouvait pas décemment pousser la cruauté jusqu'à la remettre immédiatement en selle.

— Deux chambres ! dit-il.

— Il ronfle, expliqua Inès, peu désireuse d'ébruiter le fait qu'ils n'étaient pas mariés, d'autant plus qu'à la table voisine un homme s'était mis à la dévisager avec attention. Personne ne peut partager sa chambre.

— Je n'en ai qu'une, déclara l'aubergiste à Jamie. A moins que vous ne vouliez dormir dans l'écurie. Au moins, vous ne risquez pas de déranger les chevaux !

Jamie, qui avait suffisamment repris ses esprits pour attaquer son dîner, avait aussi remarqué le manège de leur voisin, mais il n'en laissa rien paraître.

— On dirait que vous allez être obligée de supporter mes ronflements cette nuit, ma chère.

— Oh ? s'écria Inès avec intérêt. (Puis elle se reprit et se tourna vers l'aubergiste :) J'ai peur de ne pouvoir y échapper !

L'homme regagna la cuisine en secouant la tête. Ce n'est pas lui qui aurait laissé une aussi jolie fille lui fausser compagnie pour une histoire de ronflements !

Inès commençait à se sentir mieux maintenant qu'elle n'était plus sur le dos de cette maudite jument. De plus le ragoût était délicieux. Elle en reprit une bouchée et la mastiqua en fixant Jamie.

— Quelle idée saugrenue est-elle encore en train de germer dans votre petite tête ? s'enquit-il sans même lever les yeux de son assiette.

— Aucune. Vous ronflez vraiment ?

Il lui jeta un regard qui l'embrasa.

— Personne ne s'en est encore plaint !

— Jamie, chuchota-t-elle en se penchant vers lui.

— Pas un mot !

Inès soupira et retourna à son assiette.

Deux heures plus tard, une fois dans leur chambre, Inès comprit que Jamie avait l'intention de dormir par terre et de lui laisser le lit.

Il était sorti un moment pour lui permettre de faire un brin de toilette et de se glisser sous les draps. A présent, debout au milieu de la pièce, il se déshabillait, posant soigneusement ses vêtements sur une chaise.

— Inès, vous êtes en âge de vous marier, et j'ai bien l'intention de vous remettre entre les mains de votre tuteur telle que je vous ai trouvée. Je ne séduis pas les jeunes filles qui sont sous ma protection.

— Exception faite de Frances. Elle, c'est de ne pas la toucher que vous êtes incapable !

— Je ne l'ai jamais touchée, et je suis sûr que vous le savez.

— Mais vous en mourez d'envie, n'est-ce pas ?

Jamie s'assit sur la chaise pour retirer ses jambières.

— Seriez-vous jalouse ?

— Moi ? Jalouse ? Et de Frances, par-dessus le marché ? Certainement pas ! (Elle croisa les mains derrière sa tête.) Simple curiosité. J'aurai moi-même un mari un jour et je voudrais savoir ce qui m'attend. Est-ce agréable ? s'enquit-elle soudain en le fixant comme le souvenir de leur nuit d'amour remontait à sa mémoire.

« Souvenez-vous de moi ! aurait-elle voulu crier. Je vous en prie, souvenez-vous ! C'est à moi que vous avez fait l'amour. Cette nuit n'avait-elle donc aucune signification pour vous ? »

— Ne me regardez pas comme cela, Inès, chuchota Jamie.

— Comment, comme cela ?

Jamie ferma un instant les yeux comme s'il rassemblait ses forces.

— Je ne suis qu'un homme et vous êtes...

— Oui, Jamie ? Je suis ?

— Belle.

Puis il empoigna une couverture, l'étendit par terre et, comme le soldat qu'il était, s'enroula dedans et lui tourna le dos.

— Belle ! répéta Inès en fixant le plafond avec un sourire.

Elle aurait voulu rester éternellement ainsi à

savourer les mots de Jamie et à écouter sa respiration régulière.

Il ne ronflait pas, remarqua-t-elle, mais l'eût-il fait, elle s'en serait moquée éperdument.

Quelques minutes plus tard, elle dormait comme un loir.

— S'il vous plaît, Jamie ! implora-t-elle en le regardant avec de grands yeux. S'il vous plaît !

Ils étaient installés devant un copieux petit déjeuner dans la grande salle de l'auberge.

— Ne me regardez pas de cette manière et ne m'appelez pas Jamie ainsi.

— Je ne dois pas vous appeler Jamie ? Vous préférez que je vous appelle *lord* Jamie ? Alors que nous avons passé la nuit ensemble ?

Cela le fit rire, ainsi qu'elle l'avait escompté.

— Vous savez très bien que je ne vous ai pas touchée, même si, en digne fille d'Ève, vous avez tout fait pour m'attirer dans votre lit.

— Jamais de la vie ! s'indigna-t-elle. Je me suis contentée de vous poser quelques questions.

— Hummmm ! C'est vous qui le dites... Maintenant, mangez, que nous puissions partir.

— Je refuse de monter cette créature démoniaque !

— Vous n'avez pas le choix ! D'ailleurs, vous vous apercevrez vite que vous n'êtes pas si courbatue que vous l'ima... (Il ne put terminer sa phrase. Elle l'aurait accusé de mauvaise foi : il avait dû l'aider à descendre l'escalier et elle gémissait à chaque pas.) Et puis, nous y sommes presque. Vous allez adorer ma tante. Elle sera aux petits soins pour vous.

— Je veux rester avec vous.

— Nous en avons déjà parlé une demi-douzaine de fois. Vous ne pouvez pas m'accompagner puisque j'ignore encore moi-même quelle sera ma destination. Tout ce que je sais, c'est qu'un message m'attendra chez mon oncle pour m'indiquer le lieu où se trouve Frances et le montant de sa rançon. Je devrai me rendre aussitôt là où le devoir m'appelle.

— Sans moi, dit Inès, maussade.

— Oui. Sans vous. (Il posa la main sur la sienne.) Vous serez heureuse là-bas. Ma tante est charmante. Elle... elle vous divertira. Vous aurez tout le loisir de faire son portrait.

— Ce sont des étrangers pour moi. Pourquoi refusez-vous que je vous accompagne ? Frances est tout de même ma cousine.

— Inès, écoutez-moi ! Je vais être obligé de me déplacer rapidement. Vous n'êtes pas à l'aise sur un cheval et, en plus, cette poursuite peut se révéler dangereuse. Celui qui a enlevé Frances risque de... Bref ! Vous seriez un obstacle, voilà tout !

Inès chipotait. Elle détestait l'idée d'être abandonnée parmi des étrangers.

— Mangez ! commanda-t-il.

Inès voulut protester, mais une voix masculine l'interrompit.

— C'est bien vous ! s'exclama un homme en regardant Jamie. Je m'en doutais hier soir mais je n'en étais pas sûr.

— Puis-je savoir pour qui vous me prenez ? s'enquit Jamie en buvant une gorgée de bière.

— L'homme sur le chariot. Le tueur de dragon.

Jamie avala de travers.

— Vous avez vu ce chariot ? Quand ? Où ?

— Il se dirigeait droit vers le sud.

— Mais c'est impossible ! On m'a dit...

Il jeta un coup d'œil à Inès. Elle semblait nourrir les mêmes soupçons que lui. Des mensonges ! Le message lui demandait d'aller vers l'ouest alors que le chariot filait plein sud. Ils s'en éloignaient au lieu de s'en rapprocher.

— Avez-vous aperçu le conducteur ? interrogea-t-il.

— Mais oui. Un homme de très grande taille. Et une femme l'accompagnait — vous savez, celle qui est peinte avec vous. J'ai rigolé parce que l'homme n'était pas spécialement beau, alors qu'il avait l'allure d'un adonis sur le chariot. Un vrai chef-d'œuvre, ma foi. Et savez-vous que c'est la dame qui l'a peint ? Elle me l'a dit.

— Ce n'est pas elle, c'est moi ! protesta Inès. Frances en est bien incapable...

Jamie la fit se rasseoir d'une poussée sur l'épaule.

— Nous étions justement à leur recherche, dit-il, et nous vous serions reconnaissant du moindre renseignement.

— C'est vraiment vous qui avez peint le wagon ? demanda l'homme en fixant Inès.

Jamie respira un bon coup.

— Elle fera votre portrait si vous nous dites

tout ce que vous savez. En chevalier, même, si ça peut vous faire plaisir, en armure et tout.

— J'ai vu le chariot avant-hier. Il doit être loin, maintenant.

— Et la femme ? Avait-elle l'air d'aller bien ?

— Elle était assez en forme pour mentir, marmonna Inès.

— Très bien, oui. Ils s'étaient arrêtés au bord de la route pour la nuit, et l'homme la traitait comme si elle était la reine d'Angleterre.

— Alors, c'est bien Frances ! dit Inès.

Jamie lui décocha un léger coup de pied sous la table pour l'avertir de se taire.

— Et comment était l'homme ? En dehors du fait qu'il était grand, à quoi ressemblait-il ?

Son interlocuteur haussa les épaules.

— Rien de spécial. Des cheveux châtains. Des yeux marron. Ni beau ni laid, au fond. Je ne suis pas sûr que je le reconnaîtrais.

Désappointé, Jamie s'adossa à son siège. Il n'était pas plus avancé.

— Si ce n'est son oreille, dit un homme qui venait de les rejoindre.

— Mais oui ! s'écria le premier. Il n'avait qu'une moitié d'oreille. La partie supérieure manquait.

Jamie resta quelques instants comme pétrifié, puis il sourit et, rejetant la tête en arrière, il se mit à rire à gorge déployée.

— Henry Oliver ! réussit-il à dire quand il se fut enfin calmé.

Il remercia les deux hommes, puis retourna à son petit déjeuner.

Inès mit un moment à comprendre qu'il n'avait pas l'intention de lui expliquer quoi que ce soit.

— Vous n'allez rien me dire ? suffoqua-t-elle.

Il lui lança un regard moqueur.

— Henry Oliver est inoffensif. Frances ne pourrait pas être entre de meilleures mains. Il veillera à ce que rien ne lui arrive.

— Mais il l'a enlevée ! Il doit bien avoir une idée derrière la tête. Il veut sans doute une rançon de... (elle s'assura qu'il n'y avait pas d'oreilles indiscrètes)... de l'héritière Maidenhall.

— Henry se fiche pas mal de l'argent. Il a agi par amour.

— Il aime Frances... ? bredouilla Inès comme si c'était la chose la plus extraordinaire qu'elle entendait.

— Non, ma sœur, Bérangère. Depuis que nous sommes enfants, il tente d'obtenir sa main.

— Mais vous la lui avez refusée ?

— Oliver est stupide.

— Ah, euh, alors il pourrait tomber amoureux de Frances. Ce sont des âmes sœurs.

— Non, non, vous ne comprenez pas. Oliver est totalement stupide. Il gobe tout ce qu'on lui dit. Quand nous jouions à cache-cache, enfants, il croyait dur comme fer qu'il disparaîtrait en fermant les yeux. Il était persuadé que, puisqu'il ne voyait plus personne, personne ne le voyait non plus.

— Oui, mais il est grand, maintenant...

Jamie haussa un sourcil.

— L'année dernière, les rats s'introduisaient par un trou pour voler le grain d'une mangeoire. Il a fracassé la mangeoire et brûlé le grain.

— Mais pourquoi n'a-t-il pas juste rebouché le trou ?... Oh, je comprends ! (Elle prit une gorgée de bière.) Il serait peut-être intéressé par la dragonite, vous ne croyez pas ?

Jamie rit.

— Curieusement, ce n'est pas un si mauvais homme d'affaires. Quand il a décidé quelque chose, rien ne peut le faire changer d'avis, et inutile de faire appel aux bons sentiments, si je puis m'exprimer ainsi.

— Et il veut votre sœur.

— Il la veut depuis toujours et, le connaissant, il risque de mourir dans les mêmes dispositions.

— Sans avoir obtenu gain de cause, si je comprends bien.

— Aussi longtemps que je vivrai, il ne l'aura pas !

— Elle est très belle, n'est-ce pas ? D'après la chambrière de Teversham Manor, Frances arrivait seulement à la seconde place pour lui !

— Oui, Bérangère est belle. (Jamie sourit.) Henry Oliver prendra soin de Frances. Il n'est pas méchant pour deux sous. Mon frère, Edward, n'a cessé de lui jouer des tours pendables, mais jamais Oliver ne lui en a voulu. Il croyait même qu'Edward l'aimait bien.

— Pauvre Oliver ! Ce n'est pas parce qu'on s'intéresse à quelqu'un qu'on l'aime.

Elle poussa un soupir à fendre l'âme, espérant que Jamie allait protester de son amour et de sa sincérité.

Il se contenta de lui adresser un clin d'œil.

— Allez ! Il est temps de partir, annonça-t-il deux heures plus tard alors qu'elle finissait de croquer le dernier client de l'auberge.

— Partir ? Où donc ? demanda-t-elle en rangeant ses fusains.

— Henry aura emmené Frances sur ses terres et, comme nous sommes voisins, il ne me reste plus qu'à rentrer chez moi après vous avoir déposée chez ma tante. Et s'il vous plaît, Inès, ne discutez pas davantage ! L'affaire est entendue, de toute façon !

— On dirait, oui. Et inutile de faire appel à *vos* bons sentiments, je suppose ?

— Tout à fait inutile !

— Mais *pourquoi* ne puis-je pas vous accompagner ? Surtout maintenant que vous savez qu'il s'agit de Henry Oliver. Oh, s'il vous plaît, Jamie ! Je vous promets de ne pas vous causer d'ennuis.

— Si vous dormiez pendant tout le trajet, vous les attireriez tout de même. Ne me regardez pas ainsi, Inès ! D'ailleurs, il ne serait pas convenable que nous voyagions ensemble. Votre tuteur, Perkin Maidenhall, me fait confiance. C'était déjà bien assez pénible de partager la même chambre la nuit dernière.

— Maidenhall n'a pas de souci à se faire à ce sujet ! Il n'y a que Frances qui compte pour vous.

— Vous vous trompez complètement, ma

chère, répliqua Jamie en déposant un baiser sur sa paume. Si j'étais libre, je vous promets que je vous ferais perdre la tête. Aubergiste ! La note, s'il vous plaît !

Inès regarda Jamie avec de grands yeux.

— C'est vrai ? murmura-t-elle.

Mais Jamie était trop occupé à régler l'addition pour l'entendre ; elle chercha un moyen de le persuader de la garder auprès de lui.

Elle avait déjà utilisé en pure perte un bon nombre d'arguments — les larmes, les menaces, la persuasion...

Quand il voulut l'aider à monter en selle, elle comprit que les jeux étaient faits. Si elle ne trouvait aucune ruse à la minute, elle allait passer ses derniers jours de liberté auprès d'un vieux couple sûrement ennuyeux comme la pluie.

Debout à côté du cheval, elle poussa un gros soupir.

— Il n'y a aucun espoir que votre tante ait de jeunes enfants avec lesquels je pourrais jouer, je suppose ?

— Ils sont tous grands !

— Des petits-enfants, alors ?

— Non, répondit-il avec impatience en lui présentant ses mains jointes pour l'aider à se hisser sur le cheval. Tante Mary a six fils dont aucun n'est encore marié.

— Oh ? (Inès songea qu'en fin de compte sa visite chez tante Mary ne serait peut-être pas si ennuyeuse. Elle posa le pied sur les mains de Jamie, mais il resta immobile, une expression bizarre sur le visage.) Jamie ? Vous allez bien ?

— Vous venez avec moi, dit-il puis il la posa si brutalement sur la selle qu'elle faillit tomber de l'autre côté.

Inès eut vite fait d'additionner deux et deux.

— Non ! Je crois que vous avez raison. Il vaut mieux que j'aille chez votre tante.

Sans répondre, Jamie attrapa les rênes de son cheval et lui fit traverser la cour jusqu'à la route.

— Mais nous nous dirigeons vers le sud ! s'écria Inès au carrefour. Jamie, il faut que nous discutions. Vous écartez de mon chemin tous les hommes en âge de se marier. D'abord ce cher Lachlan, puis cet adorable Rhys, et maintenant vos propres cousins. Je crois que vous devriez m'emmener chez votre tante. Ce n'est pas correct que nous voyagions ensemble. Et, en plus, c'est l'occasion rêvée pour moi de rencontrer six Montgomery dans la force de l'âge ! Allez donc délivrer Frances et peut-être Maidenhall vous accordera-t-il sa main en récompense. Pendant ce temps, j'ai enfin une chance de me trouver un mari séduisant. Imaginez donc, Jamie, nous serions cousins !

Il arrêta sa monture et la fusilla du regard.

— Inès, si vous ne fermez pas votre jolie petite bouche, je vais vous vendre aux gitans. Et je vous donnerai à celui qui m'offrira le prix le plus bas !

Dès qu'il lui eut tourné le dos, Inès redressa les épaules d'un air triomphant et sourit, le visage levé vers le soleil.

21

Quatre heures plus tard, Inès regrettait amèrement que Jamie ne s'en soit pas tenu à son plan initial et ne l'ait pas laissée en sécurité quelque part. Il lui semblait qu'elle n'avait jamais quitté le dos du détestable animal tant ses jambes étaient raides et douloureuses.

Elle chevauchait à côté de Jamie au milieu d'une gigantesque forêt, et ils allaient trop vite pour parler. De toute façon, elle avait besoin de toute sa concentration pour se maintenir en selle. C'était une belle journée, et Inès mourait d'envie de s'arrêter pour manger le pain et le fromage qu'ils avaient achetés dans un village, mais Jamie avait refusé. L'endroit grouillait de bandits.

Inès écarquillait les yeux, tentant de percer les profondeurs glauques de part et d'autre. Jamie n'était pas à son aise et redoutait visiblement une mauvaise surprise.

Elle jetait un nouveau regard inquiet vers les frondaisons en poussant sa jument quand deux hommes jaillirent des bosquets et s'emparèrent des rênes de leurs montures.

— La bourse ou la vie ! s'écria le premier en la fixant avec un horrible sourire édenté.

Le deuxième larron, gigantesque et barbu, retenait le cheval de Jamie.

— Mais voilà un vrai gentilhomme ! s'écria-t-il en regardant son pourpoint de velours noir. Descendez !

— Ne nous faites pas de mal, s'il vous plaît,

implora Jamie. Nous vous donnerons tout ce que vous voudrez si vous nous relâchez.

A la vue du pistolet glissé dans la ceinture du bandit, une peur panique saisit soudain Inès et elle resta clouée sur place.

Jamie se laissa glisser lentement de sa selle et s'approcha d'elle, puis il lui tendit les bras pour l'aider à descendre à son tour.

— Ce cheval me plaît, déclara un troisième homme derrière eux. Je crois que je vais le prendre.

— Surtout ne dites rien ! lui chuchota Jamie avec un regard d'avertissement.

Avertissement superflu : elle était beaucoup trop effrayée pour ouvrir la bouche. Que feraient-ils si les bandits les abandonnaient sur la route après les avoir dépouillés ? Et s'ils décidaient de les tuer ? Elle devait absolument trouver une parade.

— Viens par là ! ordonna l'homme au pistolet en indiquant l'ombre des arbres. Et vide tes poches.

— Nous n'avons rien, déclara Jamie d'une voix apeurée. Nous ne parcourons qu'une petite distance. De grâce, ne nous faites pas de mal !

Inès en fut écœurée. Quel poltron ! Et même s'il avait peur, il n'aurait pas dû le montrer.

— Comment osez-vous nous attaquer ainsi ? protesta-t-elle d'une voix forte en carrant les épaules. Nous sommes en mission pour la reine et si vous osez seulement nous toucher, vous serez pendus, éviscérés et écartelés.

Elle eut la satisfaction de voir Jamie et les

trois bandits s'immobiliser et la fixer d'un air stupéfait. Maintenant, ils vont s'enfuir, songea-t-elle triomphalement.

Hélas... A l'évidence, ses paroles produisirent l'effet inverse. Alors qu'ils n'avaient pas fait attention à elle jusqu'à présent, le plus grand se précipita derrière son dos et passa un bras velu autour de sa taille et l'autre autour de son cou.

— Vous êtes en mission pour la reine, hein ? Jolie rançon en perspective, ma mignonne !

Inès posa sur Jamie un regard plein de terreur et elle vit un éclair de colère briller dans ses yeux.

— Nous ne connaissons pas vraiment la reine, souffla-t-elle, mais personne ne l'écouta.

— Vide tes poches ! ordonna l'homme au pistolet à Jamie. Et dépêche-toi avant qu'elle ne meure. Mais je vais d'abord en faire bon usage !

A sa honte, Inès sentit ses genoux se dérober.

— Je n'ai rien dans mes poches, annonça Jamie, et sa voix tremblait presque maintenant. Je vous en prie, ne lui faites pas de mal ! C'est une innocente et elle est sans valcur.

— Certaines parties de son anatomie en ont, de la valeur ! ricana l'homme en serrant Inès contre lui.

Son haleine fétide lui donna la nausée et elle sentit avec horreur sa main monter vers sa poitrine.

— Ma bourse est dans ma botte, s'empressa de dire Jamie, et je vous donnerai tout ce que vous voudrez si vous nous laissez la vie sauve.

L'homme au pistolet se mit à rire.

— J'aime ces gentilshommes d'apparat, avec leurs fanfreluches et leurs bourses pleines, mais qui n'ont rien dans l'estomac.

Inès, la mort dans l'âme, regarda Jamie se baisser. Il avait raison de céder, évidemment, mais il aurait pu montrer un peu plus de cran.

Tout se passa alors si vite qu'Inès n'y vit quasiment que du feu. Ce ne fut pas une bourse mais une dague que Jamie tira de sa botte. D'un rapide mouvement du poignet, il la lança droit sur Inès ! Elle n'eut pas le temps de s'écarter. Mais, Dieu merci, l'arme passa tout près de son visage sans la toucher.

L'instant d'après, Jamie tourbillonnait sur lui-même dans un éclair d'acier. Il portait toujours une épée au côté, mais comme tous les gentilshommes en faisaient autant, Inès n'avait jamais imaginé que c'était pour s'en servir. Pourtant, il venait de l'extraire de son fourreau et de transpercer l'homme au pistolet.

Les yeux écarquillés, Inès regarda l'homme fixer l'épée enfoncée dans son ventre jusqu'à la garde.

Le troisième larron prit la fuite. Inès ne bougea pas, car le deuxième la serrait toujours. Elle observa en silence Jamie retirer son épée du cadavre, en nettoyer la lame, puis la remettre dans son fourreau.

L'homme qui la tenait ne disait rien, lui non plus. Était-il aussi terrorisé qu'elle ?

Enfin, Jamie se dirigea vers elle sans s'occuper du bandit. A sa stupéfaction, il ôta la main de l'homme de sa taille.

Elle tourna la tête et s'aperçut que la dague

de Jamie était plantée dans sa gorge et qu'il était raide mort.

— Ne vous évanouissez pas, surtout ! dit Jamie. Nous devons filer en vitesse, au cas où ils auraient des complices.

Immobile, Inès continuait à fixer Jamie. Il lui sourit.

— Ne me regardez pas ainsi. Ils n'étaient que trois.

Jamais de sa vie elle n'avait imaginé pareilles prouesses. Il l'avait sauvée comme un prince de conte de fées...

— Accrochez-vous à moi, dit-il, amusé par son expression. Je crois que vos jambes vous font de nouveau défaut.

Comme il se penchait légèrement, Inès glissa un bras autour de son cou, puis l'autre et, sur une impulsion, plaquant ses lèvres sur les siennes, elle l'embrassa avec passion.

Après un long moment, il détacha les bras d'Inès de son cou et captura son regard.

— Inès, bredouilla-t-il en embrassant son menton et son nez, nous devons partir !

Quelques secondes plus tard, il était en selle et poussait la monture d'Inès au galop. Ils menèrent un train d'enfer et atteignirent la lisière de la forêt au coucher du soleil.

Enfin, l'auberge fut en vue. Jamie sauta à terre et vint aider Inès à descendre.

— Vous êtes livide, dit-il. Vous allez boire un remontant. (Il passa un bras autour de ses épaules pour la guider jusqu'à l'auberge.) C'est du passé, Inès. N'y pensez plus !

Il poussa la lourde porte en chêne et entra

dans la grande salle. Une femme accorte vint à leur rencontre.

— Mon Dieu ! s'exclama-t-elle. La jeune dame est blessée. Venez vite vous asseoir ! Je vais m'occuper de vous.

Inès tourna la tête et aperçut des traînées rougeâtres sur son épaule et son cou : le sang du bandit. Soudain, l'incident prit pour elle toute sa réalité. Elle s'évanouit dans les bras de Jamie.

22

Quand Inès se réveilla, Jamie était assis auprès d'elle sur son lit dans une chambre inconnue. Il faisait sombre — une seule chandelle brûlait dans un coin —, mais elle sentit que l'aube allait bientôt poindre. Elle avait dû dormir toute la nuit, et, à voir la mine de Jamie, il ne l'avait sans doute pas quittée.

Elle lui sourit et essaya de se redresser, mais il la repoussa sur le lit.

— C'est parti ? souffla-t-elle.

— Oui, acquiesça-t-il d'une voix douce, tout le sang est parti. Je l'ai enlevé moi-même. Et aussi de vos cheveux, ajouta-t-il en admirant la masse soyeuse déployée autour de son visage.

— Pourquoi me regardez-vous comme cela ? Vous avez honte de moi, c'est cela ? Je me suis toujours montrée odieuse avec vous depuis le début.

— En effet, dit-il en caressant les boucles éparpillées sur ses épaules. On ne peut plus odieuse. Avant que je vous rencontre, ma vie était si calme. Maintenant, plus rien ne tourne rond.

— Vous me taquinez, n'est-ce pas ?

— Pas du tout. (Il se pencha pour attraper un bol et une cuillère sur la table.) L'aubergiste vous a préparé un potage et je voudrais que vous l'avaliez.

Il porta délicatement une cuillère à sa bouche. Inès éclata de rire.

— Jamie, je ne suis pas invalide !

— Très bien ! dit-il en reposant le bol. Dans ce cas, je vais prendre mon petit déjeuner. A plus tard.

Elle comprit qu'elle l'avait froissé. Rejetant ses couvertures, elle sauta du lit puis, se tenant le front, elle se mit à tanguer sur ses jambes.

— Oh, je crois que je vais m'évanouir !

Comme Jamie ne se précipitait pas à son secours, elle ouvrit les yeux. Il affichait un sourire moqueur.

— Ne vous gênez pas, surtout ! Le lit est derrière vous.

Elle rit de bon cœur.

— Oh, Jamie, je meurs de faim ! Je ne veux pas de ce potage, j'avalerais volontiers un quartier de bœuf, deux poulets, un énorme pudding et...

Sa voix se brisa alors que les souvenirs de la veille l'assaillaient soudain, et elle se laissa tomber sur le lit.

— Vous les avez tués, chuchota-t-elle.

Il s'assit à côté d'elle et passa un bras autour de ses épaules.

— C'était le seul moyen. Je n'avais pas le choix.

— Je ne vous croyais pas capable d'en arriver à de pareilles extrémités, déclara-t-elle en se tournant vers lui. Vous êtes si gentil !

— Je suis quoi ?

— Vous êtes bienveillant avec tout le monde : Tode, Frances, vos hommes ! Tout le monde vous aime.

Jamie lui adressa un sourire éblouissant avant de se lever.

— Mais vous saviez pourtant que j'étais soldat ?

— Bien sûr, mais je croyais que cela consistait à parader à cheval dans un bel uniforme et...

Le rire tonitruant de Jamie l'empêcha de poursuivre.

— Habillez-vous pendant que je vais chaparder quelques provisions à la cuisine !

Hilare, il se dirigea vers la porte.

Inès le rattrapa par le bras.

— Personne ne s'était encore jamais occupé de moi ! Vous êtes le premier... Vous me faites porter de l'eau chaude pour mon bain, vous vérifiez que j'ai du papier pour peindre, vous prenez soin de Tode, vous me sauvez des bandits. Jamie ! s'exclama-t-elle en se mettant sur la pointe des pieds pour passer ses bras autour de son cou, je...

— Inès, de grâce, taisez-vous ! implora-t-il, et il y avait dans sa voix des accents désespérés.

S'il vous plaît, je ne pourrais pas le supporter... Vous ignorez ce que j'éprouve, le combat que je livre entre mon devoir et... et l'amour. Je ne dois pas oublier mes obligations vis-à-vis de ma famille. S'il vous plaît ! répéta-t-il avant de la prendre par les épaules et de l'écarter fermement de lui. Habillez-vous et descendez. Je vous attendrai dans la salle.

Et sur ces mots, il disparut. Inès se sentit un instant comme dépossédée, puis elle s'appuya contre la porte et sourit. Depuis ces dernières semaines, il lui semblait que Jamie emplissait toutes ses pensées.

Elle s'habilla rapidement, dégringola l'escalier et se ruait dans la cour à la recherche des commodités quand elle se trouva nez à nez avec Jamie qui fouillait dans les sacoches de sa selle.

— Vous ne pouviez pas supporter l'idée d'être séparée de moi deux minutes, hein ?

— En fait, vous êtes sur le chemin des...

Il rit.

— Il y a des perdrix pour le déjeuner !

— Mettez-m'en une douzaine de côté, cria-t-elle en fermant la porte.

Quand elle ressortit, Jamie farfouillait toujours dans ses affaires. Un objet tomba par terre et, sans réfléchir, elle le ramassa.

— Ma coiffe ! s'exclama-t-elle. La coiffe de ma mère ! Où l'avez-vous trouvée ? Je l'ai perdue dans...

Soudain, elle se rappela où elle l'avait laissée : dans la tente de Jamie, cette fameuse nuit.

Elle leva les yeux. Jamie avait peut-être oublié d'où elle venait.

La fureur meurtrière qu'elle lut dans ses yeux la détrompa immédiatement.

— Ne me regardez pas ainsi ! chuchota-t-elle, battant en retraite, la coiffe derrière son dos.

— Eh bien, Inès ? dit-il d'une voix vibrant de fureur contenue. A quoi jouiez-vous, cette fois-là ? Vouliez-vous savoir à quoi ça ressemblait de coucher avec un homme ? Comme on goûte deux ou trois gâteaux pour en connaître la saveur ?

— Je ne voulais pas que cela arrive ! se défendit-elle. Vraiment, ce n'était pas mon but. J'ai découvert la brèche qui vous avait permis d'entrer et j'ai pensé...

— Vous n'avez rien pensé du tout. Vous m'avez dupé et vous m'avez menti, tout comme vous avez menti à propos de la dragonite.

— Je ne vous ai pas menti. Je vous ai dit que j'étais vierge.

Il continuait à avancer vers elle, la forçant à reculer.

— Vous avez prétendu vous appeler Diane et être défigurée par la variole.

— J'avais peur que vous ne me battiez si vous me trouviez sous votre tente. C'est la seule chose qui m'est venue à l'esprit.

— Qui croyez-vous tromper avec vos mensonges ? Je vous ai laissé tout le temps de me dire qui vous étiez.

Inès était dos au mur.

— Je ne vous ai pas dupé. Je... je...

— Eh bien ? Parlez !

Elle le défia du regard.

— *Carpe diem*. J'étais là. Vous étiez là, et j'ai profité de cette occasion de faire une nouvelle expérience. Peut-être allais-je mourir le lendemain, peut-être mon père allait-il m'enfermer à vie... Pourquoi n'aurais-je pas saisi une chance qui ne se représenterait sans doute jamais ?

— Votre père est mort, vous l'avez oublié ? Recouvert de chaux dans une fosse commune... Mais mentir est une seconde nature chez vous, aussi ai-je du mal à me faire une opinion...

Il se détourna brusquement et mit la main sur ses yeux, comme s'il réfléchissait au parti qu'il allait prendre.

Inès savait combien il s'inquiétait des gens placés sous sa responsabilité. Elle savait aussi quel rôle jouait le sens de l'honneur dans sa vie.

— Je suis désolée. Vraiment désolée ! murmura-t-elle en lui prenant le bras. Oublions tout cela. Pour moi, c'est déjà du passé. Sans cette coiffe, vous n'auriez jamais rien su. Épousez votre héritière et...

Quand Jamie leva les yeux, son regard avait changé. Sans un mot, il se dirigea vers l'écurie, Inès sur ses talons.

— Jamie ? Jamie, dites quelque chose ! Promettez-moi que vous ne me détestez pas ! Et si c'est le cas, je vous jure que ce n'était pas délibéré.

— Selle ce cheval ! ordonna-t-il à un garçon qui traversait la cour en se frottant les yeux. Et dépêche-toi !

Inès remarqua que le cheval en question était le sien.

— Vous me renvoyez ? Seule ? gémit-elle. Oh, Jamie...

Elle se laissa tomber lourdement sur une caisse en bois.

Jamie lui lança un regard noir.

— Qu'ai-je donc fait pour que vous me croyiez capable de vous abandonner seule et sans défense ? (Sans attendre sa réponse, il se dirigea vers son propre cheval, jeta une selle sur son dos et le fit sortir de sa stalle.) Vous êtes prête ?

Il joignit les mains pour qu'elle puisse se hisser sur la selle.

— Je... J'imagine, bredouilla-t-elle, n'osant pas s'enquérir de leur destination.

Une demi-heure plus tard, Jamie fit halte devant un pimpant cottage entouré d'un ravissant jardin. Après lui avoir demandé de l'attendre, il disparut à l'intérieur et revint peu après.

— Suivez-moi ! ordonna-t-il.

Elle ne put qu'obtempérer en voyant un pasteur sortir du cottage et se diriger vers la vieille église en pierre.

Jamie s'immobilisa devant le porche et se tourna pour l'examiner. Il enleva une brindille de son col, remit ses cheveux en place et redressa sa coiffe.

— Vous êtes prête ?

— Prête à quoi ? cria-t-elle, au bord des larmes.

— Cette question! A m'épouser, bien sûr. Que pourrions-nous bien faire d'autre ici?

Et, sur ce, il franchit le portail. Incapable de le suivre, Inès s'effondra sur un banc en bois. Jamie eut tôt fait de réapparaître. Il lui prit la main.

— L'idée de m'épouser vous terrorise? Comme je vous comprends!

— Jamie, ne plaisantez pas! protesta-t-elle dans un murmure à peine audible. Sachez que je ne peux pas me marier avec vous.

— Inès, je ne renoncerai à vous épouser que si vous me haïssez. Ce n'est pas le cas, n'est-ce pas?

Elle l'observa tout en se remémorant les moments qu'elle avait passés auprès de lui, songeant à quel point il avait bouleversé sa vie. Peut-être était-elle tombée amoureuse de lui dès le premier jour et n'avait-elle menti sur son identité que pour avoir la certitude que c'était elle qu'il désirait, et non l'argent de son père.

— Je ne vous hais pas, en effet, répondit-elle en le fixant dans les yeux.

Il lui adressa un sourire ravageur.

— Moi non plus, alors allons-y! Le pasteur est impatient de prendre son petit déjeuner, et nous aussi.

Il voulut l'entraîner à sa suite. Comme elle ne bougeait pas, il se rassit à côté d'elle.

— Vous ne voulez pas m'épouser? Vous ne faisiez pas tant d'histoires pourtant il n'y a pas si longtemps! Vous paraissiez même prête à épouser le premier venu, si ma mémoire est bonne.

— Il ne s'agit pas de cela, mais de... Oh, Jamie, le problème, c'est l'argent !

— Ah, je vois ! riposta-t-il sèchement. Je ne suis pas assez riche pour vous. Dans ce cas, je retire ma proposition et je vous conjure de bien vouloir excuser ma présomption !

Au moment où il allait se lever, elle jeta les bras autour de lui et posa la tête contre son torse.

— Le problème, ce n'est pas votre manque de fortune, mais le fait que je n'ai pas un sou. Quand mon... mon tuteur apprendra que je me suis mariée sans son consentement, il me coupera les vivres.

— Simple supposition de votre part ! Si vous étiez sa fille, je comprendrais vos craintes, mais vous n'êtes que sa pupille. Je doute qu'il soit aussi sévère.

Elle s'écarta pour le regarder.

— Si j'étais sa fille, voudriez-vous toujours m'épouser ? chuchota-t-elle.

— Je demanderais sa permission, mais oui, avec ou sans, je serais bien forcé de vous épouser... Compte tenu des circonstances.

— Vous voulez dire à cause de...

— Parfaitement, chère quasi-épouse ! A cause de cette fameuse nuit sous la tente.

Autrement dit, il aurait épousé n'importe quelle femme déshonorée, et l'amour n'avait rien à voir dans l'affaire. Inès se renfrogna.

— Qu'est-ce qui vous tracasse encore ? demanda Jamie.

— Vous ne connaissez pas Perkin Maidenhall comme je le connais. L'argent donne un immense pouvoir. Il fera annuler notre mariage, puis il vous acculera à la banqueroute pour avoir osé vous emparer de ce qui lui appartient.

— Riche ou pas, il y a des lois dans ce pays ! Vous avez été enfermée toute votre vie, vous n'avez eu affaire qu'à des gens qui travaillaient pour lui, Inès. Même si Maidenhall est riche, il n'est pas aussi puissant que vous le pensez. Il ne pourra pas faire annuler notre mariage sans motif. Et qui sait ? Vous attendrez peut-être un enfant quand il apprendra notre union... Cela le retiendra, croyez-moi !

— Un enfant ?

Devant l'air stupéfait d'Inès, il éclata de rire.

— Ce sont des choses qui arrivent. Quoi d'autre ?

— Il vous acculera au désespoir, vous et votre famille, en vous arrachant tout ce que vous possédez.

— La perte ne sera pas bien grande !

— Oh, Jamie ! De quoi vivrez-vous ?

— Vivrons-nous ! rectifia-t-il. Nous habiterons chez mes cousins. Les Montgomery sont sympathiques bien qu'un peu bruyants, mais surtout ils sont riches et possèdent plus de demeures qu'ils ne peuvent en utiliser, aussi seront-ils ravis de m'en passer une ou deux.

— A cause de moi ! Vous y serez contraint à cause de moi ! Parce que je me suis glissée une nuit sous votre tente, vous devrez renoncer à votre domaine et supplier à genoux vos cousins de vous faire la charité.

Jamie lui sourit.

— Ce n'est pas si terrible ! assura-t-il, bien qu'il fût de son avis. Ce n'est pas comme si mes cousins avaient gagné leurs terres à la pointe de leur épée. Ils n'ont conquis aucun pays et leurs domaines ne sont pas venus récompenser leurs exploits, ils se sont contentés d'épouser des femmes riches. C'est un talent que nous partageons dans la famille.

— Vous excepté ! Vous voilà sur le point d'épouser une fille au visage grêlé que vous avez culbutée sous une tente.

— Depuis cette nuit-là, avoua-t-il en effleurant sa joue, cette fille me hante. Savez-vous que j'ai porté cette coiffe sur mon cœur pendant des jours et des jours ? Je l'avais le matin où vous m'avez attaqué, vous vous rappelez ?

— Lequel ? demanda-t-elle le plus sérieusement du monde.

Il rit.

— Le lendemain qui a suivi ma nuit avec Diane. Quand je me suis réveillé, seul, j'étais furieux. Je la prenais pour une fille destinée à la prostitution, mais elle avait quelque chose d'unique. J'ai trouvé la coiffe, écrit une lettre à ma famille et laissé de l'argent pour elle. Ensuite, cette coiffe contre mon cœur, je consultais les cartes quand vous m'avez attaqué pour je ne sais quelle raison.

— Vous refusiez que je vous accompagne.

— Ah, oui ! Je m'en souviens, maintenant. Ma vie serait bien différente si je vous avais laissée chez Maidenhall.

— Vous ne seriez pas forcé de m'épouser à l'heure qu'il est.

— Inès, personne ne m'y force ! Regardez autour de vous ! Voyez-vous quelqu'un me menacer de son épée ? Inès, écoutez-moi ! Je veux vous épouser. Je le veux ! Vous comprenez ?

Inès avait du mal à croire que quelqu'un voulût vraiment d'elle. Elle avait passé toute sa vie au milieu de gens payés pour être près d'elle. Et maintenant, Jamie l'épousait parce qu'elle lui avait donné sa virginité et qu'il se croyait obligé de réparer. Son honneur lui dictait de renoncer à ses espoirs d'épouser une héritière — ce qu'elle ne serait plus dès que son père apprendrait sa désobéissance. Jamie la détesterait-il quand il découvrirait sa véritable identité ?

Il emprisonna son menton dans sa main et la força à le regarder.

— Où est passé le fameux *Carpe diem* ?

— C'est cette devise qui m'a précipitée dans les ennuis !

— En effet, reconnut-il en riant, mais j'en suis heureux. Aussi je propose que nous continuions à vivre au jour le jour. Marions-nous, et si votre tuteur trouve le moyen d'annuler notre union, à Dieu vat ! déclara-t-il tout en songeant que seule la mort pourrait les séparer. Entretemps, nous profiterons l'un de l'autre. (Il baissa la voix :) Ou peut-être que je me trompe et que vous n'aimez pas faire l'amour avec moi ?

— Oh, Jamie ! protesta-t-elle en écarquillant les yeux, j'adore ça ! J'aime vous embrasser et vous toucher. Votre corps est si beau, et...

Il la fit taire d'un baiser.

— Je vais déjà avoir assez de mal comme ça à attendre la fin du service. Écoutez, si nous nous marions maintenant, nous pourrons passer la nuit ensemble. Sinon, c'est vous qui serez obligée de dormir par terre.

Elle leva les yeux vers lui. Il ne fallait pas qu'elle l'épouse, c'était une évidence. Son père n'hésiterait pas à faire annuler leur mariage. Mais elle doutait qu'il fasse du mal à Jamie ou à sa famille si elle acceptait de rejoindre l'homme qui avait payé pour l'épouser. Et, dans l'intervalle, elle serait la femme de Jamie... *Sa femme*, songea-t-elle, et elle tressaillit de bonheur.

Elle prit une profonde inspiration.

— Je déteste dormir par terre !

Il lui sourit.

— Dans ce cas, venez ! Le pasteur nous attend.

Il se leva et lui tendit la main. Elle la prit et il la serra très fort tandis qu'ils remontaient ensemble l'allée centrale.

23

Jamie observait en souriant Inès qui s'affairait dans la pièce, rangeant ses vêtements et remettant tout en ordre. Quel que soit l'endroit où elle se trouvait, elle semblait persuadée qu'il lui fallait se gagner le cœur des gens. Pas avec de l'argent, mais par des actes. Comme si elle devait se racheter de quelque chose.

Mais il avait beau l'observer, il ne voyait vraiment rien à lui reprocher. A chaque mouvement, ses hanches se balançaient et il pouvait discerner le contour de sa poitrine.

— Venez ici! fit-il d'une voix rauque.

— Mais, Jamie, il faut que j'enlève la boue de vos vêtements et je dois...

— Venez tout de suite!

Après leur mariage précipité, ils étaient retournés à l'auberge le temps de prendre leurs affaires et un poulet frit que Jamie avait coupé en deux pour qu'ils puissent le dévorer en route. Quelques heures plus tard, comme le soleil se couchait, ils s'étaient arrêtés dans une nouvelle auberge et Inès était allée s'occuper de leur dîner à la cuisine. Jamie n'avait pas été surpris quand l'aubergiste l'avait chassée des lieux parce qu'elle avait voulu lui faire adopter de meilleures méthodes de gestion.

Jamie repoussa les couvertures et lui tendit la main. Il était nu. Quand il s'était dévêtu, Inès s'était pudiquement détournée en rougissant d'une manière charmante.

Elle hésita.

— Venez, sauvageonne, ordonna-t-il d'un ton persuasif. Vous avez peur de moi? Vous m'avez balafré, brûlé, que sais-je encore? Je suis le même homme.

Inès ne faisait jamais rien à moitié, aussi courut-elle se jeter dans ses bras.

— Oh, Jamie, je suis terrorisée! J'ignore comment se comporte une épouse. Même une épouse temporaire. Vous avez connu tant de femmes qui étaient toutes folles de vous. Comment pourrais-je rivaliser avec des Françaises ou des dames de la cour ? Je ne suis qu'une fille de marchand, rien de plus. Je crois que c'est une tâche impossible.

Pendant qu'elle parlait, Jamie lui retirait adroitement ses vêtements tout en embrassant au passage chaque parcelle de peau qu'il dénudait.

— Mon Dieu, mais c'est délicieux, Jamie ! Vous avez connu beaucoup de femmes ?

Il sourit.

— Non, aucune ! Je suis un néophyte dans ce domaine, aussi n'hésitez pas à me guider.

— Menteur ! s'exclama-t-elle, paupières closes, tandis que la bouche de Jamie descendait le long de son bras.

— Pour ça, je suis à bonne école avec vous !

Jamie sourit, envoyant ses vêtements à travers la pièce.

Bientôt Inès ne parvint plus à aligner deux pensées cohérentes tandis que les lèvres de Jamie continuaient leur progression et que ses mains semblaient être partout à la fois.

— Montrez-moi comment vous rendre heureux ! souffla-t-elle.

— Vous ne cessez de me rendre heureux sans même vous en apercevoir.

Elle le croyait expert dans le domaine de l'amour, mais la vérité c'est qu'il n'avait jamais passé plus d'une nuit avec la même femme. Il ne voulait pas des complications qu'apportent immanquablement les liaisons, et les femmes expérimentées ne l'attiraient pas.

En tout cas, jamais il n'avait eu le temps de jouir d'une femme comme il le faisait maintenant de la sienne. Tout en explorant chaque parcelle de son corps, l'idée qu'il était le premier à la toucher l'émouvait au-delà de toute expression. Il était même séduit par le fait qu'elle avait grandi à l'écart du monde et des hommes, et cette possessivité toute nouvelle ne manquait pas de le surprendre.

Il la désirait tant qu'il la prit une première fois avec trop de hâte. La seconde fois, il procéda avec lenteur, titillant ses seins jusqu'à ce qu'il la sente se cambrer sous lui de la manière la plus provocante. Il continua de faire monter la tension, heureux de lui donner du plaisir. Quand elle se mit à lui mordiller le cou, il roula sur le dos en l'entraînant sur lui.

D'instinct, elle trouva son propre rythme. Paupières closes, elle rejeta la nuque en arrière.

Bientôt, elle accéléra ses mouvements et Jamie ne put plus se retenir. La faisant basculer sous lui, il la pénétra, laissant libre cours à la violence de son désir.

Quand il s'effondra sur elle, elle l'enlaça avec délices.

— Cela me plaît beaucoup, Jamie. Vous ne dormez pas, n'est-ce pas ?

Il tourna la tête en riant et l'embrassa.

— Nous allons voir qui, de nous deux, va implorer l'autre de le laisser dormir ! s'écria-t-il en lui caressant le ventre.

Bâillant à s'en décrocher la mâchoire, Inès tenta de se hisser sur son cheval. Ses yeux étaient si brouillés de sommeil qu'elle n'arrivait pas à viser l'étrier. Jamie vint à la rescousse. L'attrapant sous les fesses, il la propulsa en selle. Elle bâillait toujours quand il lui tendit les rênes.

Il se détourna pour dissimuler son sourire. En tant que soldat, il avait l'habitude de se battre des jours entiers sans dormir, mais ce n'était pas le cas d'Inès. Or, depuis deux nuits, il s'était assuré qu'elle ne ferme pas l'œil.

Pourtant, si elle tombait de fatigue durant la journée, s'endormant même à table, elle était aussi éveillée que lui quand ils poussaient la porte de leur chambre. Leurs vêtements volaient alors à travers la pièce, et ils se jetaient dans les bras l'un de l'autre.

Ils s'endormaient à l'aube dans les bras l'un de l'autre, mais le soleil et les bruits de l'auberge finissaient par les réveiller. Ils se séparaient à contrecœur, s'habillaient et descendaient déjeuner.

Mais leur lune de miel touchait à sa fin. Aujourd'hui, ils arriveraient chez Jamie et c'en serait fini de leur intimité.

Tout en chevauchant, Jamie jeta un coup d'œil dans sa direction et sourit en la voyant dodeliner sur sa selle. Il se pencha pour attraper les rênes. Elle dormait si profondément qu'elle ne les sentit même pas glisser de ses mains. Depuis quelque temps déjà, ils étaient sur les terres de ses cousins Montgomery. Sur sa gauche, des pâquerettes ondulaient sous la caresse du vent. Une sente tortueuse, à peine assez large pour le passage d'un cheval, grimpait à flanc de colline jusqu'à une charmante clairière. Un ancêtre y avait fait construire une petite maison en pierre. Le toit s'était effondré ainsi que tout un pan de mur, mais Bérangère affirmait autrefois que c'était le site le plus romantique du monde. N'était-ce pas le lieu idéal pour emmener sa jeune épousée ?

Inès dormait toujours quand il bifurqua sur le sentier et monta jusqu'à la clairière. Elle ne se réveilla pas davantage quand les chevaux s'immobilisèrent. Jamie la porta jusqu'à l'ombre de la ruine et s'assit en la serrant toujours dans ses bras.

Ni l'orage, ni la tempête, ni le roulement du canon n'avaient jamais empêché Jamie de dormir et ce n'était pas le poids d'une femme sur ses genoux ni le mur dur derrière son dos qui risquaient de le gêner. Nichant Inès au creux de ses bras, il s'assoupit immédiatement.

Quand il se réveilla, le soleil se couchait et la fraîcheur de la nuit les enveloppait déjà. Il étreignit Inès et regarda les pâquerettes.

— Vous pensez toujours que j'ai voulu tuer Frances en lui faisant respirer des pâquerettes ? murmura-t-elle.

— Je vous croyais endormie.

— A moitié. Jamie, ces derniers jours ont été les plus heureux de ma vie. Vous êtes si bon avec moi. Croyez-vous que votre famille va m'aimer ?

— Ils vous adoreront ! affirma-t-il avec assurance.

— Ne seront-ils pas déçus que vous n'ayez pas épousé l'héritière ?

— Ils vous aimeront comme vous êtes !

La tête enfouie contre son épaule, elle aurait voulu que cet instant dure toujours, mais Jamie en brisa la magie.

— Que me cachez-vous donc ? s'enquit-il doucement.

— Ri... rien, bafouilla-t-elle, prise au dépourvu.

Elle faillit se mettre à pleurer quand elle sentit Jamie se raidir.

— Vous partagez un secret avec Frances et Tode. Je le sens bien. J'ai surpris les regards que vous échangiez. J'ai vu la manière dont Frances vous a menacée.

— Menacée ? Que voulez-vous dire ?

Jamie voulut la chasser de ses genoux, mais elle s'accrocha à lui.

— S'il vous plaît, ne vous fâchez pas ! Je vous en prie, Jamie ! Je vous aime. Je vous aime tant ! Je vous aimais déjà quand vous me preniez encore pour Diane.

— J'ai su depuis le début que vous me mentiez. J'ignorais qui vous étiez cette nuit-là sous la tente, mais je savais que vous étiez unique, différente de toutes les femmes que j'avais connues jusque-là. J'aurais dû deviner qui vous étiez, car Diane, tout comme vous, vous êtes...

— Comment sommes-nous ? chuchota-t-elle, soudain consciente qu'il ne lui avait jamais dit qu'il l'aimait.

— Proches de moi, termina-t-il. Je ne sais pas comment l'expliquer. Je vous ai sentie proche depuis le premier jour, comme si vous étiez à moi. Pour répondre à votre question, non, je ne crois pas que vous ayez voulu tuer Frances. Je ne l'ai jamais pensé. Je sais que j'ai affirmé le contraire, mais, en vérité, c'est parce que je me sentais trahi. (Il se tourna vers elle et, posant ses mains sur ses bras, il la regarda dans les yeux.) Vous n'avez aucune idée de ce que j'ai ressenti dès notre première rencontre, poursuivit-il. J'ai sauté par-dessus le mur et je me suis glissé jusqu'à la haie. Je suis resté là pendant un long moment à vous regarder dessiner. C'était extraordinaire de vous voir faire apparaître un visage sur le papier avec un tel talent, une telle précision dans le geste. J'ai bien dû rester une heure.

Elle fut surprise car elle ignorait complètement qu'il l'avait observée. Il lâcha son bras et caressa sa joue.

— Je ne sais pas comment vous faire comprendre. J'ai eu le brusque sentiment d'avoir rencontré une femme qui serait à même de partager ma vie. J'ai senti que si je vous parlais de mon père et de mon frère, de Bérangère ou même de Joby, vous me comprendriez. J'étais sûr que je pouvais aborder n'importe quel sujet avec vous... (Il plongea son regard dans le sien.) Je n'avais encore jamais éprouvé une telle confiance envers quelqu'un, ni envers Rhys ou Thomas, ni envers ma famille. Je leur dis seulement une partie de la vérité, uniquement ce que je veux qu'ils sachent. Mais, vous, j'ai su que je pouvais vous faire une totale confiance.

— C'est vrai, Jamie, vous pouvez me faire confiance ! chuchota-t-elle. Je préférerais mourir que vous trahir.

— Me trahir ? Mais qu'ai-je donc ressenti le jour où vous m'avez menti au sujet des pâquerettes ?

— J'ignorais...

— Je sais bien que vous n'avez jamais tenté de tuer qui que ce soit, mais j'ai éprouvé un tel sentiment de trahison ! Vous étiez déjà si importante pour moi, et... (Il laissa tomber ses mains et se détourna.) Et c'est ce que je ressens maintenant. Inès, vous me trahissez.

— Aucun homme ne m'a jamais touchée. Vous êtes le seul !

— Ne tentez pas de jouer au plus fin avec moi ! dit-il avec un regard sévère. Quel est ce secret que vous me cachez ?

— Je...

Elle aurait voulu lui dire la vérité, mais, si elle le faisait, cela écourterait le peu de temps qui leur restait à passer ensemble. S'il apprenait son identité, il la renverrait à son père.

— Je vois que vous n'avez pas l'intention de m'honorer de votre confiance.

— Ce n'est rien du tout, Jamie. Juste des secrets puérils sans importance...

Jamie se leva et se dirigea vers son cheval. Elle se précipita à sa suite et lui agrippa le bras.

— Ne pouvez-vous donc m'accepter comme je suis ?

— Avec vos mensonges ?

— Non, bien sûr que non ! Je veux dire... Je

ne suis ni plus ni moins que ce que je suis, et je n'ai jamais eu l'intention de vous blesser, ni vous ni personne. Je vous demande seulement de m'accepter telle que je suis, rien de plus.

— Et moi, je vous demande de me faire confiance, s'obstina-t-il en l'implorant du regard. Inès, je vous en prie, dites-moi ce qui se dresse entre nous ! Vous vivez chaque jour comme si c'était le dernier. Pourquoi ? Quel destin vous guette ? Êtes-vous malade, sur le point de mourir ? J'en doute fort. Vous parlez toujours de notre mariage comme d'une chose provisoire, mais je ne vois pas pourquoi votre tuteur s'opposerait à ce que la fille d'un marchand épouse un pair du royaume. Inès, de grâce ! Dites-moi ce qui vous hante. Qu'est-ce qui vous fait si peur ?

— Je ne peux pas, murmura-t-elle. Je vous en prie, je ne peux pas ! Mon ambition s'arrête au jour présent. Je ne demande pas davantage. Cela prendra fin bien assez tôt, alors ne précipitez pas les choses !

Jamie la relâcha et se passa la main sur les yeux.

— Très bien, agissez comme vous l'entendez. Ne me dites rien ; ne me faites pas confiance.

— Mais je *vous* fais confiance !

— Montez en selle. Nous sommes presque arrivés.

Elle sentit les larmes lui monter aux yeux devant la froideur de son ton. Elle lui tourna le dos et, pour la première fois, se mit en selle sans son aide.

24

Inès tournait et retournait la même question dans son esprit : devait-elle lui avouer la vérité ou non ? Peut-être lui pardonnerait-il, peut-être...

En début de soirée, ils firent halte au bord de la route pour se reposer et, à son expression, elle comprit que Jamie était toujours en colère contre elle. Il la regarda à peine en lui tendant du pain et du fromage, et elle chercha désespérément quelque chose à dire.

— Vous ne m'avez pas raconté ce qui s'était passé avec les chariots Maidenhall.

Jamie sourit.

— Vous auriez dû voir Smith. Déguisé en femme, il était absolument monstrueux !

— Je regrette d'avoir manqué cela, déclara-t-elle en lui coulant un regard entre ses cils. D'autant que l'héritière est si belle !

Il ne parut pas l'avoir entendue.

— Les mains de Smith pendaient comme des battoirs sur sa robe, et on aurait pu s'abriter de la pluie sous son nez... Eh bien, figurez-vous qu'il m'a montré une boîte pleine de propositions de mariage et de lettres d'amour. Et il lui est arrivé des tas d'aventures incroyables.

Inès s'étouffa avec le fromage. Si Jamie n'avait pas insisté pour qu'elle voyage incognito, c'est elle qui en aurait fait les frais.

— Par exemple ?

— Des propositions de mariage par centaines, des demandes d'argent, des appels. Une femme était convaincue que l'héritière pourrait guérir son enfant seulement en lui imposant les mains, aussi a-t-elle suivi la caravane trois jours durant avec le malheureux en larmes dans ses bras.

— Qu'a fait Smith ?

— Smith a cédé et a tenu l'enfant une demi-heure, mais ensuite... (il lui jeta un coup d'œil) ensuite l'enfant est mort et la femme a maudit Smith et lui a craché à la figure en prétendant que c'était son manque de générosité qui avait tué l'enfant, que l'héritière Maidenhall possédait des biens immenses mais était trop égoïste pour partager ne serait-ce que pour sauver la vie d'un enfant.

— Mais cela n'a pas de sens. Le fait d'être riche ne lui donne aucun pouvoir spécial, dit Inès, qui était payée pour le savoir.

— Tout à fait ! Et c'est pourquoi je suis heureux de ne pas l'avoir épousée.

— Vraiment ?

— Je sais que vous vous êtes mis martel en tête à ce sujet, mais c'était une idée de ma famille. Je ne veux pas qu'on se souvienne de moi comme de l'homme qui a épousé l'héritière Maidenhall. Une telle union ne m'aurait apporté que des responsabilités. Vous voyez, annonça-t-il avec un sourire encore plus éclatant, je préfère vous épouser, vous plutôt que l'héritière.

Inès déglutit avec difficulté.

— Mais vous risquez de changer d'avis si

Maidenhall vous accorde la main de sa fille. Vous regretterez alors de m'avoir épousée.

Devant l'air consterné d'Inès, Jamie rejeta la tête en arrière et éclata de rire. Puis il ouvrit une sacoche et en retira une feuille de papier pliée en quatre.

— Je n'ai jamais envoyé la lettre.

Inès manqua s'étouffer.

— La lettre à Perkin Maidenhall ? Vous ne l'avez jamais envoyée ? Mais Frances a...

Il se pencha pour embrasser sa joue.

— Frances n'est pas très intelligente, n'est-ce pas ? Quand elle a insisté pour que j'envoie ma lettre avec la sienne, j'ai été pris de soupçons et j'ai prétendu l'avoir déjà fait partir pour voir sa réaction. Comme je le craignais, elle était horrifiée. Je ne crois pas qu'elle ait jamais eu l'intention de m'épouser. Je la soupçonne d'avoir joué ce jeu seulement pour vous rendre jalouse. Qu'en pensez-vous ?

Inès jeta ses bras autour du cou de Jamie.

— Je me moque comme d'une guigne des intentions de Frances ! Oh, Jamie, comprenez-vous ce que cela signifie ? Cela signifie que nous avons davantage de temps devant nous. Davantage de temps ! Un cadeau qu'aucune richesse n'aurait pu acheter ! Jamie, je vous aime tant !

Jamie, surpris de sa réaction, se pencha pour l'embrasser. Et soudain, la passion fut plus forte que la raison. De hautes haies bordaient la route et il l'entraîna derrière comme s'il était un voleur intéressé par ses bijoux — ce qu'il était peut-être.

Leurs vêtements volèrent, leurs bouches se cherchèrent, leurs mains s'agrippèrent. Ils atteignirent ensemble l'extase et s'effondrèrent l'un contre l'autre. Inès caressa les cheveux de Jamie en songeant combien elle l'aimait et combien elle était heureuse du délai qui lui était accordé.

— Quoi qu'il arrive, Jamie, rappelez-vous que je vous aime, chuchota-t-elle. Je vous aime de tout mon cœur, même si...

— Même si?

— Même si je suis mariée à un autre, dit-elle d'un ton qui se voulait léger.

Mais Jamie ne rit pas.

— Vous m'appartenez! A moi et à personne d'autre!

— Oui, je vous appartiendrai toujours, quoi qu'il arrive.

Il attendit, espérant qu'elle en dirait plus. De nouveau dépité par son silence et son manque de confiance, il précipita leur départ.

— Parlez-moi de votre famille, demanda Inès pour faire diversion comme il l'aidait à se mettre en selle. Je sais que vous avez unc sœur jumelle. Est-elle aussi laide que vous?

Il sourit.

— Par je ne sais quel mystère, il se trouve que Bérangère est ravissante même si elle est aveu...

Il s'interrompit juste au moment où il allait sauter en selle et l'observa. Se rappelant combien elle aimait Tode, il comprit qu'il n'avait pas de crainte à avoir sur l'opinion qu'elle se ferait de Bérangère ou de Joby. Inès ne jugeait pas les gens sur leur apparence mais sur ce qu'ils étaient vraiment. A cette pensée, ses yeux se remplirent d'amour.

— Croyez-vous qu'ils vont m'aimer? insista-t-elle. Ne seront-ils pas déçus que vous ayez épousé une simple fille de marchand?

— Certainement pas! J'ai envoyé un messager pour les prévenir et elles se préparent à vous accueillir avec joie. Vous verrez. Dans quelques jours, elles vous adoreront.

Et, sur ces mots, il éperonna sa monture.

Inès le suivit sans partager entièrement sa confiance. Jamie était aussi romantique qu'elle était pratique et, à la place de ses sœurs, elle n'était pas sûre qu'elle lui aurait réservé un accueil très chaleureux. Mais peut-être étaient-elles romantiques, elles aussi...

Inès n'était pas préparée à la pauvreté de la demeure de Jamie. C'était un vieux château délabré, sans doute auréolé d'histoire. Mais il aurait mieux valu moins d'histoire et un toit neuf. Avec son œil auquel rien n'échappait, elle calculait les sommes qu'il faudrait investir pour le remettre en état. Un véritable gouffre! Rien qu'à imaginer le froid qu'il devait faire en hiver, elle se sentit frissonner.

Elle se rapprocha de Jamie pour s'enquérir des terres qu'il possédait encore et fut surprise d'apprendre qu'il ne lui restait pas plus de deux hectares, même pas de quoi engranger une récolte. Peut-être pourrait-on planter un verger. Elle ferait du cidre et, avec les années... A quoi bon faire des projets? Elle ne serait bientôt plus là, se rappela-t-elle.

— Est-ce si catastrophique? s'enquit Jamie en l'observant, et elle le sentit terriblement désireux de lui faire partager son amour pour sa maison.

— Pas du tout! protesta-t-elle en se forçant à sourire. Cela n'a rien de dramatique.

— Est-ce que vous ne mentez plus aussi bien ou suis-je devenu plus expert à vous percer à jour?

Elle rit.

— Je crois que j'arriverai à en tirer quelque chose, déclara-t-elle en évaluant la maçonnerie lézardée.

Jamie rit à son tour, puis il se pencha pour déposer un baiser sur sa joue.

— Je n'ai aucun doute là-dessus, chère petite épouse. Je compte bien qu'à la même époque l'année prochaine vous en aurez triplé la valeur!

— Cela me vaudra bien un sou alors, marmonna-t-elle en arrachant de nouveau un éclat de rire à Jamie.

— Mes sœurs vont vous adorer!

— Et votre mère?

— Elle... Eh bien, j'avais l'intention de vous parler d'elle. Elle est... euh...

Mais Jamie n'eut pas à chercher ses mots pour expliquer à Inès que sa mère avait la mentalité d'une enfant et que chaque jour elle sombrait un peu plus dans la folie. Une flèche traversa l'air et vint se planter juste devant lui, faisant se cabrer sa monture.

Rassurant Inès d'un sourire, il sauta à terre, arracha la flèche du sol et déroula le message qui y était attaché. Comme il s'en doutait, il émanait d'Oliver, et un pli barra aussitôt son front.

— Il n'a pas blessé Frances, n'est-ce pas? demanda Inès avec effroi comme il l'aidait à descendre de cheval.

— Non, mais... (Sa mine s'assombrit.) Je dois partir sur-le-champ! Je suis désolé, mais il faut que vous alliez trouver mes sœurs sans moi. Je vous rejoindrai plus tard.

— Je vous accompagne...

— Il n'en est pas question!

— Très bien. (Inès prit une bourse en cuir dans une de ses sacoches de selle.) Elle contient des plantes pour Frances. Tâchez de la lui donner. Elle n'a jamais été capable de prendre soin d'elle-même. Il y a une infusion contre le rhume, un emplâtre si elle tousse. J'ai mis aussi des plantes qu'elle prend quand elle a des insomnies ainsi que...

Jamie sourit et l'embrassa.

— Je m'occuperai de sa santé et je vous la ramènerai saine et sauve. Maintenant, allez chez moi et restez-y jusqu'à mon retour. (Il l'attira brutalement contre lui et prit ses lèvres avec violence.) Attendez-moi! cria-t-il.

Elle eut juste le temps d'acquiescer d'un signe de tête avant qu'il n'enfourche sa monture et ne s'éloigne au grand galop dans un nuage de poussière.

Immobile, elle le suivit des yeux jusqu'à ce qu'il ne fût plus qu'un point minuscule à l'horizon, puis se tourna vers le château. Avec Jamie à ses côtés, il ne lui avait pas paru trop sinistre, mais maintenant que des nuages noirs voilaient le soleil et qu'une brise froide s'était levée, elle se sentit frissonner. Un orage couvait, songea-t-elle en observant le ciel. Puis elle reporta son regard sur le vieux château délabré et devina que, derrière ses murs, la tempête risquait aussi de se déchaîner bientôt. Il lui semblait percevoir des ondes hostiles. Bah, conclut-elle, elle devait se faire des idées. Pourquoi la famille de Jamie la détesterait-elle ?

25

— Joby, murmura Bérangère, nous avons très mal agi.

— Ne recommence pas ! protesta Joby en réprimant sa fureur à grand-peine. Je ne l'aime pas et je ne lui fais aucune confiance.

— Cela, personne ne risque de l'ignorer !

Joby ne se laisserait pas influencer. Elle avait percé cette fille à jour avant même de la rencontrer et, depuis dix jours qu'elle s'était installée, Joby ne voyait aucune raison de changer d'opinion.

— Comment peux-tu, après avoir été témoin de ses manigances pour emporter la place, continuer à avoir de la sympathie pour elle ?

— Oh, Joby, qu'est-ce qui t'a rendue si dure ? Ne crois-tu pas que ce tas de pierres branlant a bien besoin d'une main ferme ? Après tout, elle n'a fait que rouler ses manches et tenter de nettoyer la cuisine.

— C'est une question de principe et de pouvoir. Tu es sûrement capable de voir cela.

— A défaut de voir autre chose, tu veux dire ?

— Et maintenant, elle nous a entraînées dans la bataille !

— Ce n'est pas *elle* qui nous a entraînées, c'est *toi*. Voyons, Joby, tout a commencé avec cet idiot de Henry Oliver. Pourquoi t'ai-je donc permis de le mêler à cette affaire ?

— Il fallait bien que quelqu'un fasse quelque chose. Je ne pouvais tout de même pas laisser notre imbécile de frère...

Elle laissa sa phrase en suspens car, justement, ce qu'elle voulait éviter était arrivé. Elles avaient imaginé d'envoyer Oliver enlever l'héritière Maindenhall pour forcer Jamie à se précipiter à sa poursuite, à la sauver et à tomber amoureux d'elle. Mais, comme d'habitude, Oliver avait tout fait de travers. Non seulement il avait improvisé un message de son cru au lieu d'utiliser celui de Joby, mais il avait encore trouvé le moyen de blesser Rhys à la jambe.

Tout avait mal tourné pour quelque inexplicable raison. Jamie avait emmené cette fille avec lui en partant à la recherche de l'héritière et l'avait épousée en cours de route. Et maintenant, cet âne bâté d'Oliver refusait de libérer l'héritière tant que Bérangère n'accepterait pas de l'épouser. Et cela faisait des jours que Jamie essayait de faire entendre raison à Oliver tandis que sa nouvelle épouse s'efforçait de son mieux de bouleverser leur vie.

La veille, cependant, Joby avait arrêté net les manigances de cette Inès en lui expliquant le mal qu'elle avait fait au pauvre Jamie. Elle avait raconté comment les villageois avaient donné jusqu'à leur dernier sou pour constituer à son frère une garde-robe digne d'une héritière.

— Et il l'aurait épousée si vous ne vous en étiez pas mêlée, avait conclu Joby avec hargne. Et maintenant, nous avons perdu toute chance de retrouver un peu d'aisance. Croyez-vous que d'être appelée *lady* Inès vous tiendra chaud et vous nourrira cet hiver?

Devant tant de venin, Inès avait reculé en murmurant :

— Je suis désolée. Pardonnez-moi, je vous en prie!

Puis, tournant les talons, elle avait grimpé l'escalier quatre à quatre jusqu'à la chambre de Jamie et s'y était enfermée. Depuis, elle n'en était pas ressortie.

Et voilà que les deux sœurs étaient seules dans le grand hall du premier étage, l'une prise de remords devant ce qu'elle avait laissé faire à l'autre. Jusque-là, elles partageaient la même opinion sur Inès, mais, depuis son arrivée, Bérangère avait changé d'avis.

— Si je pouvais seulement les voir ensemble! dit-elle. Je saurais si Jamie aime Inès ou non.

Mais Joby était convaincue que leur superbe frère ne pouvait être amoureux d'une créature aussi insignifiante qu'Inès. Non, vraiment elle n'avait pas la stature d'une lady !

— C'est fait, déclara Bérangère, et nous ne pouvons rien changer au fait qu'il l'a épousée.

— Mais je veux qu'elle comprenne ce que nous coûtent ses manigances.

— Qu'est-ce que c'était ? s'enquit Bérangère, la tête légèrement penchée, attentive aux bruits qui venaient de l'extérieur.

— Je n'ai rien entendu.

— Chut, écoute ! Je viens de l'entendre à nouveau.

Joby alla à la fenêtre pour jeter un coup d'œil dans le jardin. La colère la saisit quand elle vit l'intrigante qui avait réduit leurs plans à néant assise auprès de leur mère.

— Là ! s'exclama Bérangère. Qu'est-ce que c'était ?

Joby mit un moment à croire à ce qu'elle voyait.

— Cette fille écrit quelque chose et le montre à mère et elle... Mère rit, termina-t-elle avec incrédulité.

— Je descends ! s'écria Bérangère.

— Ne passe pas à l'ennemi !

— Tais-toi, de grâce ! maugréa Bérangère en gagnant la porte, Joby sur ses talons.

Une fois dans le jardin, elles se dissimulèrent derrière un treillage recouvert de roses.

— Qu'écrit-elle ? Pourquoi mère rit-elle ?

— Attends, chuchota Joby en regagnant l'intérieur du château.

Quelques instants plus tard, un petit marmiton vint chercher Inès qui le suivit dans la cuisine. Joby en profita pour attraper les feuilles qui étaient sur le banc. Comme d'habitude, leur mère les ignora. Elle vivait dans son monde, et ne permettait à personne d'y pénétrer. Du moins, jusqu'à aujourd'hui.

— Qu'est-ce que c'est ? demanda Bérangère.

— Des portraits de Jamie, répondit Joby d'une voix étonnée.

— Et alors ? reprit Bérangère avec impatience. Pourquoi font-ils rire mère aux larmes ?

En les examinant l'un après l'autre, Joby ne put retenir un sourire.

— Voilà Jamie tel que nous le connaissons ! Sur celui-ci, il sort son épée et menace les villageois pour sauver Inès de marchands à la mine cupide. Et celui-là...

Elle éclata de rire.

— Dis-moi ! Qu'y a-t-il donc sur celui-là ?

— Jamie fixe un chariot d'un air furieux. Il est représenté sur l'un des panneaux en train de combattre un lion. Et là, il a l'air perplexe tandis que deux femmes se querellent. L'une est Inès et l'autre une ravissante inconnue.

— Ce doit être l'héritière ! Qu'y a-t-il d'autre ?

— Ici, Jamie frictionne un homme dont les jambes sont difformes, mais le reste de son corps est bien proportionné et on ne voit qu'une moitié de son visage qui est très beau. Et celui-ci représente Jamie couché dans un champ de fleurs. (Joby baissa la voix.) Et il a une expression... je ne l'ai jamais vu avec une expression pareille.

— Décris-la-moi ! commanda sa sœur.

— Il a l'air idiot.

Joby n'en pensait pas un mot. Elle avait tout de suite compris que Jamie avait tout simplement l'air amoureux.

— M'avez-vous suffisamment espionnée? demanda Inès dans le dos de Joby. Avez-vous fini de vous moquer de moi?

— Je ne vous espionnais pas. J'étais seulement en train de...

— De? insista Inès, les mains sur les hanches, et comme Joby ne répondait rien, elle rassembla ses dessins. Vous m'avez parfaitement fait comprendre que vous ne vouliez pas de moi ici, et je n'ai aucune intention de m'incruster. Vous n'avez pas de souci à vous faire à ce sujet. Maintenant, si vous voulez bien m'excuser, je...

Elle s'interrompit car la mère de Jamie s'était mise à pleurer, le visage enfoui dans ses mains. Inès s'assit aussitôt à ses côtés et lui entoura les épaules de son bras.

— Regardez ce que vous avez fait! s'exclama-t-elle en essayant de calmer la vieille dame. Ne pleurez plus, je vous en dessinerai d'autres. Que diriez-vous de Jamie en tueur de dragons?

Joby et Bérangère restèrent sans voix. Elles n'avaient jamais vu leur mère manifester la moindre émotion depuis des années...

Inès se remit à dessiner en décrivant en détail chaque coup de crayon. Joby mit un moment à comprendre que si Inès dessinait pour leur mère, ses explications étaient destinées à Bérangère. Elle observa alors sa sœur et remarqua combien son visage était animé. Elle s'abandonna à la jalousie. Bérangère était à elle, à elle seule !

— Bérangère arrive à sentir le dragon, déclara leur mère.

C'était si rare de l'entendre énoncer une phrase cohérente !

— Mais oui, confirma Bérangère en riant. Je le sens. Il a des écailles vertes qui changent de couleur au soleil. Je sens aussi son haleine qui empeste la cendre. Jamie est inquiet et effrayé, mais son honneur l'empêche de fuir. Je sens aussi sa vaillance.

Inès s'arrêta de dessiner et regarda Bérangère.

— Vous arrivez réellement à sentir les choses ? Mieux que les autres ?

— Bérangère est seulement aveugle, déclara Joby sans laisser à sa sœur le temps de parler, tous ses autres sens sont intacts. Ce n'est pas un phénomène de foire.

— Ni moi non plus ! répliqua Inès sur le même ton désagréable.

Cet échange fascina Bérangère. Personne n'avait encore jamais osé rembarrer Joby qui était devenue une véritable terreur pour tous ceux qui ne faisaient pas partie de sa famille.

— Est-ce par ruse que vous avez réussi à contraindre mon frère à vous épouser ? interrogea Joby, nullement désarçonnée par la riposte.

— Quoi d'autre ? J'ai enfilé ma robe la plus moulante et j'ai joué de mes charmes pour le prendre au piège. Quel excellent parti, n'est-ce pas ? Pas un sou et trois femmes à charge ! Évidemment, il y a sa beauté, ce qui met certainement du beurre dans les épinards. Dites-moi, comment faites-vous pour survivre à l'hiver ? Je n'ai jamais vu une cuisine aussi mal gérée que la vôtre. Et quant à ces arbres, regardez-les ! Ils n'ont pas été taillés depuis dix bonnes années et ils pourraient donner le double de fruits. Et ces fleurs, quelle perte de place ! Quand on a si peu de terre, il faut l'utiliser à bon escient. Plantez des fèves ou des oignons, plutôt !

Joby mit un moment à reprendre son souffle.

— Les fleurs sont pour Bérangère. Il se trouve qu'elle les aime. Sa vie n'est pas si gaie ! Je suis heureuse qu'elle puisse au moins respirer leur parfum.

— Sapristi, mais votre sœur est seulement aveugle, elle n'a pas d'autre infirmité, que je sache ! Elle appréciera davantage l'odeur d'un bon porridge en hiver que toutes les roses du monde cet été.

— Comment osez-vous...

Le rire de Bérangère l'interrompit.

— Joby, on dirait que tu as trouvé ton maître. Je...

Elle tendit l'oreille. Quelqu'un approchait. Avec un coup d'œil satisfait à Inès pour bien montrer qu'elle comprenait sa sœur à demi-mot, Joby s'élança vers les grilles. Bérangère reconnaissait le pas de tous les habitants du château et elle était la première à déceler l'arrivée d'un étranger.

— Quelle gamine odieuse ! s'exclama Inès dès que Joby eut disparu.

Bérangère ne put retenir un sourire.

— Je suis désolée...

Inès aurait bien voulu avouer la vérité mais l'idée d'être aimée pour son argent après avoir été détestée pour sa pauvreté la révoltait. Et d'ailleurs, son père n'avait pas dit son dernier mot.

Désireuse de ne pas laisser sa sœur en tête à tête avec l'usurpatrice, Joby fut bientôt de retour.

— Un message de Jamie, annonça-t-elle. Il doit encore rester là-bas. Oliver ne veut pas relâcher l'héritière.

— C'est tout ce qu'il dit ? demanda Inès, se détestant pour ce manque d'orgueil.

Elle souffrait terriblement de l'absence de Jamie.

— Oui ! répondit triomphalement Joby en tendant la lettre à sa sœur.

Inès remarqua que Bérangère passait la main sur le billet.

— Il ment, déclara soudain Bérangère. Jamie est en danger. Il a besoin de nous.

— Je vais tout de suite faire prévenir nos cousins Montgomery, commença Joby. Et nous...

Inès restait silencieuse tout en réfléchissant aux étranges facultés de Bérangère. Elle devinait l'état d'esprit de l'auteur du message au moment où il l'avait écrit. C'était stupéfiant !

— Savez-vous ce que pourrait vous rapporter un pareil talent ? murmura-t-elle.

— Les talents de Bérangère ne sont pas à vendre ! glapit Joby en pivotant vers Inès. C'est répugnant d'imaginer Bérangère assise dans une baraque de forains à dire la bonne aventure en tenant la main des gens.

— Vous pouvez faire cela aussi ? s'étonna Inès en écarquillant les yeux.

Bérangère resta un long moment à plisser les yeux en silence pendant que Joby expliquait avec dédain qu'elles n'appartenaient pas à la classe des marchands et qu'elles ne gagneraient jamais leur vie d'une façon aussi méprisable.

N'en pouvant plus, Bérangère finit par lui couper la parole :

— Mais, Joby, nous avons besoin d'argent ! Nous avons bien essayé de monnayer la beauté de notre frère. Où est la différence ?

Joby se tourna vers sa sœur avec le sentiment d'avoir été trahie, et une expression horrifiée se peignit sur son visage.

— Ce n'est pas du tout la même chose !

Poussant un soupir, Bérangère décida d'en rester là. Pourtant, l'idée d'Inès la séduisait. Quel bonheur ce serait de ne plus être un fardeau pour sa famille !

26

Le regard d'Inès passait d'une de ses belles-sœurs à l'autre. Depuis son arrivée, la plus jeune s'était démenée pour transformer sa vie en enfer.

Et Inès s'était raccrochée à l'idée du prochain retour de Jamie. Il saurait mettre ses sœurs au pas. Et voilà que ce retour semblait différé puisqu'elles étaient prêtes à faire appel à leurs illustres cousins pour tirer Jamie d'affaire. En attendant, il était peut-être en danger, enfermé dans un donjon où il mourait de faim. Et qui prenait soin de Frances ?

Soudain, elle redressa la tête en même temps que Bérangère. Quelqu'un venait d'arriver, mais, cette fois-ci, c'était Inès qui reconnaissait son pas. Sans un regard à sa belle-famille, elle releva ses jupes et se mit à courir.

Tode avait à peine atteint la grille du vieux château qu'elle se précipita à sa rencontre, les bras grands ouverts. Il la souleva de terre et la serra contre lui. Des larmes de joie inondèrent les joues d'Inès.

— Comme tu m'as manqué ! s'écria-t-elle. Je n'ai pas cessé de penser à toi.

Il rit.

— Même quand tu étais avec ton beau Jamic ?

— Bien sûr ! protesta-t-elle en riant à son tour. Que représente un mari comparé à un ami ?

Tode se recula un instant pour la regarder, et elle comprit tout de suite qu'il y avait quelque chose de différent chez lui.

— Tu dois être fatigué, murmura-t-elle. Entre, je vais m'occuper de toi.

— Aucune proposition ne pourrait me faire autant de plaisir.

Il lui prit le bras et l'entraîna, et de nouveau elle sentit qu'il avait changé.

Elle s'arrêta aux cuisines pour lui commander un repas, puis le fit monter par l'escalier en colimaçon jusqu'au grand hall du premier étage.

Dès qu'elle pénétra dans la pièce, sa joie s'envola à la perspective de partager Tode avec ses belles-sœurs. Mais aussitôt elle songea que Bérangère plairait beaucoup à Tode puisqu'elle ne pourrait pas le voir.

— Je serais contente que tu rencontres ma belle-sœur. Elle est aveugle, annonça Inès avec une pointe de fierté dans la voix.

Bérangère et Joby posèrent sur Tode le même regard fixe et, comme il se méfiait des jolies femmes, il crut que c'était Joby l'aveugle. Aussi il retira son capuchon avant de lui sourire, puis voyant la répulsion sur son visage, il se dépêcha de le remonter et se détourna. Inès fusilla Joby du regard avant d'entraîner Tode vers Bérangère.

— Non, celle-ci, c'est Joby. Et voici Bérangère !

— Ah ! déclara Tode, retirant de nouveau son capuchon. Je n'aurais jamais pu imaginer que d'aussi beaux yeux ne voyaient pas. Mais alors cela nous permet à nous qui voyons de nous noyer sans fin dans votre beauté sans paraître grossiers, murmura-t-il avant de prendre sa main qu'il caressa une seconde. Vous permettez ?

Bérangère inclina la tête et il déposa un baiser sur le bout de ses doigts.

Il aurait été difficile de deviner qui d'Inès ou de Joby était la plus étonnée. Jamais Inès n'avait vu Tode se comporter ainsi. En général, il restait toujours dans l'ombre. Et voici qu'il était debout, son capuchon rejeté, parfaitement indifférent au fait qu'il exposait la partie mutilée de son visage. Joby, elle, s'intéressait davantage à la réaction de Bérangère, si réservée d'habitude avec les étrangers. Comment avait-elle pu autoriser ce monstre à lui baiser la main !

— Ah, voici le repas ! s'exclama Tode. Venez vous asseoir autour de moi, mesdames. Je serais heureux d'avoir votre compagnie.

Et, glissant son bras sous celui de Bérangère, il la guida vers la table. Inès et Joby demeurèrent interdites.

Tode s'assit, Bérangère à ses côtés, et indiqua le banc de l'autre côté de la table.

— Venez, jeunes filles ! Vous ne voulez pas entendre les dernières nouvelles ?

— *Jeunes filles ?* répéta tout bas Inès, stupéfaite.

Tode commença son récit, mais Inès n'arrivait pas à se concentrer tant son comportement la déconcertait. C'était bien son bon vieux Tode, mais il était devenu un autre homme. Et d'abord, il semblait avoir pris possession de Bérangère. Il avait poussé son assiette entre eux deux et, tout en mangeant, il lui offrait les meilleurs morceaux.

Il fallut le cri de Joby pour tirer Inès de son état de choc et la forcer à écouter.

— Henry Oliver a enfermé Jamie dans un cachot ?

Joby sortit sa dague de son fourreau et se leva. Tode l'attrapa par le bras.

— Asseyez-vous ! Nous ne pouvons rien faire dans l'immédiat, du moins en plein jour. Je vais prendre un peu de repos et ensuite j'y retournerai.

— Et que pourrez-vous faire ? ricana Joby, qui n'appréciait pas la façon dont cet homme estropié était entré dans leur vie.

— Joby ! protesta Bérangère.

La nouvelle que Jamie était emprisonné avait accablé Inès et elle commençait seulement à réagir.

— Raconte-moi tout, Tode ! Il faut que je sache !

— Ce Henry Oliver n'est pas aussi stupide que tout le monde le prétend. Il n'est pas dépourvu de ruse et il a fixé son cœur sur... (il regarda le ravissant visage de Bérangère)... sur vous, dit-il doucement, la faisant rougir. Ce que je peux comprendre, à présent.

— Et mon frère, dans tout cela ? cria Joby.

Tode prit le temps d'avaler une bouchée avant de poursuivre son récit.

— Oliver veut obtenir la main de Bérangère et il est prêt à retenir Jamie tant qu'il ne la lui accordera pas. Quant à Frances, il attend que son père lui verse une rançon.

Tode fixa alors Inès pour lui faire comprendre que son père avait été alerté. Et Joby baissa les yeux sur sa dague pour cacher son affreux sentiment de culpabilité.

— Un réseau de souterrains s'étend de la maison d'Oliver jusqu'à la mer, poursuivit Tode. Ils sont humides et certains mènent à des cellules creusées dans le roc. C'est là que Jamie est retenu depuis plusieurs jours. J'ai essayé d'aller jusqu'à lui, mais les gardes ont vu ma torche, et j'ai été... euh, retenu, fit-il avec un sourire.

— Comment vous êtes-vous échappé? demanda Bérangère en retenant sa respiration.

— J'ai fait le pitre. Et ils ont ri.

Ce qui était facile à comprendre pour Joby et Inès restait un mystère pour Bérangère.

— Comment avez-vous pu faire le pitre? demanda-t-elle.

Tode lui prit la main et lui fit suivre du doigt les balafres qui couraient sur sa joue et sur son cou.

— Mes jambes aussi sont couturées de partout, ajouta-t-il en la regardant dans les yeux.

— Si vous croyez que je vais laisser ma sœur les toucher, vous vous trompez! s'écria Joby d'un ton hargneux.

Bérangère rougit encore et ôta les mains du visage de Tode. Avec un sourire qu'Inès ne lui avait jamais vu, Tode se retourna vers la table.

— Nous allons appeler nos cousins à la rescousse, dit Joby. Ils raseront le château d'Oliver et le pendront haut et court. Ils...

— Nous n'avons pas le temps. Je vais y retourner dès ce soir pour voir ce que je peux faire.

— Je suis persuadée que vous serez d'une grande aide, jeta Joby avec mépris.

Tode ne prit pas la peine de lui répondre ; il lui cloua le bec d'un seul regard.

— Je peux rentrer à l'intérieur et me promener librement. Personne ne s'occupe de gens comme moi. Je suis juste venu vous expliquer ce qui se passait.

— Et Frances ? interrogea Inès. S'occupe-t-on d'elle ?

Inès crut voir Tode rougir.

— Frances va bien. Elle est retenue dans une chambre au sommet de la vieille tour. Elle est bien traitée, mais elle a une peur de tous les diables. Oliver s'occupe d'elle lui-même et ne laisse entrer personne chez elle. Sinon, ajouta-t-il avec un demi-sourire, des gens de mon acabit pour la dérider un peu.

Inès prit la main de Tode.

— Dis-moi ce que je peux faire. Je donnerais ma vie pour sauver celle de Jamie. Je t'en prie, laisse-moi t'aider !

Tode captura son regard et comprit. Oui, elle aimait Jamie. Elle l'aimait comme elle n'avait jamais aimé personne. Il ressentit une pointe de jalousie, mais, se dominant, étreignit sa main.

— Vous ne pouvez rien faire. Je n'aurai aucun mal à pénétrer dans le réseau de souterrains. Le garde me laissera passer. C'est d'en sortir Jamie qui sera difficile. Je me vois mal lui faisant traverser le grand hall. Votre Jamie a beau être un brave, il aura dû mal à venir à bout de tous les hommes d'Oliver.

— Y a-t-il d'autres issues ? demanda Inès.

— Vous n'imaginez pas ce que sont ces tunnels ! Ils se prolongent sur plusieurs kilomètres. Est-ce qu'il s'agit de vieilles mines ou de cryptes ? je l'ignore. Et je ne pense pas qu'Oliver le sache davantage. En tout cas, seule une taupe peut y retrouver son chemin.

— Ou un aveugle, affirma doucement Bérangère.

— Il n'en est pas question ! cria Joby. Jamie ne...

— Taisez-vous ! (Tode se tourna vers Bérangère et scruta son visage.) En effet, acquiesça-t-il, songeur. Quelqu'un d'aveugle aurait un incontestable avantage dans l'obscurité des souterrains. Le premier jour, j'ai été autorisé à voir Jamie, aussi ai-je pris une torche pour me rendre compte où menait le boyau, mais à cause de la lumière un garde m'a arrêté. Une autre fois, j'ai passé la forêt voisine au peigne fin, mais je n'ai trouvé aucune entrée.

— Mais si nous arrivions à cacher Jamie dans les galeries jusqu'à l'arrivée des renforts, il échapperait aux sévices d'Oliver, dit Inès. Tu ne me dis pas toute la vérité ! s'exclama-t-elle quand Tode refusa de croiser son regard. Tu me caches quelque chose !

— Oui, insista Bérangère en prenant la main de Tode et en caressant sa paume de son pouce. Il y a plus de danger que vous ne voulez bien nous le dire.

— Ronald, le frère d'Oliver est arrivé hier.

Quand elle vit Joby et Bérangère retenir leur respiration, Inès comprit que le danger était bien réel.

— Ronald, poursuivit Tode, a expliqué à son

frère qu'il était stupide de vouloir épouser une Montgomery sans le sou alors qu'il avait l'héritière Maidenhall sous la main. Comme il est lui-même marié, il tente de forcer Frances à épouser Oliver. Mais Jamie a déclaré que Maidenhall avait fait de lui le tuteur de sa fille et qu'elle ne pouvait se marier sans son consentement. Et il refuse de signer quelque papier que ce soit. Aussi le prive-t-on de nourriture pour le faire changer d'avis et il a juste assez d'eau pour survivre. Il aura besoin d'un médecin dès qu'il sera libre, ajouta-t-il, osant à peine lever les yeux vers Inès.

Inès se leva brutalement et alla se planter devant la fenêtre pour dissimuler son inquiétude.

— Que lui a-t-on fait? chuchota Bérangère.

— Il a été fouetté à plusieurs reprises, répondit Tode. J'ai été le seul autorisé à le voir, et encore uniquement parce qu'ils ignoraient que je le connaissais. Malgré tout ce qu'il a déjà subi, Jamie continue de faire croire qu'il a une certaine influence sur Perkin Maidenhall et qu'il a tout pouvoir d'accepter ou non le mariage.

— Ainsi il protège Frances, conclut Inès en se retournant.

27

Tode arrêta les chevaux et, retenant sa respiration, regarda de son siège les hommes armés qui approchaient. Ils appartenaient à Oliver. Il en connaissait certains de vue.

Quand les gardes commencèrent à se bourrer de coups de poing à sa vue et à s'esclaffer, il fut rassuré. Ils ne se montreraient pas méfiants. Heureusement, car il avait trois femmes à l'arrière du chariot cachées sous des montagnes de fleurs.

— Et qu'as-tu là ? demanda l'un des soldats, hilare.

— Des fleurs pour l'héritière Maidenhall, répondit jovialement Tode. Comment courtiser plus sûrement une femme qu'avec des fleurs ? Elle sera à lui ce soir, mariée ou pas.

Les hommes d'Oliver pouffèrent.

— Tu ferais mieux de les replanter, cria l'un d'eux. L'héritière n'en aura pas besoin.

— En tout cas, pas pour épouser le pauvre vieux Henry ! lança un autre.

— Alors, déclara Tode, elles serviront pour mon propre mariage.

Les gardes se tordirent de rire, Inès sentit Bérangère serrer les poings à côté d'elle.

— Peut-être pourrais-tu épouser l'héritière ? suggéra l'un d'eux. Si tu arrives à mettre la main sur elle !

— Oh ! murmura Tode avec désinvolture. Aurait-elle réussi à se cacher ou son père est-il venu la chercher ?

— Elle s'est échappée ! annonça l'homme. Elle a peint son chemin dehors, gloussa-t-il. Si vous la voyez, demandez-lui donc de dessiner une porte pour rentrer.

Après cela, ils riaient trop fort pour parler et ils abandonnèrent Tode et son chariot plein de fleurs au bord de la route.

Dix minutes plus tard, Tode avait installé la voiture à l'ombre d'un chêne et sautait à terre pour se servir de l'eau au tonnelet fixé sur un des côtés du véhicule.

— Vous avez entendu? demanda-t-il en regardant les trois paires d'yeux à travers une large fissure.

Sans attendre, Joby repoussa la toile. Quand elle avait accepté de se dissimuler, elle ne pensait pas que ce serait aussi pénible.

— Je vais la trouver, annonça-t-elle. Je connais chaque terrier de lapin à des kilomètres à la ronde. Avec un peu de chance, je pourrai découvrir la sortie d'un des tunnels. Si votre amie Frances est perdue, elle ne saura pas où aller.

— Je ne peux pas vous laisser... commença Tode.

Écartant de grandes gerbes de fleurs, Bérangère s'assit.

— Elle connaît tous les bergers et les vachers du coin. Aucune femme ne peut échapper à leur attention.

— Et vous disiez que nous n'aurions pas besoin d'elle, intervint Inès qui s'était redressée à côté de Bérangère. Oh, Tode, s'il te plaît, ne laisse pas Frances errer dans la campagne! Tu sais bien qu'elle est incapable de se débrouiller toute seule.

— S'il vous plaît! insista Bérangère.

Tode se sentit fléchir.

Joby n'attendit pas la réponse. Elle s'enfuit à travers champs en direction de la demeure de

Henry alors que Tode tendait une louche d'eau à Inès et à Bérangère, admirant le talent d'Inès qui avait réussi à les transformer toutes deux en vieilles femmes hagardes.

Il faisait nuit noire quand ils atteignirent la maison d'Oliver, et Tode, malgré son inquiétude pour Frances, fut heureux de la confusion qui y régnait.

Persuadé que ses voisins Montgomery allaient tenter de sauver leur cousin, Ronald avait posté des gardes aux grilles. Ils examinaient soigneusement toutes les femmes qui se présentaient. Mais personne ne s'occupa de Tode ni de son chariot plein de fleurs.

— Il doit faire le pitre depuis un bon moment pour que tout le monde le connaisse, souffla Bérangère à Inès.

Quand ils furent à l'intérieur de la place, elles entendirent Tode attirer Henry Oliver à côté du chariot et lui offrir son aide pour retrouver Frances. Il n'ignorait pas combien les femmes aimaient les fleurs, n'est-ce pas ? Eh bien, s'il en éparpillait un peu partout, Frances serait attirée et reviendrait. Une sorte d'appât, en somme.

— Comme le fromage pour les souris ? dit Henry, perplexe.

— Exactement ! répondit Tode. Mais ne dites rien à votre frère ou il trouvera l'héritière avant vous et s'en attribuera tout le mérite.

— C'est vrai, répondit Henry. Ronald se prend pour le seul mortel doté d'intelligence dans ce village.

— Alors, où allons-nous les déposer ?

s'enquit Tode. Dans le cachot, avec le prisonnier? C'est là qu'elle essaiera de se rendre en premier, non?

— Oui, bien sûr! (Oliver se pencha pour lui glisser à l'oreille :) Ne laissez pas mon frère vous voir, il n'autorise personne à descendre dans les souterrains, pas même moi.

— Alors pourquoi n'iriez-vous pas lui dire que vous êtes ici chez vous, que c'est votre héritière et qu'il ne doit plus se mêler de votre vie? Après tout, c'est vous qui avez été assez intelligent pour enlever l'héritière Maidenhall, pas lui!

— Mais cela va le rendre furieux.

— Oui, et pendant qu'il tempêtera, j'installerai le piège pour l'héritière. Vous n'avez pas peur de votre frère?

— Euh... Non! Allez-y, mettez vos fleurs. Quel mal peuvent faire des fleurs?

— Je ne vous le fais pas dire! (Tode attendit qu'Oliver s'éloigne et chuchota :) Il n'y a plus de danger. Vous pouvez sortir!

— Vous êtes l'homme le plus intelligent que j'aie jamais rencontré! s'extasia Bérangère. Je vous serai éternellement reconnaissante et ma sœur vous... Aïe!

— Excusez-moi, dit Inès. Mon pied a dû glisser. Je crois que nous ne devrions pas perdre davantage de temps à bavarder.

— Sans aucun doute, acquiesça Tode, et il y avait comme un rire étouffé dans sa voix.

Une demi-heure plus tard, Tode, Inès et Bérangère mettaient le cap sur les souterrains. Il régnait une telle confusion depuis la disparition de Frances que personne ne remarqua qu'Inès tenait la main de Bérangère, la guidant entre les dalles brisées et lui signalant les tas de détritus sur le sol.

— C'est répugnant ! s'exclama Inès.

D'un regard, Tode la réduisit au silence.

Une fois hors des cuisines, Tode les mena à travers un labyrinthe de corridors emplis de barils, de boîtes, de coffres et d'outils rouillés. Inès avait toutes les difficultés du monde à empêcher Bérangère de tomber. Ici et là, il y avait bien une torche accrochée au mur, mais la plupart du temps ils se déplaçaient dans le noir le plus complet.

Au bout de ce qui leur parut une éternité, ils arrivèrent à l'entrée d'une petite pièce, brillamment éclairée après la pénombre des caves. La lourde porte de chêne était ouverte et ils purent y pénétrer sans faire de bruit. C'était une salle fermée, aux murs de pierre suintants. A l'opposé de l'entrée, s'ouvrait le trou noir d'un tunnel sans fin.

Devant la galerie, un garde était assis à une table. Le menton sur la poitrine, il avait l'air de dormir à poings fermés. Inès remarqua un trousseau de clés accroché sur le mur derrière sa tête. Si Tode pouvait l'attraper sans le réveiller, ils auraient franchi avec succès la première étape.

— Que se passe-t-il ? chuchota anxieusement Bérangère.

— Chut ! souffla Inès.

Elle étreignit la main de Bérangère en regardant Tode se glisser tout près du garde. Quand les clés s'entrechoquèrent, elle haleta.

— Qu'est-ce que c'est ? dit Bérangère.

Tode se retourna en fronçant les sourcils.

Inès serra la main de Bérangère pour lui faire comprendre qu'elle devait rester silencieuse.

— Le garde est endormi, chuchota-t-elle.

— Mais il n'y a personne ici, en dehors de nous ! protesta Bérangère d'une voix qui fit l'effet d'un coup de canon.

Inès crut défaillir. Elle jeta un coup d'œil au garde — il dormait toujours.

— Il n'y a personne ici, je vous assure, répéta Bérangère avec contrariété.

Tode fixa le garde. Tendant la main, il le toucha à l'épaule. Son corps était chaud. Comme il n'avait pas bronché, Tode effleura son cou du bout des doigts, puis il posa de nouveau la main sur son épaule. L'homme tomba en avant.

Quand il le redressa contre le mur, Tode aperçut une blessure minuscule sur son torse, juste à la place du cœur. L'homme était mort sur le coup.

— Jamie ! s'exclama Inès.

Elle lâcha ses fleurs et se précipita à l'aveuglette dans le boyau.

Arrachant une torche du mur, Tode prit la main de Bérangère et se lança à sa poursuite aussi vite qu'il le pouvait sur le sol glissant.

L'horrible cellule qui avait servi à Jamie était vide ; seule une pile de vêtements ensanglantés attestait sa récente présence.

— Où est-il ? demanda Inès avant de s'enfoncer de nouveau dans l'obscurité de la galerie.

Tenant fermement la main de Bérangère, Tode s'élança derrière Inès, brandissant sa torche. Il la rattrapa au moment où elle hésitait devant un embranchement.

— Nous ne devons pas nous séparer ! dit-il. Nous devons rester ensemble.

Un bruit se fit entendre à l'entrée du labyrinthe.

— Le garde est mort ! cria une voix. Prenez des torches ! Je veux qu'on le retrouve ! Regardez ! Une lumière.

Sans réfléchir, Tode jeta sa torche, et ils se retrouvèrent plongés dans l'obscurité.

Comme Tode et Inès hésitaient, Bérangère prit la tête.

— Suivez-moi ! ordonna-t-elle.

Et jamais mots ne lui parurent plus délicieux : on avait enfin besoin d'elle !

Le boyau n'avait pas été utilisé depuis longtemps et réservait nombre de surprises. A certains endroits, le sol s'était affaissé et se dérobait sous leurs picds. A d'autres, c'était le plafond qui était effondré, et ils trébuchaient sur des tas de pierres.

— Attention au trou !

Le sentiment d'être utile donnait des ailes à Bérangère. Elle s'arrêta et huma l'air.

— Que faites-vous ? demanda Inès qui s'impatientait. Où est Jamie ?

— J'essaie de sentir le soleil, répondit Bérangère. Par ici !

Au bout d'une trentaine de minutes, ils

débouchèrent dans une galerie plus large. Inès put tendre les bras sans toucher les parois.

— Attendez! s'écria Bérangère. Quelqu'un vient de passer.

— Jamie? demanda Inès, le souffle coupé.

— Je ne sais pas, mais je sens que quelqu'un a emprunté ce passage.

A cet instant, une ombre se rua sur Tode.

— Un seul mot et vous êtes mort! lui chuchota l'homme à l'oreille en posant la lame de son couteau sur sa gorge.

— Jamie! crièrent ensemble Bérangère et Inès.

— Enfer et damnation! s'exclama Jamie en serrant Inès sur son cœur.

— Jamie, mon amour! souffla-t-elle. J'ai cru mourir sans vous. Comment allez-vous? Vous ont-ils brutalisé?

— Non. Ils... Aïe! Un peu, reconnut-il en enfouissant son visage contre le cou d'Inès. Allez-vous me soigner jusqu'à ce que je retrouve la santé?

— Je vais vous rendre l'envie de vivre, promit-elle d'une voix enrouée.

Puis le silence tomba comme ils profitaient de l'obscurité pour s'embrasser.

A quelques pas, deux personnes les écoutaient avec des sentiments mitigés. Pendant des années, Inès avait tout représenté pour Tode, et maintenant il se rendait compte que leur amitié s'était transformée sans aucun retour possible. Quant à Bérangère, elle comprenait combien son frère aimait cette femme qui était apparue si brutalement dans leurs vies. Elle savait aussi qu'Inès n'avait rien fait pour séduire son frère sinon que de l'aimer à la folie. Et si elle était heureuse pour Jamie, elle ne pouvait s'empêcher de se sentir très seule, tout à coup.

Tandis qu'elle était en proie à ces sentiments contradictoires, Tode glissa sa main dans la sienne puis, se penchant vers elle, il posa ses lèvres sur le coin de sa bouche.

— Vous ne serez jamais seule, murmura-t-il, comme s'il lisait dans ses pensées. Pas tant que j'aurai un souffle de vie.

— Et maintenant, petite sauvageonne, expliquez-moi ce que vous faites ici. Tode! Comment avez-vous pu la précipiter ainsi dans la gueule du loup? Les menaces d'Oliver sont sérieuses, et vous avez autorisé Inès...

— Et moi, annonça doucement Bérangère.

Inès sentit Jamie se raidir.

— C'est déjà assez de mettre ma femme en danger, mais entraîner ma sœur dans ce... Tode, vous n'auriez pas dû emmener des femmes. Et encore moins...

— Dis-le donc! siffla Bérangère. Il n'aurait pas dû emmener ton aveugle de sœur! C'est cela que tu voulais dire, n'est-ce pas?

— Je ne l'ai pas dit et je n'en avais aucune intention. Aucune de vous deux ne devrait être là!

— Nous sommes venues vous sauver, espèce d'ingrat! protesta Inès. Et pour votre information, Bérangère n'est pas aveugle dans ces sous-sols. Elle peut sentir le soleil.

Jamie hésita, puis il rit.

— Très bien, voilà quelque chose contre quoi je ne peux rien. Venez, allons-y ! déclara-t-il, mais à sa consternation, aucun d'eux ne le suivit. Ils vont se mettre à notre poursuite sans tarder, nous devons trouver la sortie, et rapidement !

Inès mit ses mains sur ses hanches et jeta :

— Bérangère voit mieux que vous, aussi c'est elle que nous allons suivre !

C'est à cet instant que Bérangère décida qu'elle aimait vraiment sa belle-sœur.

— Par ici ! commanda-t-elle, prenant la direction opposée à celle choisie par Jamie.

Celui-ci était assez intelligent pour céder le commandement s'il se trouvait quelqu'un de plus compétent que lui. Aussi fit-il demi-tour et leur emboîta-t-il le pas.

Bérangère les conduisit à travers ce qui leur parut des kilomètres de souterrains, et, à un moment donné, Inès eut le sentiment qu'elle aussi pouvait sentir le soleil. Ils furent bientôt arrêtés par des éboulis qui obstruaient la voie, et Jamie et Tode leur ouvrirent un passage.

— Jamie est plus gravement blessé qu'il ne veut le laisser paraître, chuchota Bérangère en buvant une gorgée à sa gourde. Il saigne. Je peux le sentir.

Inès prit une inspiration.

— Oui, je m'en suis aperçue en le touchant. Vous êtes sûre que nous allons vers la sortie ?

— Oh, oui. Je peux...

— Bérangère, s'exclama soudain Inès, pourriez-vous sentir le soleil s'il faisait nuit ?

— En fait, ce n'est pas le soleil que je sens

mais ce qu'il fait à la terre, rectifia Bérangère avec un rire. Il fait pousser les plantes et ce sont elles que je sens ainsi que l'air frais. Le chemin qu'il faut suivre me paraît si évident. Pas à vous ?

— Pas le moins du monde ! Pourriez-vous retrouver le chemin par lequel nous sommes venus ?

— Bien sûr ! Mon frère Edward avait l'habitude de m'emmener dans la forêt à des kilomètres de la maison et de m'y abandonner. La première fois, j'avais décidé de rester là jusqu'à ce que quelqu'un me ramène ou de mourir sur place, puis je me suis rappelé que nous avions des fraises pour le dîner.

— Ne me dites pas que c'est leur parfum qui vous a permis de revenir !

Bérangère se mit à rire.

— Non ! Je suis rentrée en trébuchant, mais j'ai fait confiance à mon instinct et j'ai retrouvé mon chemin.

Jamie annonça qu'ils avaient réussi à déblayer le passage, et ils se remirent en route. Une heure plus tard, ils tombèrent sur un entrelacs de racines.

— Par là ! indiqua Bérangère. Coupez de ce côté, et nous serons bientôt sortis.

— Je vois la lumière, dit Jamie quelques instants plus tard, confirmant ce que sa sœur venait d'indiquer.

Bérangère s'en réjouit tout autant que ses compagnons, bien qu'elle regrettât de céder le commandement. Une fois qu'ils seraient sortis, elle redeviendrait le fardeau de la famille.

Bandant ses forces, Jamie réussit à rouvrir un orifice depuis longtemps condamné et déboucha dans la forêt, non loin de la demeure d'Oliver. A peine passait-il sa tête par l'ouverture qu'il remarqua quelque chose qui bougeait.

— Chut ! ordonna-t-il au trio encore dans le boyau.

Se baissant, il s'élança sur un tapis d'aiguilles de pins qui amortissait le bruit de ses pas. La lumière crue du matin l'aveuglait après ces nombreuses heures dans l'obscurité, et il dut fermer les yeux à plusieurs reprises.

D'un saut, il s'abattit sur l'intrus dès qu'il l'eut rattrapé et s'aperçut avec soulagement qu'il avait affaire à un enfant.

— Bonjour, grand frère, le salua joyeusement Joby en levant vers lui des yeux moqueurs. Tu joues à chat perché ?

Jamie poussa un soupir en roulant sur le côté, puis il s'assit en se frottant les yeux. Il n'avait rien mangé depuis plusieurs jours, à peine rien bu, son dos le faisait terriblement souffrir et cette nuit passée dans les souterrains n'avait pas arrangé les choses. En un mot, il n'était pas au mieux de sa forme !

— Viens ! Allons chercher les autres, dit-il en se mettant tant bien que mal debout. Ce ne serait pas de la nourriture, par hasard ? ajouta-t-il en voyant le sac que Joby avait jeté en travers de son épaule.

— Deux poulets, quatre tartes aux cerises et une botte de carottes nouvelles, annonça-t-elle en tapotant le sac qui répondit par un piaillement aigu.

— Des vivres crus ? s'étonna Jamie en haussant un sourcil.

— Frais, rectifia-t-elle sans lui montrer combien elle était affectée à sa vue.

Sous la crasse, il y avait du sang séché.

— Et qui t'a appris à voler des poulets et à chiper des tartes ? demanda-t-il d'un air sévère, trop content cependant de la voir pour lui en vouloir. J'espère que tu n'as pas mis les poulets et les tartes ensemble !

— Qu'est-ce qu'un repas sans un petit dessert... commença-t-elle, mais un coup d'œil à Jamie la poussa à réfléchir avant de terminer sa phrase. Qu'as-tu fait de Bérangère et des deux autres ?

— Viens !

Et elle le suivit, inquiète de le voir grimacer à chaque pas.

28

Le soleil rougeoyait à l'horizon et la forêt était silencieuse et fraîche. Ils sommeillaient tous les cinq, attendant la nuit. Par deux fois, ils avaient entendu un martèlement de sabots dans le lointain, preuve que les hommes d'Oliver n'avaient pas renoncé à les poursuivre. Jamie aurait voulu repartir sans tarder car il comptait sur une arrivée rapide de ses cousins

Montgomery à qui il avait pu faire parvenir un message.

Mais personne n'avait voulu le suivre en constatant son état. Inès l'avait forcé à s'allonger pour lui enduire le dos d'un onguent.

Maintenant, après un après-midi de repos, ils commençaient à s'agiter bien que l'obscurité ne fût pas encore tombée. Inès redoutait de voir Jamie se précipiter seul à la poursuite d'Oliver. Depuis un moment il ne restait plus en place.

— Pouvez-vous vraiment sentir n'importe quoi ? demanda-t-elle à Bérangère, histoire de distraire les esprits. Savez-vous que c'est un talent très précieux ? J'essaie depuis longtemps d'élaborer des parfums à la manière des Français. Mais il ne suffit pas de mettre un bouquet de violettes à sécher pour faire du parfum à la violette ! Il faut mélanger plusieurs essences pour obtenir un parfum dont l'odeur est le plus souvent différente de celle des plantes qui le composent.

— Un peu comme la verveine qui sent davantage le citron que les citrons eux-mêmes !

— Exactement. J'ai fait quelques expériences, mais à la quatrième ou cinquième plante, je n'arrive plus à les différencier. Si j'avais auprès de moi quelqu'un avec un odorat comme le vôtre...

— Ma sœur peut reconnaître une centaine de plantes, annonça Joby qui souffrait de la trahison de Bérangère et se demandait ce qui avait bien pu se passer dans ces souterrains pour que sa sœur s'assoie si près d'Inès et rie ainsi de ses propos.

Inès cueillit quelques plantes et les fit humer à Bérangère. Elle fut stupéfaite de la voir identifier jusqu'à des morceaux d'écorce.

— Étonnant. Vraiment étonnant ! Ensemble, nous pourrions faire des affaires formidables !

— Nous ne mettrons pas notre sœur dans une baraque de foire et personne ne la regardera sous le nez, siffla Joby.

— Sous le nez ? Oh, vous voulez dire parce qu'elle est si belle ?

— Non, parce qu'elle est aveugle.

— Avec un odorat comme le sien, qui s'en souciera ?

— Comment ? hoqueta Joby.

— Je suis désolée, s'excusa Inès, la mine contrite. J'avais complètement oublié que Bérangère était aveugle. Cela m'était sorti de l'esprit.

— J'aimerais tant que tout le monde oublie que je suis aveugle ! dit Bérangère. Et ne plus être le fardeau de la famille.

— Un fardeau ? répéta Inès en souriant. Mais, avec votre talent, nous pourrions faire fortune ! Imaginez ! Nous pourrions créer un parfum merveilleux que nous baptiserions « Reine Élisabeth ». Jamie le présenterait à la reine. Avec son physique, il est l'homme parfait pour le lui faire aimer. Personne d'autre ne sera autorisé à le porter. Nous serons les fournisseurs exclusifs de Sa Majesté. Ensuite, nous créerons d'autres parfums pour les dames de la cour. Et bientôt, posséder son propre parfum sera le dernier cri !

Joby, restée silencieuse jusqu'à présent, perdit soudain tout ressentiment.

— Il faudra lui donner la liste de tous les parfums pour qu'il puisse les vendre.

— Bien entendu, dit Bérangère. Et je crois que nous devrons décider de ce qu'il faudra préparer pour chaque type de femme afin qu'il ne s'embrouille pas. Les hommes sont si maladroits dans ces affaires.

— Qu'en pensez-vous, Jamie ? dit Inès.

— Je suis très honoré que vous vous soyez enfin rappelé toutes les trois ma présence ! Eh bien, en vérité, je n'ai pas la moindre intention de passer ma vie à baiser des mains et à demander aux femmes ce... ce qu'elles veulent sentir.

Inès grimaça, puis elle sourit.

— Mais oui ! Bien entendu ! Une femme ferait cent fois mieux l'affaire !

— Moi, par exemple ? demanda Bérangère, persuadée qu'Inès plaisantait. A la cour ?

— Mais oui... vous resteriez assise sur un siège tendu de velours et les femmes viendraient vous trouver chacune à leur tour, déclara Inès d'une voix excitée. Vous leur tiendriez la main, échangeriez quelques mots avec elles et ensuite vous décideriez du parfum qui leur irait le mieux.

— Bérangère ne peut pas... commença Jamie.

— Et les hommes ? s'enquit Joby, lui coupant la parole. N'oubliez pas que les hommes aussi voudront leur parfum. Imaginez donc le « Richard », par exemple ? Une odeur forte et musquée ?

— Et pour le « Henry Oliver » ? dit Bérangère en gloussant.

— Purin et crottin de cheval ! lança Joby.

Tous éclatèrent de rire.

— Chut ! commanda soudain Jamie. (Il se leva et leur fit signe de s'aplatir par terre en silence pendant qu'il fouillait la forêt des yeux.) C'est votre cousine, annonça-t-il d'une voix étonnée quelques instants plus tard en se tournant vers Inès. Je reconnaîtrais n'importe où le chatoiement de sa robe.

Inès releva la tête avec incrédulité et regarda par-dessus la grosse souche derrière laquelle elle s'abritait avec Tode et Bérangère. Frances approchait à petits pas comme si rien ne la pressait. Inès bondit et courut vers elle, puis s'immobilisa, hésitante : Frances était à la fois la même et différente. Tout comme Tode, songea-t-elle.

— Eh bien ? N'es-tu pas contente de me voir ? demanda Frances en lui ouvrant les bras.

Elles se précipitèrent toutes deux l'une vers l'autre et s'étreignirent. Inès constata, surprise, qu'elle était heureuse de retrouver sa cousine.

Jamie s'approcha, prêt à poser quelques questions à Frances, mais elle refusa de répondre tant qu'elle n'aurait pas avalé quelque chose. Elle révéla à un Jamie choqué qu'elle avait dissimulé quelques provisions volées et lui indiqua l'emplacement de la cachette.

— N'aie pas l'air aussi scandalisée, toi aussi! dit-elle en riant à Inès, une fois Jamie parti. Comment crois-tu que ma famille se nourrissait avant de connaître les Maidenhall?

— Je... je ne sais pas.

— De larcins, voilà comment! J'avais à peine quatre ans que j'étais déjà experte à voler des poulets et je chipais les œufs aussi vite qu'ils étaient pondus.

Là-dessus, elle se détourna et alla rejoindre les autres. Inès resta un moment à la fixer, stupéfaite.

Une heure plus tard, après avoir préparé un repas, ils étaient tous assis en cercle autour de Frances attendant qu'elle raconte comment elle s'était échappée.

Inès se sentait bizarre. C'était comme si tout ce qu'elle avait connu par le passé était définitivement révolu. Son cher Tode ne quittait plus Bérangère des yeux. La pauvre Frances, si empotée, avait réussi à s'enfuir d'une tour et venait de faire frire ses œufs au bacon comme si elle avait fait cela toute sa vie.

Il y avait quelque chose de différent dans son expression. Une sorte d'assurance.

— Racontez-nous! l'exhorta Joby.

Allongée sur l'herbe, elle fixait Frances, s'étonnant que Jamie ait pu lui préférer Inès.

— J'ai peint des portes sur les murs, répondit Frances en jetant un regard circulaire à son auditoire mais personne ne parut comprendre.

— Exactement comme Inès! remarqua alors Tode en riant, et Inès surprit le regard qu'ils échangèrent, si intime, comme s'ils partageaient un secret. C'est un tour qu'Inès nous a joué quand elle avait douze ans, expliqua Tode sur un signe de Frances. Elle a passé toute la nuit debout à peindre des portes à moitié ouvertes partout. Il y en avait des grandes et des petites, des hautes et des basses.

— Et quelques fenêtres, ajouta Frances.

— La cuisinière levait le coude et Inès a failli la rendre folle, car, pendant les jours suivants, elle ne cessait de rentrer dans les murs en croyant emprunter des portes !

Inès avait complètement oublié l'incident de même que la fois où elle avait peint des pâquerettes dans la chambre de Frances. Aussi se dépêcha-t-elle de détourner la conversation de peur que Tode ou Frances n'y fasse allusion devant Jamie.

— Comment es-tu sortie ? demanda-t-elle.

— Je me suis demandé ce que tu ferais à ma place et j'ai trouvé, déclara fièrement Frances. (Elle regarda Jamie :) Inès est très intelligente, vous savez !

A ces mots, Inès écarquilla les yeux, sûre que le ciel allait lui tomber sur la tête.

— Mais je dois commencer par le commencement, reprit Frances. Au début, tout se passait bien. Henry était tout à fait charmant, car il désirait alors seulement m'échanger contre la sœur de Jamie. C'est son frère qui a tout gâché. Quand il est arrivé, il s'est écrié : « Tu retiens l'héritière Maidenhall prisonnière et tu voudrais l'échanger contre une fille qui n'a même pas de quoi réparer son toit ? » Et il a convaincu Oliver de m'épouser et de me retenir prisonnière jusqu'à ce que le mariage soit arrangé.

Frances prit une inspiration et observa son public. Habituellement, c'était toujours Inès qui retenait l'attention. Pourtant, en ce moment, tous les regards convergeaient vers elle, et elle ne pouvait s'empêcher de penser que dès qu'on apprendrait son identité, personne ne se préoccuperait plus d'elle.

— Je cherchais à intéresser Henry, poursuivit-elle, et c'est pour cela que j'ai prétendu avoir peint le chariot. Oh, j'étais si désemparée quand je me suis aperçue qu'il n'avait pas été envoyé par...

Son regard passa nerveusement d'Inès à Jamie.

— Il est au courant, l'informa Inès.

— Bref, Henry me prenait pour la plus grande artiste du monde. J'espérais juste que je n'aurais pas à le lui prouver. Aussi, quand il m'a enfermée, cela lui a semblé naturel que je demande de la peinture. D'autant plus que j'étais effrayée — et si esseulée. Seul Tode a pu venir me réconforter deux fois. Sans lui, je...

Elle détourna les yeux et rougit. Le regard d'Inès passa de Frances à Tode puis à Bérangère dont la bouche ne formait plus qu'un pli.

— Pendant des jours, poursuivit Frances, j'ai cherché en vain un moyen de m'échapper. Henry m'apportait mes repas, et il était inutile d'essayer de le convaincre. Une fois qu'il a décidé quelque chose, rien ne peut le faire changer d'avis. (Elle se tut et sourit.) Alors, j'ai soudain pensé : Que ferait Inès ? Et je me suis souvenue des fameuses portes. J'ai donc demandé à Henry des pigments. J'ai veillé toute la nuit et j'ai peint en trompe-l'œil trois portes et une fenêtre avec un oiseau sur l'appui. (Elle regarda Inès, les yeux brillants.) Devant la fenêtre, j'ai mis un champ de pâquerettes. Ensuite j'ai peint la véritable porte pour qu'on la prenne pour le mur.

— Et le stratagème a parfaitement fonctionné, déclara Jamie, faisant converger tous les regards vers lui. Je n'osais rien tenter, par peur de représailles sur Frances. Puis j'ai surpris des bavardages et appris que Frances s'était échappée. J'ai fini par tirer les vers du nez du garde. Ouvrant la porte de la chambre, Henry Oliver a vu une forme étendue sur le lit qu'il a prise pour Frances. Mais quand il s'est approché, cette dernière, qui était en fait cachée derrière la porte, s'est glissée dehors en refermant le battant sur elle. Oliver a passé des heures dans la pièce, essayant d'ouvrir les portes et la fenêtre peintes sur le mur. Il a trouvé ces trompe-l'œil magnifiques et n'était même pas fâché contre Frances. Il a juré qu'il sentait l'odeur des pâquerettes, ajouta Jamie en se tournant vers Inès, une lueur narquoise dans les yeux.

Inès était trop occupée à réfléchir pour sourire. Personne n'eut besoin de lui expliquer que si Jamie avait été battu, c'était à cause de l'évasion de Frances.

— Mais cela n'a pas amusé son frère, remarqua-t-elle doucement en tendant la main pour caresser les cheveux de Jamie.

— En effet, acquiesça Jamie, Ronald était furieux.

Et il contempla Inès avec amour, laissant ses yeux parler à sa place et lui avouer tout ce qu'il n'avait pas eu le temps de lui dire. Pendant son séjour dans le cachot, il s'était aperçu qu'il ne lui avait jamais dit combien il l'aimait. Ce soir, songea-t-il, ce soir ils pourraient enfin être ensemble et il lui montrerait son amour.

— La nuit est tombée, annonça-t-il en se levant. Je crois que nous devrions rentrer.

Frances fut la première à l'imiter et se mit à nettoyer leur campement.

— Explique-moi, murmura Inès, éberluée.

— Quoi donc ?

— Frances, tu es la personne la plus désarmée que je connaisse et pourtant tu as réussi à t'échapper d'une tour, tu nous as nourris, tu as...

Frances éclata de rire.

— Inès, je suis loin d'être désarmée ! J'ai toujours feint de l'être pour te faire plaisir, déclara-t-elle en regardant sa cousine droit dans les yeux. Tu adores les gens désarmés.

— Qu'est-ce que tu racontes ? s'exclama Inès, stupéfaite.

— Tu es affolée à l'idée que personne ne t'aime pour toi-même. Tu crois toujours qu'on ne s'intéresse qu'à l'argent de ton père. C'est pourquoi j'ai décidé d'être exactement comme tu le souhaitais afin que tu ne me renvoies pas dans ma famille.

— Et tu pensais que j'avais besoin de te croire désarmée !

— Mais oui ! Il faut que tu te sentes utile à tout prix, que tu montres que tu vaux davantage que l'argent de ton père. Tu sais te rendre si utile que tout le monde autour de toi se sent inutile. Et c'est tellement plus agréable de s'asseoir et de te laisser tout faire !

— C'est aussi ma faute, sans doute, si tu n'as cessé de me soutirer de l'argent pendant toutes ces années ? Tu ne m'accordais pas une minute sans que je la paie.

— C'est vrai ! acquiesça joyeusement Frances. Inès, tu as un don exceptionnel pour gagner de l'argent. Et tu feras, j'en suis sûre, une parfaite épouse pour Jamie, avec sa sœur aveugle et cette chipie de Joby. Tu pourras désormais te sentir utile. Et, d'ici peu, ajouta-t-elle avec un sourire, tu rouleras sur l'or — exactement comme ton père.

— Rien n'est pareil ! murmura Inès. Je ne vous reconnais plus, Tode et toi.

— En effet ! (Frances baissa la voix.) Tode s'est humilié devant Oliver, faisant les plaisanteries les plus basses sur son physique. C'était horrible à entendre et encore pire à regarder. C'est pour *moi* qu'il a agi ainsi. (Elle respira à fond.) J'ai toujours cru qu'il me haïssait ou du moins se désintéressait de moi, mais...

Elle jeta un coup d'œil à Tode par-dessus son épaule et se tut.

— Il n'est plus le même, s'étonna Inès. Je n'arrive pas à savoir ce que c'est, mais il y a quelque chose de différent chez lui. Comme chez toi, d'ailleurs! Que s'est-il donc passé pour vous faire changer autant tous les deux?

— Inès, dit Frances en lui prenant le bras, il faut absolument que je te dise quelque chose! C'est très important et tu dois le savoir avant...

Mais elle ne put finir sa phrase; Joby accourait vers elles.

— C'est Maidenhall en personne! cria Joby, ravie, en agitant les bras. Il vient récupérer sa fille!

Muettes, Frances et Inès se prirent la main et regardèrent dans la direction indiquée par Joby. Un homme apparut bientôt au milieu des arbres. Un homme qu'elles n'avaient jamais rencontré ni l'une ni l'autre mais qu'elles connaissaient bien. Depuis des années, Inès demandait à tous ses visiteurs à quoi ressemblait son père. Et elle avait dessiné d'après leur description plusieurs portraits de lui et même peint quelques huiles.

Nul doute que le petit homme vêtu d'un habit râpé de laine noire, avec ses cheveux gris aux épaules, était Perkin Maidenhall, l'homme le plus riche d'Angleterre.

Il alla droit à Inès.

— Eh bien, ma fille, qu'as-tu à dire pour ta défense?

Ses yeux étaient froids et sa voix trahissait sa colère.

29

— Viens, ma fille ! ordonna Perkin Maidenhall.

— Je crois que vous faites erreur, objecta Jamie avec une inflexion amusée en glissant son bras autour des épaules de sa femme. Ce n'est pas votre fille.

Maidenhall se tourna vers Jamie.

— Insinuez-vous que je ne connais pas ma propre fille ?

Jamie resserra son étreinte.

— Cette femme est mon épouse.

Maidenhall rejeta la tête en arrière et poussa un affreux rire rauque qui avait tout d'un croassement.

— Mais qu'imaginez-vous donc ? Vous auriez épousé l'héritière Maidenhall ? Vous ? Le pauvre James Montgomery ?

Jamie posa instinctivement la main sur le pommeau de son épée. Aussitôt, les hommes de Maidenhall pointèrent leurs armes vers lui.

— S'il vous plaît, murmura Inès en se dégageant de l'étreinte de Jamie. Je dois parler à mon père.

— Votre... ? dit Jamie, consterné. (Puis sa physionomie changea.) Je vois. Ainsi le voilà, votre grand secret ! M'avez-vous donc cru intéressé au point de changer en découvrant votre richesse ? Est-ce là toute l'opinion que vous avez de moi ?

Maidenhall ne laissa pas à Inès le temps de répondre.

— Mais c'est pourtant ce que vous avez fait, non? Vous avez d'abord courtisé la cousine pauvre, avant de vous intéresser à ma fille. Ne t'es-tu jamais demandé pourquoi? interrogea-t-il en fixant Inès. Pourquoi a-t-il cessé de courtiser une femme ravissante comme Frances pour s'intéresser à une petite chose terne comme toi?

C'était comme si son père lisait dans ses pensées car cette question la troublait depuis longtemps.

— J'ignore ce que vous insinuez... commença Jamie.

— Je prétends, milord, fit-il sur un ton moqueur, que vous avez éventé le stratagème ourdi par ces deux bécasses et immédiatement dirigé votre attention sur celle qui devait hériter de moi.

— Je n'ai pas...

Jamie s'interrompit pour regarder Inès dans les yeux. A l'évidence, elle croyait son père ou, du moins, un doute s'était introduit dans son esprit. Il laissa tomber le bras qui enserrait ses épaules, son orgueil piqué au vif.

— Je veux parler à mon père en tête à tête, dit Inès.

— Bien sûr, lâcha Jamie avec colère. Puisque vous êtes la fille du grand Maidenhall, allez donc tenir un conciliabule avec lui.

— Jamie, murmura-t-elle.

Elle posa la main sur son bras, mais il se détourna. Elle s'éloigna dans les bois avec son père.

Perkin Maidenhall était petit, et son regard était au même niveau que celui de sa fille.

— Que voulez-vous ? dit-elle sur un ton froid.

Toute sa vie, elle avait désiré rencontrer son père. Elle avait tout fait pour lui plaire. Et maintenant qu'il était là, elle ne voyait rien dans ses yeux. Rien, sauf l'argent. Frances avait donc raison : si son père n'était jamais venu la voir, c'est qu'il n'avait vu en elle aucun moyen de gagner de l'argent — jusqu'à maintenant...

Devant le ton sec de sa fille, une ombre de sourire passa sur les lèvres de Maidenhall.

— J'ai entendu dire que tu me ressemblais, et maintenant j'en ai la preuve.

— Ne m'insultez pas !

— J'ai conclu un accord avec Bolingbrooke et tu dois l'honorer.

— Je ne suis plus vierge. Il y a donc rupture du contrat.

— Aucune importance, le fils de Bolingbrooke est impuissant. Si tu attends un enfant, je pourrai même lui faire payer l'héritier que je lui procure.

Inès blêmit.

— Eh bien, ma fille ? Ne croyais-tu donc pas ce que tu avais entendu dire de moi ? Tu me prenais pour un charmant vieux monsieur gâteux devant les chiens et les jeunes enfants ?

Inès espérait qu'il se serait au moins montré charmant avec elle, sa fille unique, mais il était évident qu'il n'avait jamais aimé personne.

Elle le défia du regard.

— Je l'ai épousé.

— Faire annuler ton mariage ne pose aucun problème, répondit Maidenhall avec un ricanement. Tu as agi sans mon consentement et menti sur ton identité. De toute façon, le registre de la paroisse où tu t'es mariée a disparu et le pasteur est parti en France. Dans ces conditions, il te sera difficile de prouver que ton mariage a bien eu lieu.

Inès respira à fond pour retrouver son calme.

— Que lui ferez-vous si je ne vous suis pas?

Il poussa de nouveau son rire de crécelle.

— Ah, ah, tu l'aimes, alors? Je pensais t'avoir élevée mieux que cela. J'ai éloigné de toi tous ceux auxquels tu risquais de t'attacher sauf un homme difforme et une femme dont le visage est aussi beau que son cœur est sec. (Il la toisa.) Tu me déçois. Tu te jettes à la tête du premier adonis venu. Je me demandais si tu résisterais à son charme. Il est...

— Dites ce que vous avez à dire et laissez-le en dehors de tout cela!

Maidenhall sourit d'un air affecté pour bien montrer ce qu'il pensait de sa faiblesse.

— Je le briserai. Je ferai mettre le feu à ses granges et décimer son bétail. Ah, il se trouve pauvre! Eh bien, il verra ce qu'est la pauvreté quand j'en aurai fini avec lui! Il disputera sa nourriture aux porcs!

Inès serra les poings.

— Cela risque de vous coûter des sommes folles. Que ferez-vous *pour* lui si je vous accompagne?

Pour la première fois, elle crut surprendre une lueur d'émotion dans les yeux de son père.

— Je le rétablirai dans sa fortune d'antan.

— Il est orgueilleux, il n'acceptera pas la charité.

— Alors je me débrouillerai pour qu'il mette ça sur le compte de la chance. Quelqu'un mourra en lui léguant sa terre. Il récupérera davantage de farine qu'il n'a apporté de grain à moudre. Son bétail se multipliera à une vitesse stupéfiante.

Inès jeta un coup d'œil au groupe qui les fixait.

Comment Bérangère se marierait-elle sans dot ? Et Joby, qui semblait tant regretter de ne pas être un garçon, combien faudrait-il payer pour lui trouver un mari ? Qu'adviendrait-il de Tode et de Frances ?

Elle n'avait pas le choix. Si elle tenait front à son père, il ruinerait Jamie.

— Je vais lui dire au revoir, chuchota-t-elle.

— Et lui avouer ton noble sacrifice ? ricana Maidenhall. Va-t-il tirer son épée pour te protéger et donner à mes hommes le plaisir de le transpercer de leur lame ?

Voilà qu'elle devrait mentir une nouvelle fois à Jamie. Elle dévisagea son père.

— Était-il au courant ? Savait-il que c'était moi, l'héritière ?

— Il l'a découvert chez Lachlan Teversham. L'un de ses domestiques travaillait autrefois à Maidenhall Manor. Tu ne l'as pas reconnu.

— Vous semblez fort bien informé !

— En effet, cela est fort utile quand on veut

gagner de l'argent. Savais-tu que ces deux rouées que tu nommes tes belles-sœurs avaient tout organisé ? Elles ont dépouillé les villageois afin de confectionner à leur frère une garde-robe digne d'un prince pour te séduire. (S'apercevant qu'elle était au courant, il ajouta avec une grimace :) C'est elles qui ont payé Oliver pour t'enlever.

— Moi ? (Elle sourit d'un air condescendant.) Je vois que vous avez été mal informé. C'est l'héritière qui intéressait Oliver.

— Non ! Il avait pour mission de t'éloigner afin de pousser leur frère dans les bras de Frances. Cet imbécile parlait de toi dans ses lettres, et elles ont soudain pris peur.

Inès observa Jamie qui lui tournait le dos, un pied posé sur une souche. Elle n'avait pas besoin de voir ses mains pour savoir qu'il jouait avec sa petite dague, comme toujours quand il réfléchissait. Même s'il lui avait menti en prétendant ne pas connaître son identité, elle ne pouvait pas lui en vouloir. C'était pour sa famille ! Il avait d'abord consciencieusement demandé la main de Frances, puis quand il s'était aperçu de sa bévue...

Redressant les épaules, elle se dirigea vers lui, bien résolue à se taire. Les deux sœurs de Jamie avaient-elles réellement loué les services d'Oliver pour l'enlever ? Étaient-elles assez naïves pour considérer un enlèvement comme une farce innocente ? Frances aurait pu être blessée, tuée, même. Et Jamie avait le dos à vif.

Tout cela pour l'argent ! songea-t-elle. Et par orgueil... Plutôt que de s'installer chez leurs cousins, elles avaient préféré mettre la vie d'une femme en danger...

Et Jamie avait donné son accord.

Quand elle fut à sa hauteur, il ne leva même pas les yeux.

— Vous vous êtes bien moquée de moi, hein ? s'écria-t-il, le regard perdu dans le lointain. Pauvre naïf que j'étais ! Comme vous avez dû rire, Frances et vous ! Dès ce premier jour où je l'ai prise pour l'héritière et, plus tard, quand je refusais que vous nous accompagniez. Maintenant, je comprends tout. *Carpe diem...* Oui, vous en aviez bien besoin, pauvre petite fille riche, avant d'épouser votre tout aussi riche fiancé. (Il la regarda, et ses yeux étaient plus froids que ceux de Maidenhall.) D'après Tode, l'homme que vous allez épouser est impuissant. Aussi avez-vous décidé de faire ce qu'il fallait pour avoir l'enfant qu'il ne pouvait vous donner.

En dépit de ses insultes, elle aurait voulu jeter les bras autour de son cou, lui crier qu'elle l'aimait et qu'elle comprenait pourquoi il avait agi ainsi. Mais que se passerait-il s'il la croyait ? Elle fut assaillie par une vision de Jamie sortant son épée et attaquant les hommes de son père, de Jamie blessé à mort et perdant tout son sang...

— Vous avez raison, reconnut-elle. Je vous avais bien dit que notre mariage ne durerait pas ! Mon père en a détruit toutes les preuves et je pars avec lui.

Le regard de Jamie se voila une fraction de

seconde, et elle crut qu'il allait l'implorer de rester.

— J'espère que ce n'est pas la générosité qui vous pousse à agir ainsi.

Elle savait que, sur un seul mot d'elle, il combattrait l'armée de son père. Jusqu'à la mort. Elle rejeta la tête en arrière dans un geste qu'elle espérait insouciant et se mit à rire.

— Oh, Jamie, comme vous êtes amusant ! Vous avez vraiment cru que j'allais renoncer à mon héritage pour épouser un comte sans le sou ? Regardez-vous ! Voyons, que pouvez-vous m'offrir ? Une famille excentrique qui risque d'être une charge à vie. Une mère folle, une sœur aveugle, et une autre incapable de décider si elle est un garçon ou une fille. Vraiment, il faudrait avoir perdu l'esprit pour souhaiter un tel sort ! Non, je désirais juste passer du bon temps jusqu'à ce que mon père vienne me chercher.

— Très bien ! articula-t-il sur un ton glacial. Comme vous avez dû rire de mes propos quand nous étions ensemble !

— Cela me procurera de merveilleux sujets de conversation pour mes futurs dîners. Maintenant, excusez-moi, mon père m'attend. Viens, Tode !

Mais Tode tenait fermement la main de Bérangère.

— Je ne viens pas avec vous, répondit-il.

Mon Dieu, surtout ne pas réfléchir, ne serait-ce qu'une seconde, sinon elle allait s'effondrer ! Rien ne lui serait donc épargné !

Elle se tourna vers Frances avec un regard interrogateur.

Aussitôt Frances lui prit la main et, sans un coup d'œil en arrière, les deux femmes allèrent rejoindre Perkin Maidenhall qui les attendait avec des chevaux sellés.

30

Le mariage d'Inès devait avoir lieu le lendemain.

Elle ne faisait aucun effort pour paraître joyeuse ; ce serait le jour le plus sinistre de sa vie. Cela ferait trois mois jour pour jour qu'elle avait quitté Jamie.

A plusieurs reprises, elle avait voulu lui écrire pour lui expliquer pourquoi elle avait agi ainsi, mais la peur l'avait retenue. Que se passerait-il s'il la croyait ?

Une main sur son ventre, elle courut vers la cuvette pour la énième fois de la matinée. Sans doute avait-elle deviné qu'elle était enceinte et avait-elle voulu protéger son enfant aussi bien que Jamie lui-même en le quittant.

Fidèle à sa parole, son père avait retardé la date du mariage jusqu'à s'assurer qu'elle était enceinte et il avait fait monter les enchères.

Inès refusait de réfléchir ou de ressentir la moindre émotion. On l'avait déjà prévenue qu'on lui retirerait son enfant à la naissance.

— Il est temps de vous coucher, chuchota une jolie jeune femme.

Avec un soupir, elle leva les bras pour que la chambrière puisse lui retirer sa robe de satin, si rigide et si lourde qu'elle entravait ses mouvements. Sa toilette de mariée était suspendue à un cintre. Le tissu d'or dans lequel elle était taillée était si épais et si richement rebrodé qu'elle se demandait comment elle pourrait marcher.

Une fois en chemise de nuit, Inès monta les quelques marches jusqu'à son lit. Elle ne bénéficiait d'un peu d'intimité que la nuit et, d'habitude, elle laissait libre cours à ses larmes.

Mais ce soir, elle ne pleurerait pas. Quand elle fut seule dans la chambre, elle resta les yeux secs et brûlants, et le seul mot qui lui venait à l'esprit était son nom : Jamie, où es-tu ? Jamie, penses-tu à moi ? Est-ce que je te manque autant que tu me manques ? Jamie, m'as-tu jamais aimée ?

Il était tard quand elle s'assoupit, et dans son sommeil elle continua à s'agiter. Elle croyait entendre d'étranges bruits, repoussait ses couvertures, puis se rendormait pour rêver qu'on la poursuivait.

Quand elle se réveilla pour de bon, elle crut mourir de peur, car une main était bel et bien plaquée sur sa bouche et un corps pesait sur le sien.

Puis soudain, elle reconnut Jamie. Alors une nouvelle vague de peur l'assaillit, mais pour lui ! Si jamais son père le découvrait ici, elle ne donnait pas cher de sa vie.

— Ne dites rien ! murmura-t-il tandis qu'elle

remarquait des traces de sang sur son visage et sur son pourpoint déchiré. J'ai retrouvé en France le pasteur qui nous a mariés et j'ai aussi pu mettre la main sur les témoins et le registre de la paroisse. Je suis maintenant en mesure de prouver que nous sommes mariés... Euh... mais seulement si vous le désirez. Si vous préférez épouser Bolingbrooke...

Inès jeta les bras autour de son cou et, serrant ses lèvres sur les siennes, lui coupa la parole.

— Nous n'avons pas le temps ! protesta-t-il.

— Je ne peux pas vous accompagner. Mon père...

— Au diable votre père !

— Mon père me déshéritera ! Et il fera tout pour vous nuire.

— Voyons, il est seulement riche ! Ce n'est pas pour cela qu'il a pouvoir de vie et de mort sur les gens. C'est vous que je veux, pas votre argent !

Inès cligna des yeux à plusieurs reprises.

— Et vos responsabilités à l'égard de votre famille ?

— Nous avons déménagé chez nos cousins.

— Oh, Jamie, vous qui ne vouliez pas vivre de la charité d'autrui !

Il l'embrassa passionnément.

— Je ferais n'importe quoi pour vivre auprès de vous. Mon amour l'emporte, et de loin, sur mon orgueil.

— Vos sœurs me détestent. Elles...

D'un baiser, Jamie la réduisit au silence.

— Si elles en veulent à quelqu'un, c'est à moi. Vous nous manquez beaucoup !

Sachant qu'elles avaient toutes les deux organisé son enlèvement, Inès demeurait sceptique.

Devant son expression, Jamie sourit.

— Beaucoup de choses se sont passées depuis notre séparation. Tode et Bérangère s'aiment et veulent se marier. Vous aviez raison. Bérangère affirme qu'il est le plus bel homme qu'elle ait jamais rencontré et elle tente de créer des parfums, mais elle a besoin de vous.

Une étincelle s'alluma dans le regard d'Inès au mot « besoin ».

— Joby ne veut pas de moi, elle !

— Joby est très malheureuse, moins que moi, évidemment. Elle s'émerveille que vous m'aimiez assez pour renoncer à votre fortune et affirme qu'elle ne serait pas capable d'en faire autant. Est-ce vrai ? M'aimez-vous autant que cela ?

Inès prit une profonde inspiration.

— Plus que cela. Je vous aime... (Elle secoua la tête.) Non, non, cela ne marchera pas. Mon père vous ruinera. Il...

— Oui, je sais ! Mais même votre père ne fait pas le poids face au clan Montgomery. Au besoin, nous irons vivre en Écosse. Ma famille possède là-bas une maison que Dieu lui-même ne pourrait pas trouver. Mais le choix repose entre vos mains. Inès, ma chérie, je ne ferai que ce que vous voudrez.

Elle leva les yeux et lui caressa la joue.

— Je vous suivrai jusqu'au bout du monde !

— Même si je n'ai pas un sou vaillant ?

— Vous m'avez donné tout l'or que je désirais, murmura-t-elle, songeant à l'enfant qu'elle portait. (Elle se détacha de lui.) Comment sortir d'ici ? Les gardes de mon père...

— Venez !

Il la souleva dans ses bras et la porta jusqu'à la fenêtre.

Trois étages plus bas, le soleil se levait derrière une armée d'au moins mille chevaliers.

— Qui sont ces hommes ? bredouilla Inès.

— Des Montgomery d'Angleterre, d'Écosse, d'Irlande et de France. J'en aurais bien rameuté d'autres, mais ceux d'Amérique ne seraient pas arrivés à temps.

— Jamie, chuchota-t-elle, c'est pour moi que vous avez ainsi remué ciel et terre...

— J'ai remué ciel et terre, et davantage encore, Inès. Je vous aime. De tout mon cœur et de toute mon âme. Je vous aime plus que ma vie ! (Il l'embrassa.) Voulez-vous venir avec moi, maintenant, mon épouse bien-aimée ?

— Oui ! Je vous suivrai partout où vous irez, mon très cher époux.

ÉPILOGUE

— Qu'est-ce que c'est? dit Inès d'un air ensommeillé.

A présent qu'elle était dans le dernier mois de sa grossesse, elle n'aspirait plus qu'à dormir. Après de nombreuses discussions, elle avait fini par convaincre Jamie de s'installer dans les lointaines montagnes d'Écosse. Seule la nouvelle de la naissance imminente de leur enfant avait fini par le décider, car la sécurité d'Inès passait avant tout. Et quoi que Jamie pût dire, rien n'arrivait à calmer la frayeur que son père lui inspirait toujours. Elle semblait persuadée qu'il était le diable.

— Des lettres, annonça Jamie en tenant unc bourse en cuir qui portait les traces de son périple par-delà mers et montagnes.

Inès s'assit.

— Si ces lettres sont arrivées jusqu'à nous, mon père aussi peut retrouver notre trace.

Jamie soupira et s'assit sur le lit.

— Elles ont été envoyées à mon oncle. Il nous les a fait porter par un messager.

— Il a sûrement été suivi.

— Sans aucun doute, et je serai mort avant

la tombée de la nuit. Ne me regardez pas ainsi, Inès ! C'était une plaisanterie.

Il desserra les liens de la bourse et la renversa sur le lit. Deux lettres tombèrent. Inès manqua défaillir en reconnaissant l'écriture de son père.

— Il nous a trouvés ! hoqueta-t-elle.

— Mais non, on nous a fait suivre la lettre. Inès, ne vous cachez pas sous les couvertures et lisez ce qu'il écrit.

— Il va menacer de nous tuer. Il va...

— Celle-ci est de Frances, remarqua Jamie en s'emparant de la seconde.

Inès resta un instant sans voix. Elle n'avait pas entendu parler de Frances depuis leur retour à Londres avec son père. Elle s'était enquise en vain de son sort.

— Laquelle dois-je lire en premier ?

— Celle de Frances.

Jamie, souriant, décacheta la missive, mais son expression changea bientôt.

— Grand Dieu ! s'exclama-t-il, les yeux écarquillés.

Inès lui arracha la lettre des mains.

— *Ma chère cousine*, lut-elle tout haut. *Je sais que tu m'as toujours crue stupide et incapable de me débrouiller seule, mais je voulais t'apprendre que j'ai fini par me dégourdir un peu à ton contact. Après que Jamie t'eut emmenée, ton père est venu me raconter ce qui s'était passé. Oui ! il est venu me voir en personne. Il ne semblait pas fâché, seulement très triste. J'ai cru que c'était parce qu'il devait revenir sur son accord avec Bolingbrooke. On dit que personne ne peut le battre en affaires, mais aussi qu'il tient toujours parole.*

Oh, Inès, j'ignore où j'ai trouvé la force d'agir comme je l'ai fait, je me suis mise dans ta peau et j'ai feint d'être intrépide... J'ai passé un marché avec ton père. Nous avons décidé que, dans la mesure où Bolingbrooke ne t'avait jamais vue, il ne risquait pas d'être mécontent de m'épouser à ta place.

Aussi ai-je épousé Gregory Bolingbrooke, et on m'appelle l'héritière Maidenhall. Sachant combien tu détestais ce titre, j'imagine que tu ne m'en veux pas. Mais moi je l'aime autant que tu le détestais. Je porte des vêtements somptueux et j'attire tous les regards.

Ton père m'a constitué une coquette dot. Je suis immensément riche!

Inès, je sais que tu vas me trouver stupide, comme d'habitude, mais je dois d'abord te dire quelque chose. C'est à un parent de Jamie que j'ai confié cette lettre, et à personne d'autre, parce que tu dois la brûler. Si elle tombe entre les mains de n'importe qui, ma réputation sera ruinée.

Inès, je suis enceinte de Tode.

N'en parle surtout jamais à Bérangère qui est maintenant la femme de Tode. Ne le dis qu'à Jamie. Je crois qu'il comprendra ce qu'ont été ces jours d'emprisonnement pour moi et combien Tode a été bon, Inès, si bon.

Imaginer que le fils de Tode héritera de la fortune des Maidenhall, n'est-ce pas là une ironie du sort?

Je ne t'ai jamais remerciée pour tout ce que tu

as fait pour moi. Et je ne le ferai pas maintenant. Je compte que tu viendras nous rendre visite avec Jamie et je le ferai de vive voix. A propos, Gregory me plaît beaucoup et, même s'il ne m'a jamais touchée, il se réjouit de la naissance du bébé. Il ne m'a jamais posé de questions à ce sujet. Son père non plus.

Transmets mes amitiés à Jamie et dis-lui que je suis très heureuse qu'il ne m'ait pas épousée. Je t'envoie toute mon affection.

Frances.

Inès se renversa sur ses oreillers.

— Je n'ai jamais rien entendu de pareil de ma vie! Tode et Frances! Et ils couchaient ensemble pendant que je me rongeais d'inquiétude sur leur sort. Ils...

— Plus un mot, ou je vais finir par croire que vous êtes jalouse. Maintenant, voyons l'autre lettre.

— Non! protesta Inès.

Jamie brisa les cachets et se mit à lire.

A ma chère fille,

Comme tu le sais, j'ai la réputation d'être plus fort en affaires que le commun des mortels. Je sais comment choisir une marchandise. Je sais faire la différence entre un bon tissu et un mauvais. Je sais repérer la qualité dans de multiples domaines... qu'il s'agisse de fourrures, de nourriture, de terres ou de bateaux.

Et je sais aussi repérer les hommes de qualité.

Tu crois que je ne t'aime pas parce que je ne t'ai jamais vue. Tu es pourtant la seule personne que j'aie jamais aimée. Je t'ai enfermée pour te protéger. Si, étant ma fille, tu avais vécu au milieu des hommes, ton esprit aurait été corrompu par l'argent. Je t'ai donné ce que je ne pouvais pas acheter : la liberté d'être une personne et non les sacs d'or que tu accuses souvent les gens de voir en toi.

Eh oui, je l'avoue, je t'ai choisi un mari. Comme si j'avais choisi un étalon pour la plus belle jument de la terre. J'ai cherché jusqu'à ce que je trouve James Montgomery. Il détient la palme pour la loyauté, le courage et aussi la bonté et le souci qu'il prend des autres. Aucun homme, riche ou pauvre, ne lui arrive à la cheville.

Mais, étant homme d'affaires, je ne me suis pas reposé sur le jugement des autres, j'ai voulu lui faire passer une ultime épreuve : celle de l'amour contre l'argent.

Tu imagines que je ne te connais pas, mais on m'a rapporté toutes tes frasques. L'œuvre de mes « espions », comme tu les appelles. C'est vrai, j'ai chassé tous ceux, hommes ou femmes, que je ne croyais pas dignes de toi. Dès que je voyais quelqu'un s'intéresser à toi à cause de ton argent, je le renvoyais. Seuls Tode et Frances ont réussi l'examen de passage. Tode t'aimait pour toi-même, et Frances t'était au fond entièrement acquise. Je crois du reste qu'elle te l'a prouvé par la suite.

Je t'ai choisi le meilleur des hommes, ton jeune Jamie, et ensuite je l'ai forcé à faire ses preuves face à toi, à moi et peut-être à lui-même. Lui aurais-je proposé d'épouser l'héritière Maidenhall, je suis sûr qu'il aurait accepté ! Alors tu aurais passé ta vie à croire qu'il ne t'aimait pas.

Et quoi qu'il fasse pour te le prouver, tu n'aurais jamais été convaincue qu'il t'aimait. Moi je savais qu'il t'aimerait au premier regard. Comment aurait-il pu en être autrement ? Tous les jeunes gens qui te rencontraient demandaient ta main. Tu l'ignorais, n'est-ce pas ? Je refusais. S'ils insistaient, je répondais que, si tu te mariais contre ma volonté, je te déshériterais, et après cela, plus personne ne s'obstinait.

Sauf ton Jamie. Il a combattu les dragons pour toi et pris tous les risques, n'est-ce pas ?

Et maintenant, tu sais qu'il t'aime, toi et non pas ta fortune.

Tu hériteras de tous mes biens un jour car je n'ai alloué à Frances qu'une modeste somme. Une grande partie de mon argent t'appartient dès aujourd'hui. Tu peux en disposer à ta guise, car je trouve mon plaisir à gagner plutôt qu'à posséder. Je crois bien que je tu me ressembles à cet égard.

Je te souhaite un grand bonheur, et je sais que tu l'auras car tu as épousé un homme digne de toi. Comme je te l'ai déjà dit, je suis excellent juge en la matière aussi bien en ce qui concerne les hommes que les femmes.

Tu as tout mon amour, ma chère fille. Toutes mes richesses et tout mon amour.

Ton père qui t'aime,

Perkin Maidenhall.

Jamie leva les yeux sur Inès. Elle avait les joues ruisselantes de larmes.

— Je croyais que cela vous rendrait heureuse, murmura-t-il doucement, dérouté d'avoir été un pion sur l'échiquier de Maidenhall.

Puis il attira Inès dans ses bras, sentit le bébé bouger dans son ventre, et plus rien d'autre n'eut d'importance.

— Je suis la personne la plus heureuse au monde ! s'écria-t-elle, sanglotant contre sa poitrine. La plus heureuse !

— Après moi, chuchota Jamie en lui embrassant les cheveux. Après moi seulement !

Rendez-vous ce mois-ci et le mois prochain avec 3 nouveaux romans de la collection

Aventures et Passions

Brûlés par le désir

de Johanna Lindsey (n° 4636)

Yan MacGregor, chef de clan écossais, a décidé de prendre épouse. Il se rend chez son oncle, récemment marié, qui lui promet de lui présenter de nombreuses et séduisantes candidates. Quand il arrive chez son parent, Yan fait la connaissance de Megan, la nouvelle épouse de celui-ci. La jeune femme qu'il avait enlevée un an auparavant et n'a jamais pu oublier...

Captive du temps

de Brenda Joyce (n° 4637)

1996. Alex est une jeune étudiante en histoire. Lors d'un voyage d'étude à Tripoli, elle achète une lampe qui la transporte en plein XVIIIe siècle. Vêtue étrangement, l'air perdue, elle est ramassée dans la rue et vendue comme seconde épouse au fils du sultan ! Arrive Blackwell, un marin anglais fait prisonnier par le sultan. Grâce à ses études, Alex sait qu'il parviendra à s'échapper de ces geôles. Elle le rencontre, c'est le coup de foudre...

Initiation amoureuse

d'Elizabeth Lowell (n° 4668)

Utah, 1868. Sarah vit seule avec son jeune frère sur le ranch que lui a laissé son vieux mari odieux. Le vieux mari aurait aussi caché quelque part dans la vallée un trésor, trésor qui attise les convoitises d'une bande de brigands, les Culpepper. Arrive Case Maxwell, venu tuer les Culpepper pour venger la mort de sa famille. Case accepte d'aider la jolie Sarah à retrouver le trésor caché.

J'AI LU *Aventures et Passions*

Quand l'amour s'aventure très loin, il devient passion

Découvrez les autres romans de la collection

Aventures et Passions

Voyage dans le temps

Pour un jour ou pour toujours
de Carolyn Lampman (n° 4485)

1995. Brianna effectue un vol en montgolfière avec son ami d'enfance, Tom Daniels. Un orage éclate, la montgolfière va s'écraser, Brianna s'évanouit... et se réveille en 1860, fiancée par procuration à un certain Lucas. Par contre, Anna, la fiancée d'origine, se réveille dans la montgolfière aux côtés de Tom ! Les deux jeunes femmes ont en fait échangé leur place. Tout se complique quand l'amour s'en mêle !

A jamais séduite
de Linda Lael Miller (n° 4588)

Megan est une fillette de cinq ans en proie à de terribles maux de tête. Lors d'une crise particulièrement aiguë, elle perd connaissance et se retrouve... au XIIIe siècle, attendant le retour des croisades de son fiancé. Mais quand le beau Dane St. Gregory revient, il est accompagné d'une autre et veut faire annuler ses fiançailles...

Pour ne plus jamais te perdre
de Shelly Thacker (n° 4610)

En l'an 1300, Gaston de Varennes combat le duc de Tourelle qui a lâchement fait assassiner son père et son frère pour obtenir leurs terres. Mais le roi ordonne à ses vassaux de faire la paix et oblige Gaston à épouser la protégée de Tourelle, Christiane Fontaine. Parallèlement, de nos jours, la belle et riche Céline Fontaine doit être opérée en urgence après avoir été blessée par une balle. Mais, la nuit du nouvel an, une éclipse de Lune se produit et Céline se réveille dans la peau de Christiane, la fiancée que le roi impose à Gaston de Varennes...

4635

Composition Euronumérique
Achevé d'imprimer en Europe (Angleterre)
par Cox & Wyman à Reading
le 27 octobre 1997.
Dépôt légal octobre 1997. ISBN 2-290-04635-3

Éditions J'ai lu
84, rue de Grenelle, 75007 Paris
Diffusion France et étranger : Flammarion